デジタルリセット

秋津 朗

角川ホラー文庫
22970

プロローグ　蟬

少年は三十分近く庭の真ん中に両膝（りょうひざ）を抱えて座っている。紺色の短パンにランニングシャツ姿で足元は裸足（はだし）だ。

八月の太陽が容赦なく少年の頭を焼く。

日差しの中で少年はジッと下を向いている。顔中から噴き出した汗が顎（あご）を伝ってポタポタとひび割れた地面に黒いシミを作った。

家の中ではまだ口論が続いている。

――パン

風船が破裂したような音が聞こえた。

少年はギュッと目を閉じた。膝に痕（あと）がつくほど指先に力が入る。

――いつもの、あの音だ。

少年の瞼（まぶた）には、父が座り込んだ母の胸倉を摑（つか）んで、その頰を平手で叩（たた）いている姿が浮かんだ。

母が怒鳴り返した。

——パン

瞼の父が母のもう一方の頬を叩いた。

母が投げ付けた電気スタンドが壁にぶつかって砕ける音。また父が母を叩く音。母の金切り声。

——ガシャーン

今まで以上に大きな破壊音がした。少年がビクッと顔を上げると、廊下のガラス戸を突き破って、足元に鏡台の椅子が転がって来た。母の鏡台が割られ、砕け散った鏡の破片が夏の陽光をキラキラと反射している。

今度は父の怒鳴り声がする。耳を覆っても聞こえてくる。怒鳴っている言葉の内容なんてどうだってよかった。

少年は怒鳴り声から逃れるように座ったままお尻(しり)を軸にクルリと反転して庭木の方を向いた。すると、庭木の木陰に暗がりよりももっと黒い塊がモゾモゾと動いているのが見えた。

——なんだ？

その時、目の前の庭木で蟬が鳴き出した。

「ジージージージー」

それを合図に、

「シャワシャワシャワ」

複数の蟬が鳴き出した。

暗がりに目が慣れると、黒い塊が黒猫だと分かった。うつむいたその口元で、地面に転がった蟬の死骸(しがい)を食べている。その猫がふいに顔を上げた。暗がりを真っ白にくりぬいた目が少年を観察している。

少年は無性に腹が立って、足元の石ころを拾って投げ付けた。猫の背後の木にコンと当たると、猫は驚いて、跳ねるように庭木の間に消えていった。

――猫は嫌いだ。

猫がいなくなると、一段と蟬の音量が大きくなった。その鳴き声の分厚い壁が外界の音全てを庭木の外へ跳ね返す。蟬の声以外何も聞こえなくなり、まるで耳の中で鳴いているようだ。

少年は心の中で言った。

――うるさい。

蟬は鳴き続けている。

もっと大きな声で、

――うるさい！

蟬は鳴きやまない。

少年はイライラして、大声で、

「うるさい！」

声に出して怒鳴った。

蟬は鳴きやまないが、少年は自分の大声で我に返った。ふと家の中を見ると父も母も見当たらない。口論は止んでいる。

少年は立ち上がった。足が痺れている。ふらつきながら縁側から、そっと中に入る。砕けた食器や、窓ガラスの破片が散乱し、テーブルも椅子もひっくり返っている。台所から水の音が聞こえて来た。足音を忍ばせて行ってみると、流し台の蛇口からチョロチョロと水が出たまま、母が背を向けて調理台の所に立っている。

――トン……トン……トン

何かをまな板の上で切っている。少年は近付き母の斜め後ろに立った。

「お母さん」

返事はなかった。

横から母の顔を覗くと、頰は腫れ、唇から血が流れている。その手元を見て少年は息を呑んだ。母はまな板の上で父のカッターシャツに包丁を突き立てていた。

――トン……トン……トン

無表情のまま俯いて、同じ動作を繰り返している。

少年は後ずさりした。お父さんは？　と、聞く勇気もなく、母の背中を凝視したまま後ろに下がり、背後の居間に入った。

廊下側の障子は開け放たれ、いつもは整然とハンガーに掛けてある父のネクタイが、なぜか障子の桟に何本も掛かっている。目を凝らしてよく見た時、少年はその場に凍りついた。十本近いネクタイが、乱暴に障子紙が破られた桟に、二重三重に固く縛りつけてあり、数本の桟が折れていた。

居間の隣の部屋の中央には、真夏にもかかわらず大きな掛け布団が広げられ、中央がこんもりと盛り上がっている。柔らかい綿布団が、染み出した赤黒い液体を吸い込み、膨らんだ部分にベタリと張り付いていた。

逃れるように布団から目を背け、トボトボと裸足で庭に降り、夏の日差しの中、元の場所にしゃがみ込んだ。背後では蝉が鳴き続けている。

その横に、少年が二年前に拾った柴犬(しばいぬ)のソウ太が寄り添って来た。ソウ太は炎天下の土の上に足を折り畳んで腹這(はらば)いになり、クンクン鳴いている。

少年は立てた膝に左頬を乗せ、右手でソウ太の頭を撫(な)でてやった。

頭を撫でながら少年は、ソウ太を連れた自分が両親に挟まれている理想の家族の肖像がビリビリと破れて、心の中の真っ暗な空洞に舞い散っていくのを感じた。

空洞を蝉の鳴き声が満たしていく。十分満たされ、口から、目から、耳から溢(あふ)れそうになった時、パチンという音が頭の中で響いて、何かのスイッチが入った。

――二〇一八年七月一七日　午前八時

「村岡さん戻ってる？」

川島孝之がグレース不動産本社の表のシャッターを開けようとした時、背後から声を掛けられた。確認するまでもなく、声の主は斜向かいにある工務店オーナーの木田である。

「戻るのは、まだ先ですよ」

振り返らず、一気にシャッターをガラガラと押し上げた。

「連絡もないんかいな？」

「そうですよ。休暇ですから。まぁ、社用のスマートフォンも、使うときだけ電源入れるような人なんで。急ぎの用ですか？」

「えっ、いや、そういうわけやないんやけど」

社長の村岡が長期休暇をとって一週間が経つ。全社業務は孝之自身がシステム化したので、村岡が不在でも孝之が困ることはない。

「また、コレですか？」孝之はゴルフのスウィングをした。

木田は右の目じりを下げてニコリと笑った。村岡と同じ六十代であるが、肥満体形のせいか笑うと妙に愛嬌がある。

「建築士会のコンペなんや。ワシから村岡さん分も申し込んどくけど、一応本人の了解得ておいた方がええからな」

「ははは」孝之は明るく笑った。「そんなことだと思った。緊急用に、社長個人のスマートフォンの連絡先聞いてるんで、僕から一報入れておきますよ」

孝之が内側のガラス扉を開け天井照明を点(つ)けている間に、木田は「ほな、頼んだで」と言いながら、先に社内に入って行った。

ここ何日かは、村岡さん戻った？　から始まる一連の会話が木田との朝の挨拶(あいさつ)になっている。

村岡と木田は、村岡が大手ゼネコンの営業マンだった頃から、かれこれ三十年来の付き合いだと聞いている。

孝之が玄関先に立ち、外の空気を大きく吸い込むと、夏の早朝の空気がピリピリと鼻孔を刺激した。このオゾンの刺激が清々(すがすが)しい。

孝之が勤めるグレース不動産の本社がある神戸(こうべ)市西(にし)区企業団地は六甲山(ろっこうさん)系の山を切り拓(ひら)いた台地にある。山間(やまあい)を縫う目の前の高速道路で南に下ると見えてくる海は、地元漁協が定置網を設置して水質の定点観測を行い、漁場として再生中である。

グレース不動産は土地売買以外に別荘・リゾートマンションや賃貸物件の中でもデザイナーズマンションなどの高級物件を扱っており、業績は絶好調のため、孝之の目には見渡す周囲の風景全てが優しく気に映る。

ひとしきり朝の外気を堪能して孝之は屋内に入った。

「今、コーヒーいれますからちょっと待ってて下さい」

「いつもすまんねぇ」

木田は来客用のソファに座り、マガジンラックから手に取ったゴルフ雑誌に目を落としたまま答えた。木田はリフォームからリノベーションまで手掛ける会社の社長職を義理の息子に譲り、毎朝ここにやって来ては村岡と世間話をするのが日課である。村岡が不在でもその日課は変わらない。今は孝之が相手をしている。

「ところでなぁ、今回の村岡さんって休暇なん？　それとも出張？」

孝之が離れた厨房にいるため、声を張り上げている。

「その両方ですよ。以前からお付き合いのあるお客さんが別荘を手放したいって言ってるんです。旅行のついでに、物件を見せて貰いに、南紀にも寄るって言ってましたね。だから休暇旅行がメインで、そのついでにちょっと仕事するって感じですかね」

孝之も、コーヒーサーバーに水を入れながら大声で答えた。

「別荘ですか、それはそれは、よろしおますな」

木田は独り言を言いながら雑誌を繰っている。しばらくして、湯気の立ったカップを二つ持って孝之が戻ると、木田は雑誌をソファに置き、組んだ脚を律義に揃えて背筋を伸ばした。

「ありがとうね。やっぱ、夏場でも朝はホットやねぇ」

「フレッシュここに置いときますね」

孝之は応接テーブルの上に小瓶を置くと、手に持ったカップに口をつけて啜(すす)りながら、自分の事務机に向かった。孝之の机は大きなテラス窓際にある。厨房やテラス窓があるわけは、元はレストランだったこの建物を、村岡が知人から格安で買って、改築せずそのまま自社の本社社屋として使っているからだ。厨房の調理器具は取り外されているが、バーカウンターもあれば、優に数名が入ることができる冷凍室まである。

グレース不動産は近畿(きんき)圏にここ数年で二十店舗ほど営業所を展開しているが、村岡の方針で本社同様、元レンタカー会社、元レンタルビデオ店、中には元貴金属店など既存の店舗を買い取っては、ほとんどそのまま改築せずに営業所として使っている。それが可能なのも、孝之が業務をデジタル化し、PC、タブレット、スマートフォンさえあればどこでも業務可能にしたからだ。

午前中は各営業所との連絡や、ネットユーザーからの問い合わせや資料請求への回答など単純ではあるがやることが多い。孝之は朝の仕事を始めた。

木田がゴルフ雑誌に続いて、その日の朝刊に目を通している時、事務所の玄関扉が開く音がした。顔をあげると、パートタイムで事務の仕事をしている京子(きょうこ)が出社して来たところだった。京子は木田と目が合うと、

「あら、木田さん、今日も？　サボってばっかでお仕事大丈夫？」

「ええねん、ええねん。ワシがブラブラできるのは、会社が順調な証拠やねん。ワシがおらん方が社員は安心するんや」

京子は六十前のふくよかで明るい女性である。村岡が勤めていたゼネコンで営業事務をしていた。退職して専業主婦になっていたが、村岡が無理を言って来て貰っている。

「ふふふ、都合のいい理屈やこと。じゃあうちの社長の旅行もゆっくりと行ってもらわんとね」

「そやけど、ここは本社やのに村岡さんが留守でも京子ちゃんとタカさんのたった二人でよう回ってるねぇ。感心してるんや」

「そりゃぁ、タカさんが完全にコンピューター化してくれたからよ。ねぇタカさん、ペーパーレスやったっけ？」

孝之は両手を頭の後ろで組んで、椅子を二人の方へ回した。

「全営業所の端末をネットでクラウドサーバーに接続して、業務処理はサーバー側で行うようにしたんですよ。サーバーを社外に置くと色々と不安でしょうけど、セキュリティは、実績があるクラウドサービスと契約してるから安心してくださいね。その上で、日常業務は全て端末画面入力に変更して、手書き伝票をなくしたんです。審査や承認も、以前は原紙に押印して回してたんで、時間がかかりましたよね。今は、ワークフローにして電子署名のオンライン決裁を採用したから、ネット環境さえあれば、どこででも決裁できるんです。だから業務効率は従来より格段に向上していますよ」

京子は両手をポンと叩いた。

「そうそう、だからこの前も、社長に稟議のことをメールで問い合わせたら旅行先から返信あって、すぐに決裁も通してくれたのよ。今頃、和歌山のどの辺りかしらねぇ」

「へぇ、そうなんや。白浜の温泉つかりながら、ええ気分で決裁ボタン押したんやで」

木田は冗談を言いながらも、そんな難解なシステムを実現した孝之に感心している。

孝之は目の前で長い脚を組んでゆったりと座っている。

――頭脳も明晰やけど、タカさんはいつ見ても格好ええなぁ。

鼻筋の通った端整な顔で、手足が長いため、細身のスーツがよく似合う。上着を脱ぐと、胸板が厚く、ギュッと締まった身体を想像させる。時々、孝之が直接、木田の会社に書類を持って来ることがあるが、エントランスドアのすりガラスに長身の孝之のシルエットが映るだけで、会社の女性社員達がザワついていることが、木田にも分かる。年齢は三十五歳と聞いているが、二十代に間違えられることも多いらしい。まだ独身で特定の彼女もいないことが、木田には不思議だ。

――天は二物を与えず？　例外もありってことやな。それにしても、タカさんのお陰で便利になったわ。

「うちはお宅の不動産工事全て任せて貰ってるから分かるんやけど、紙やＦＡＸで仕事の受発注やってた頃より、十倍は速くなってるわ。けど、タカさんは元はコンピューター屋さんなんやね。そんな人が不動産屋になるって珍しいんやないの？　今は営業までやってるやん」

「メーカーを辞めてから次の就職までの繋ぎで、フリーSEとして派遣登録しておいたんですよ。その時たまたま簡単な伝票処理ソフトの依頼があったのがここで、村岡社長と会って話を聞くと、結構大掛かりな構想を持っておられて、相談に乗ってるうちに『是非やりましょう』ってことになっちゃったんですよね」

「それをタカさん一人で実現したんやね。なぁ、京子ちゃん」

木田が感心した声を上げて、被服ロッカー前で仕事用の薄手のカーディガンを羽織っている京子を見た。

「だから、うちの社長はタカさんが大のお気に入りで、『孝之君はわが社に来て欲しい』って、ずっと言ってたのよ」

「従業員がしっかりしてると、オーナー社長は楽なんや」

「全くやね。さぁて従業員はお仕事、お仕事」

京子は自分の席に向かったが、急にバタバタと窓に駆け寄った。

「あら嫌やわ。また猫が来てる」

木田も声に釣られて、ソファから腰を上げ、京子の隣に並んで立った。駐車場の端から裏手に抜ける歩道の塀沿いに五匹の猫がいる。

「近頃、あの辺りでよく見かける黒猫や。ありゃ野良やな」

京子は視線を窓に向けたまま、孝之に語り掛けた。

「野良猫がそんなに珍しいわけやないけど、まとまっていると不気味やわ。ねぇ、何か餌になる物が落ちてるってことない？」

木田は孝之を振り返った。京子の声が聞こえないのか、孝之はパソコンの画面に見入っている。

「ねぇ、タカさん。猫が何匹か、いつも駐車場の端っこの同じ所に来るんやけど、あそこって何かあるの？」

「えっ、猫がどうかしました？」

孝之がやっと気付いた様子で顔を上げると、京子は窓に向かって指差した。

「ほら、あそこ。ここんとこ毎日やって来て、ああやって地面に顔くっつけて何かやってるのよ」

「あのあたりなぁ、排水桝か何かあったのと違う？　そこに猫のごちそうが引っ掛かってるんやで。きっと」

木田はふと頭頂部に吐息を感じ、左肩を引いて身体を後ろへよじりながら見上げると、いつの間にか孝之が背後に立っている。

「木田さん、排水桝の辺りに行ったんですか？」

孝之の声のトーンが低い。

「ああ、ゴメン。ちょっと、猫が寄り付き出したのが気になって。近寄ったらあかん場所やったね」

いつもと違う孝之の様子に木田は戸惑う。

「前も言いましたけど、地盤が悪くて補強工事をしなくちゃならない箇所があるから、側溝から排水桝にかけてと、冷凍室周辺は近寄っちゃ駄目ですよ。倉庫の冷凍室側のブナの大木なんかいつ倒れてもおかしくないんですよ。前のオーナーがこの物件を手放した理由もそれですから」

「ホンマ、ゴメン。気をつけるわ」

「これで、五回目ですからね」

孝之はやっと笑って、二人に並ぶと、長身の上体を前屈み（まえかが）にし、右手で窓枠上部を掴（つか）んで外を見た。

「あそこは、倉庫や冷凍室の排水が丁度地下の下水に流れ込む箇所で、フィルター用に目の細かい金網があるんです。それに地盤の問題とは別に、冷凍室の排水バルブを閉じてもずっと漏水して、その水が側溝に流れてるんです。先週五回目の修理を頼んだのですが、まだ直ってないんですね」

「冷凍室の排水に猫の餌になるようなものが混じってるってこと？　レストランやった頃の古い食材が残っていて、冷凍室で腐ってるってことないかしら？」

京子は衛生面を気にしているようだ。

「いやぁそれはないと思いますよ。引き渡しの時は冷凍室も停まってたようですけど、旅行に行く前に社長が掃除してたんで、古い食材が流れ出たのかもしれませんね」

「でも、うちの社長もなんでまた冷凍室を急に動かしたりしたのかしら？」

京子が不思議そうな顔で孝之を見ると、孝之はニッコリ笑った。

「ここだけの話ですよ。社長は業務用の大型冷凍庫のレンタルを考えてるんですよ」

木田が驚いた。

「初耳やわ。うちの出番あるんやろか？」

「だから、まだ発案段階ですよ。幸い自社に冷凍室があって、維持費や使用感の検証実験のために動かしただけですから、楽しみに待っててください」

孝之の言葉に木田は安心した。

「それやったら、猫さんにも実験費用を持って貰わんとなぁ。排水溝に会計伝票でも置いときましょか？　まいど猫さん、お食事代、三万円なりぃ」

京子が呆れ顔である。

「全く、木田さんたら」

「すまんねぇ。何か言わんとあかんて、使命感を覚えるんやねぇ」

京子は口に手を当てて上品に笑っている。

孝之が修理業者の報告書を見て、哀しそうな声を出した。

「業者は『西部冷熱』か……また呼ぶしかないなぁ」

木田が孝之を窺うと、その表情は温和なままである。

――五回修理しても直らへんのに、タカさんて怒ることないんやろか？

「でも、こうやって見てると、猫の会食って上品なんや。ほらガツガツしてないやろ」

「ほほほ、木田さんたら、ホンマ呑気なんやわぁ」

京子は窓から離れ、席に戻って行く。

「呑気はワシの取り柄なんや。けど頭は空っぽやないで。色々感動して、一杯考えてるんやで」

「そりゃ、そうね。猫の食事を見ても感動できる人なんやから」

木田は少しずつ離れていく京子の声を聞きながら、ソファに戻り、新聞記事の続きを読みだしたが、ふと、窓側に目を向けた。

一人残った孝之が険しい表情で猫たちを見つめていた。やがて我に返ったように穏やかな表情になると、自分の席に戻り、仕事に集中し始めた。

二時間後、孝之の、あー、と伸びをする声の後、

——カチッ
ライターの着火音が響いた。木田はピクッと、雑誌から顔をあげた。素早く立ち上がり、ズリ落ち掛けたズボンを突き出た腹の上に両手で引き上げながら孝之に近付き、空いているビジネスチェアにドスンと座った。両足で床を漕ぎ、椅子のキャスターを転がし、上体を屈めて孝之の隣に並ぶ。

「タカさんちょっといい？　折り入って聞きたいことがあるんやけど……」

「何です？　深刻そうな顔して。あっ、コーヒーお代わりします？」

孝之は細身の身体を跳ね上げるように椅子から立ち上がった。

「それとも冷たいのにしましょうか？」

「そうやね。何か甘いジュースがあれば貰えるやろか？」

厨房に向かっている孝之の背中に注文した。しばらくすると、厨房からカラカラとグラスに角氷が入る音が聞こえ、右手の指にコースターとストローを挟み、左手にジュースの入ったグラスを持った孝之が戻って来た。

「聞きたいことって？　木田さんの調子がいつもと違うから緊張しちゃうなぁ」

京子の席は背後にあるが、離れているのでここでの声は聞こえない。家主や管理会社との電話応対など実に忙しくしている。

木田は両手を両膝の上に置いた。

「あのなぁ、村岡さんと一緒に飲んだ時のことなんやけど、村岡さんのお酒って明るいやろ。それが、急にしんみりと言うんや。『木田さん、私はね、孝之君を養子にしたいんだ』って。ただ、養子のこと言った後、また明るくなって話題変えたから、何となくそれ以上聞けんようなってなぁ……」

木田は孝之の顔を見つめたが、孝之は視線を逸らし、何かの場面を思い起こしているようだ。

「うちの社長はお子さんいないじゃないですか。それに奥さんの闘病生活が長かったから、かなり精神的に参ってた様子でしたね。養子の話は奥さんが亡くなる直前に社長から直接聞きました」

村岡の妻の洋子(ようこ)は、村岡の会社で広報の仕事をしていた。しかし、一年前に亡くなった。数年前に乳癌が見つかって以来、手術と転移、入退院を繰り返し、最期は自宅で息を引き取った。その頃、孝之も村岡宅に泊り込んで看護したことは木田も知っている。

「その時、村岡さんは何て言うたん？」

「ストレートでしたよ。『孝之君さえよければ、私の息子になってくれないか？』って」

「僕も、両親も兄弟もいない天涯孤独な身の上ですから、こんな僕でよければ……って、その時は返事しましたよ」

「タカさんもその気あるんやね。幼い時に両親亡くして、東京の親戚(しんせき)に引き取られたタカさんからしたら、村岡さん夫婦は親みたいやし、村岡さんからするとタカさんは息子みたいに思ってるんや」

木田は自分の言葉でもう涙目になってきた。

「社長はよく言ってましたよ。『女房の洋子は私が最期まで看(み)るけど、自分を看てくれる人は誰もいない』って……その時の社長って寂しそうだったなぁ」

そんな孝之の声も寂しそうである。

「村岡さんには身内が誰もいないから、会社や自分の行く末を色々と心配してるんや」

「今回の旅行先を聞いていると、以前奥さんと一緒に行った温泉とか、美術館や旅館ばかりなんですよ。自分の気持ちに区切りをつけるためかなって思ってますけど……」

「村岡さんってすぐ情に流されるけど、仕事には厳しい人やね。その厳しさは、商売より責任感やと思うんや。そこがタカさんと同じなんや。村岡さんからすると、タカさんは安心して全て任せられる後継者ってとこやな。まぁ、言い方かえたら、血縁でなくても自分の財産全て譲ってもええって考えてるんや」

孝之は穏やかに頬笑みながら黙って聞いていた。木田はしばらく沈黙した。

「まぁ、急ぐ話でもないし……。両方の気持ちの方向が同じやから、お互い幸せってことや……」

木田は自分に向かって言った後、何かを思い出した時の癖で、手の平で太ももを叩いた。

「そうそう、ずっと気になってたんやけど、村岡さんが旅行に出る何日か前やったかなぁ。蟬のうるさい日やったわ。タカさんと村岡さんが珍しく、えらい揉めてたやろ。アレ何やったん？」

「何でもないですよ」

途端に孝之から笑みが消え、弛緩した表情で虚ろな瞳を木田に向けた。

蛇口から水滴が落ちるようにポツリと言った。

「何でもないわけないやろ。京子ちゃんがオロオロしてたがな」

それでも孝之は無表情に木田を見ている。

「何でもないですよ」

「もしかして、アレかいな。デジタル何とか言う、社員の通信簿をコンピューターが全自動で付けてるやつ。タカさんはどうしても導入したいんやろ？　けど、村岡さんは『いくら孝之君の望みでもそれだけは賛成できん』って言うのを聞いたことあるんや。タカさんも引き下がらんから、村岡さんがワシの前で頭抱えてたわ」

孝之は脚を組んで両肘(りょうひじ)を肘掛に乗せた姿勢で、椅子にゆったりと座っている。

――タカさんもあんまり触れられたくない話みたいやな。

木田は孝之の様子を見て、話題にしたことを後悔しながら、この会話をどのように切り上げるかを考えた。

「村岡さんが『五回も話し合って、孝之君が納得しないって珍しい』って、もう一回話し合うとか言ってたけど、結論は出たん？」

「一気に全機能導入じゃなくて、段階的に進めることになったんですよ。社長と僕の折衷案ですが、中途半端ならやらない方がいいですけどね。僕の敗北です」

孝之が僅(わず)かに微笑んだのを見て、木田は安堵(あんど)した。

木田が窓に目をやると、夏の日差しに焼かれ続けている営業車が視界に入った。

「ところで、今日も昼から外回り？」

「そうですね。西宮(にしのみや)の営業所に寄ってから、数件顧客訪問の予定なんですよ」

「この暑い中御苦労さんやねぇ。今日も日差しが強いで。タカさんは細身やからヘッチャラやろうけど、ワシなんか夏って聞くと、何か嫌がらせされてる感じするんや。あっ、飲み物ごちそうさん」

　木田は立ち上がると、両手を腰に当てて上体を反らせた。ズボンが臍の下にズリ落ち、またそれを両手で腹の上に持ち上げる。木田のお決まりの一連の動作に孝之が声を出して笑った。木田も機嫌よく笑うと、腕時計を見た。

「昼めし何にしようかな。昨日は中華やったんよ。今日はソバがええかな」

　何となく声が浮かれている。

「タカさん、それじゃ社に戻るわ。話が進展したら言ってな。お見合いみたいで、何かウキウキしてしまうわ」

　玄関口に向かう足取りは軽やかだ。

「京子ちゃんまたねー」

　木田が手を振ると、電話中だった京子は、送話口を手の平で押さえた。

「またねーって、明日もでしょ？　社員さん安心させるために頑張ってサボってくださいな」

　木田は大笑いしながら出て行った。

――二〇一三年八月下旬　午後三時

濃い緑色の防水シートで包み、三か所、荷造り用のロープで厳重に縛った三人の死体は、カーポートに面した居間の縁側に等間隔に並べてある。そして、三体と少し離れて、もう一体ある。その一体だけ短く、一メートルに満たない。同じくシートの上から中央を一か所縛ってある。

居間のガラス戸は開け放たれているため、どんよりと曇って風のない八月の熱気が外にも室内にも満ちて淀んでいる。灰色の空を覆った低い黒雲は今にも底が割れて夕立になりそうだ。周囲の木々では迫る雨にせきたてられるように蟬が鳴き続けている。

蟬の鳴き声を掻き消して、空色の平ボディの荷台側面に「大槻製材所」と黒い太文字で書かれたトラックがけたたましい警告音と共にバックで入って来た。縁側まで二メートルを余して警告音は鳴り止んだ。トラックが静かになると一段と蟬の音量が大きくなる。

運転手は三十歳前後の青年である。青年はサイドブレーキを引くとエンジンを切って運転席から滑るように身軽に飛び降りた。

青年は長髪の黒髪に汗止めのタオルを鉢巻にして、胸に「大槻製材所」の刺繡が入った、トラックと同じ空色の半袖作業着を着ている。長身で引き締まった身体をしているが、武骨さを感じさせないのは、頰から顎にかけて無精髭を生やし、黒縁の眼鏡をかけた端整な顔が知的に見えるからだろう。

青年は無表情で縁側に近付き、四体のうち一番右端の防水シートのロープに手を掛け一気に肩に担ぎ上げる。防水シートの中でチャプチャプと血溜まりの音がする。中の死体は大槻社長だ。大槻社長は真後ろから後頭部をナタで叩き割ったので、三人の中で一番血が飛び散り、後の掃除が大変だった。トラックの荷台の右端に沿って縦に置いた。

縁側に戻ると残りの三体のうち一番太いのを担いだ。結構重く、八十キロ近くあるだろう。大槻社長の弟である。真正面から首筋にナタを打ち込んだので、頭部を切断してしまった。胴体を先にシートで包み、後から頭部を放り込んで上から縛ったが、中で頭部がゴロゴロと転がっている。大槻社長より出血が少ないのは意外だ。荷台の大槻社長の隣に並べた。

次は大槻夫人だ。目の前で、義理の弟の首が飛んだのを見て、動転してその場で座り込んでしまった。血でナタの柄が滑るので、近くにあった帯締めで絞め殺した。俯せに押し倒し、左膝を立て、右膝で背中を圧迫し、首に紐を二重に巻いた。絞めながら、両手で引っ張っている帯締めが京風丸組の高級品だと気付いた。この帯締めの製造元は嵯峨野の工房だったっけ？　思い出せなかったが、絞殺に集中し、念には念を入れて十数分間ほど絞め続けた。途中で辺りに失禁した悪臭が漂い出したが、掃除は楽だった。

製材所は周囲を兵庫県播州地方特有のアカマツの林に囲まれた山の中腹の台地にあり、一番近い隣家までは山道を車でかなり下る必要がある。青年が立てる積み込みの音と蟬の鳴き声だけが山間に響く。

夫人の死体を積み込み終えると、顔に汗の粒が噴き出した。頬を伝って顎から滴る汗を手の甲で拭いながら残りの短い一体を見つめた。積み込もうかどうか、迷っていたが、結局そのままにして縁側に背を向け、カーポートから出て玄関横の散水用蛇口の水で顔を洗った。山の湧き水を使っているため、身を切るように冷たく、喉の渇きを潤すと身体全体の火照りも治まった。

頭に巻いたタオルで顔や腕の水滴を拭き取り、作業ズボンの脛ポケットから煙草の箱とライターを一緒に取り出し、一本口に咥えて火を点けた。一服深く吸い込んで、ゆっくりと吐き出した。ふと見ると玄関脇の花壇では、青年が植えたサルビアが真っ赤な花を咲かせている。

――家族愛。

サルビアの花言葉を思い返したが、首を振って視線を逸らした。

煙草を咥えたまま家の戸締りをして回り、運転席に乗り込んだところで腕時計は午後三時二十分を指している。夕立が迫っている。次の作業内容を頭に描いて作業時間を見積もり、トラックを発進させた。製材所前の坂道を登って行くにつれ徐々に道幅が狭くなり、両側の山林の下草が道路に覆い被さり、やがて道路は未舗装になった。

その辺りからは大槻製材所所有の山林で、さらに十分ほど山道を登ると、開けた空き地に着いた。伐採した木々の貯木場で、山の北側斜面を削った台地にある。来月からは木々の伐採時期に入るため、毎年、短期雇用の職人やアルバイトで賑（にぎ）やかになるのだが、まだこの時期は人気がなく、静まり返っている。

青年は貯木場北側の端にあるプレハブ小屋の前でトラックを停め、小屋の裏手に回った。そこは更地になっており、その一画にブルーシートが敷かれ風で飛ばないように周囲を角材で押さえてある。

青年が角材をずらしてシートを捲（ま）り上げると、二メートル四方で深さ一メートル五十センチほどの縦穴が現れた。次にトラックの荷台から一体ずつ肩に担ぎ、三体を穴の縁に運ぶと、青年自身が穴の底に降り、一体ずつ抱き抱えるように足元に並べた。三体全てを並べたところで、這（は）い上がり、十メートルほど離れて停めてある小型パワーショベルを運転して、縦穴を掘った時に出来た土の山を崩しては、埋め戻し、最後に埋めた土の上を、パワーショベルを走らせて自重で地均（じなら）しした。

その頃になると、パシッとシートを雨粒が叩（たた）く音がしだした。貯木場から製材所に戻った時には、夏の夕方にもかかわらず周囲は真っ暗になり、地面を掘り返すほどの大粒の雨が強風と共に降り注ぎ、雷鳴も聞こえてきた。山間部の夕立は実に猛々（たけだけ）しい。

叩き付ける雨の中、青年は製材所の駐車場にトラックを戻すと、三百坪はある同じ敷地内の大槻家の母屋に走って戻った。その間ほんの三十秒ほどであったが、下着までびしょ濡（ぬ）れになった。広い玄関で濡れた衣類を全て脱ぎ、滴が垂れないようにＴシャツで丸く包むと素裸で暗い廊下を浴室に向かった。

立ったまま浴室の壁に伸ばした両手をつき、長い時間ジッと俯いて頭から熱いシャワーを浴び続けた。湯の流れに沿って長髪が顔に纏わりつく。

身体中に疲労が淀んでいるが、疲れた身体を引き起こす。浴室の鏡の前に立ち、肩まで伸びた真黒な固い長髪の束を掴んで持ち上げ、裁ちバサミで切り始めた。ザクッと切るたび、パタパタと濡れた毛の束が足元に落ちる。毛に癖があるので、切った束の単位で勝手にまとまっていく。両耳が見えるまで短くし、次に髭を剃った。髭も太く癖があるので、左手で顔の皮膚を引っ張って起こした髭に二枚刃のカミソリを当てる。剃り終わると、身体中に張り付いた髪の毛や髭を熱いシャワーで洗い流した。

浴室から出て、脱衣場の棚の奥に隠しておいた頭髪用染料を取り出し、髪の毛を染める。毛染めが終わった後、浴室を酸性洗剤で洗い、排水口の髪の毛や使ったタオル、染料の空きチューブも全て製材所の産廃焼却炉に放り込んで火を付けた。

ドライヤーを冷風のまま当てて髪の毛を乾かす。地毛は重さを感じさせるくらいに真黒だったが、アッシュ系のダークブラウンに染めると、想像通り軽やかで、顔全体の雰囲気が明るくなった。コンタクトレンズを入れてサッパリした外見を暫し鏡で見た後、真新しいシャツにトランクスを穿き、そのままの姿でキッチンに入り、冷蔵庫の食材を物色した。キャビア、青カビチーズ、伊勢エビなど来客用の高級食材が詰まっている。

しかし、あえて加工肉を選んだ。大理石の調理台の上にドイツ産ショルダーベーコン、イタリア産パルマハムを取り出した。これらは、大槻が自分の晩酌のあてに取り寄せたものだ。余すところなく分厚く切って、フライパンで炒め、大皿に載せると豪勢に夏野菜を添えた。大きめのグラス一杯に氷を入れ、右手に大皿、左手にグラスとスコッチのボトルを持って、庭に面した板の間に出る。床に食器やボトルを直に置きガラス戸を全開にすると、冷たい松材の床板にあぐらをかいて食事を始めた。外は既に雨も上がり、暗闇に飲み込まれている。屋内の電灯は全て消し、月明りだけを照明にすることで、この縁側が大槻家での最後の晩餐の舞台となった。

昼間に大汗をかいたため、ベーコンの塩味が内臓に沁み込む。細長い指で軽くグラスを掴み、カラカラと振って融けた氷水で適度に薄まったスコッチをゴクリと飲み込むと、塩分とは違った突き刺すような浸透圧で消化器官に広がって行く。

ザワザワと周囲の木々を揺すって冷風が流れ、耳を澄ますと虫の鳴き声も聞こえて来る。空っぽの胃袋が徐々に満たされ、軽い酔いを感じた時にやっと昼間の緊張が解けたことを実感できた。フォークに突き刺した肉をゆっくりと口に運び、舌の上で味わい、時々手で角切りキュウリやトマトを摘まんでは口に放り込み、ナプキンで手を拭ってグラスを傾けた。一時間ほどかけて食事を堪能し、手を止めて山頂を照らす月から中空に目を走らせる。鬱蒼とした山林の暗がりを凝視しながら大槻の言葉を思い出していた。

「なんで三番乾燥機も使わんのや！」

社長の大槻は腕組みをして事務室の椅子に大きく両膝を開いて座って、立ったままの青年を下から睨んでいる。製材所の工場内の一角がパネルで間仕切りされ、事務室になっているのだが、実態は大槻の説教部屋に過ぎない。

大槻は職人としての腕はいいのだが、人間として狭量で、社員に責任転嫁するなど、全く人望がない。以前は住み込みで青年以外に二人の従業員が居たが、今は青年と大槻の弟と大槻社長夫婦だけだ。大槻は少しでも貫禄を付け、青年を威圧したいのだろうが、開いた足や、組んだ腕にも精一杯感が溢れ、無理しているのが丸分かりだった。

「全機使わんとヒノキのフローリング材の出荷が間に合わんぞ！　どうする気や！」

三番乾燥機は熱電対が劣化して機内温度が安定しないから使えない、今まで青年が何度も説明した。大槻がそのことを忘れて、顧客に無理な納期を約束してしまった。

青年は、もう今回は口には出さなかった。

「おい、何とか言うたらどうや」

大槻は眉間に皺を寄せて青年を睨んでいるが、青年が真直ぐ見つめ返すと、途端に大槻の黒目が泳ぐ。

クドクド説教する大槻の声を聞き流し、青年は別のことを考えていた。いつも踏ん反り返る理由は、単につるっ禿げの天辺を見下ろされたくないだけ？

この時、今まで無表情に黙ったままだった青年が急に笑い声を上げた。その瞬間、大槻の表情が固まった。青年から目を離さず後ずさりし、そのまま事務所から出て行ってしまった。

青年はポツンと一人残された。

——もう終わり？　一体何なんだよ。

自分の事務机の椅子に座ると、引き出しの奥からハードカバーの日記帳を取り出し、スピンの端を持ってバサッと開いた。二頁にわたってマトリックス状の表が書かれ、上部の余白のタイトル欄は「大槻家」とある。左端の一列は、行毎に色々な項目が並び、各項目の行は右に向かって列毎に「1」から「5」までの数値が書かれている。左端列の最初の項目は「給与遅配」とあり、その行の右側には、「1」から「4」までが「×」で消してある。給料日になっても振り込みがなかった月が、今まで4回あったということだ。青年はその項目を見ながら笑みを浮かべている。

——人里離れた山の中で、住み込みで働いているのに、給与が振り込みって、回りくどいねぇ。ま、近場には使う所もないけど。

次の項目は「専務誤発注」。大槻夫人が専務で、購買業務を担当しているが、やたらと誤発注が多いのだ。防カビ剤や乾燥剤などの知識がないままに大量注文し、置き場もないほど仕入れた薬剤の箱が母屋にまで溢れ返ったこともある。回数は3回で、「3」までが消してある。次の「大槻部長失注」は、営業部長の大槻の弟が注文を遺失した回数で、「4」回。

以降「大槻指示ミス」「同僚退職」「機械整備不良」などが続き、最後の方に「大槻叱責」とある。青年の指がピタリと止まりトントンとその項目を叩いて、指を右へ滑らすと、「1」から「5」までが「×」で消してある。青年はそこへ書き足そうとして、いつも胸ポケットに挿しているノック式のボールペンに手をやったが、そこにはなかった。どこかで落としたらしい。周囲を見回すと、大槻の机に漆黒の太い棒が転がっている。手に取ると、シェーファーの万年筆だ。大槻は悪筆で、漢字もろくに知らないのに、ペンだけは高級品を使っている。青年は鼻で笑い、その万年筆を頂戴して、再びノートに目を向け、しばらく「大槻叱責」の行を眺めていたが、一気にその行全体を横線で消した。「6」回目という意味だ。「6」回でこの項目は終わりである。

　青年の鼓膜にツクツクボウシの夏の終わりを悲しむような鳴き声が響いてくる。青年は目を瞑り、ジッと蟬の鳴き声を聞いていたが、ふいにパチリと目を開けた。

「リセットしよ」

　明るい声を出すと、すっくと椅子から立ち上がり、事務室から出て木材加工場の壁伝いに工具置き場に向かった。工場の北側の壁一面が木工用、庭木剪定用、植林用の工具置き場になっており、壁に様々な金物が掛かっている。

　ゆっくりと端から順に工具を舐めるように見ていたが、ふと視線を止め、ひとつの工具を壁から外した。刃渡り数十センチの竹割りナタである。右手で目の高さに掲げ、刃が放つ鈍い光沢に目を細める。刃は薄く、重さで断ち切るタイプではない。軽く八の字に振って、握りの感触を確かめると、ナタを片手に母屋に向かった。

青年が物思いに耽（ふけ）りながら、板の間の向こうの暗がりに目をやると、そこには昼間トラックに積まなかった一体がそのまま置いてある。月明りが陰ったのを機に晩餐を終え、全開のガラス戸を閉めようとして足元がふらついた。昼間の作業は充実感を覚えるほど完ぺきだった。熟睡できそうである。ガラス戸を少しだけ開け、カーペットの上でタオルケットを掛けて眠りについた。

翌朝は五時に目覚めた。

食器を片づけ、丹念に歯を磨き、家中を戸締りして回った。屋内物干しには、昨日まで着ていた作業着や作業靴が干してある。

グレーのTシャツにジーンズ、スニーカーを履き、片方の肩にディパックを掛けて玄関を出た。表扉も施錠すると、大股（おおまた）で敷地から出て行った。製材所前の坂道を数十メートル下ったところの脇道に、二日前から借りているレンタカーを停めている。乗り込むと、朝日が昇る前の薄明るい山道を山陽道（さんようどう）方面に向かって小気味よく下って行った。

――二〇一八年七月二〇日　午後六時五〇分

その日、孝之が事務所に戻って来たのは午後七時少し前だった。表の駐車場に営業車を停め、そのまま運転席でリクライニングを少し倒し、ヘッドレストに頭を預けて目を閉じ、疲れに身を任せた。全く経験がなかった営業もそろそろ板についてきたのか、疲れが心地良い。仰向けの状態で助手席に置いた営業バッグから顧客訪問チェックリストのファイルを取り出し、チェック項目毎に自己採点した。今日回った四件の顧客との会話を思い出してみる。不動産価値のスマートな説明、顧客も大笑いしたユーモアのある返答、顧客の質問に即座に答える専門知識、そして、契約締結。満足のいく一日であった。自己採点結果もほぼ満点である。

自己陶酔の湖をしばらく泳いだ後、うっすら目を開けるとセピア色に染まった残照の中、前方の歩道を五歳くらいの男の子を真ん中に、親子三人が手を繋いで歩いている。父親はもう一方の手に犬用リードを握り、その先では純白のマルチーズがチョコチョコと親子を先導している。犬の散歩には時刻が遅いので、恐らく家族で夕食にでも行くのだろう。この地域は工業団地を囲むように様々な大型飲食店が出店している。中にはペット同伴可能なガーデンレストランもある。

男の子は「Y」の字に両手を広げ、両親がその手をしっかり握っている。男の子が地面を蹴ると、両親は両脇から男の子を引っ張り上げ、空中遊泳させた。

孝之が瞼の隙間から、通り過ぎて行く親子の姿を目で追い、三人の笑い声と犬の鳴き声を聞いているうちに、徐々に周囲の光景が全て同じ薄い茶褐色に染まっていった。父親と母親、間に男の子、その足元の犬も、歩道の木々も空も同質の粒子となって一枚の印画紙に焼き付き、動かなくなった。その古ぼけた写真は額に入れられ、イーゼルに立てて展示されている。それを、孝之が手に取ろうとしたが、腰の高さにバリケードテープが張ってあり、それ以上前に進めない。精一杯手を伸ばす。十センチ角の額である。指に挟めば持ち上げられる。後、一センチ。それが届かない。指がつりそうになるが、その僅(わず)かな距離がどうしても届かない。

――たかが一センチじゃないか。

しかし、その一センチが孝之にとって幸福と絶望の境界であり、永遠に埋まらない空間であった。絶望的な思いになりながらも、虚(むな)しく手を伸ばし続ける孝之の右耳の奥に乾いた音が聞こえて来た。

コンコン

少し間を置いて、

コンコン

その音は少し強くなった。

孝之は目の前の写真を手に入れれば幸せになると信じ込んで、必死で伸ばした手が空中を掻(か)いている。今度はもっと強く、

ドンドンドン

振動を伴う音がした。その振動で瞼の裏の光景にヒビが入り、砕け落ちた。ハッと我に返り、運転席側の窓を見ると外に誰か立っている。窓から顔は見えないが、タイトな七分袖(しちぶそで)の白いブラウスを着て、広く開いた胸元に細いチェーンネックレスが覗(のぞ)いている。

誰？　孝之が顔を確認しようとした時、女性の方が屈(かが)んでくれた。社員の正木由香(まさきゆか)で

ある。何か喋っているが密閉された車内では聞こえない。孝之は助手席の営業カバンと上着を手に取って車を降りた。

辺りはセピア色の残照から薄い闇になっていたが、駐車場は二基ある外灯で明るい。夜風が孝之の茶色っぽい真直ぐな髪の毛をサラサラと流し、うっすら汗の浮いた顔を撫でるとヒンヤリ感じた。三十分近く車内で寝ていたようだ。

「お帰りなさい。随分とお疲れの様子ね」

由香がニコッと微笑んで首を横に傾けた。傾けた方向にボブカットの髪がフワリと揺れ、微かな香水の香りがした。

「ウトウトしながら、夢の中で営業日報を書いていたよ」

寝起きで気の利いた返事ができない。

「ウトウト？　爆睡よ、爆睡。エンジン音がしたんで、タカさんが帰社したって分かってたんだけど、いつまで経っても降りて来ないんだから」

由香はエンジンを切った車内に長時間留まる孝之を心配して、様子を見に来たのだ。

孝之はスーツの上着を右肩に掛け、左手に営業カバンを提げて正面玄関に向かって歩いた。後からついてくる由香のパンプスの音がコツコツと聞こえる。

由香は広報担当で、亡くなった洋子の部下だった。元々は広告代理店のウェブデザイナーであったが、村岡の誘いで、孝之とほぼ同時期にグレース不動産へ転職して来た。今の所属は西宮営業所だが、会議で本社に来ることもよくある。

孝之が背後の由香に向かって顔だけ振り向いて聞いた。

「ところで、今日は本社に何の用件だったの？」

「広報企画会議よ。各営業所長さん達と打ち合わせ。新しい賃貸物件のサイト用データを貰ったり、広告内容の仕込みが中心ね。タカさんが作った業務カレンダーにイベント登録してあるわよ」

「ゴメン。見落とし」

背後から、ふふふ、と由香の笑い声が聞こえた。

勝気な性格の由香らしい、箇条書きの回答だ。広報企画会議は各営業所長や広報担当が本社に集まってネット広告に関する打ち合わせを行う。由香は全社のウェブ系広報の主担当のため毎回出席している。打ち合わせと言うと聞こえは良いが、要はネット上の限られたスペース、写真枚数などリソースの分捕り合戦である。それを仕切るのは由香だ。百戦錬磨の営業相手に、孝之より五歳ほど年下の由香は若過ぎるようだが、全く問題ない。村岡も孝之も適任だと思って任せ切っている。

転職した当時、孝之は由香から敬語で話し掛けられ、目上の者に対する儀礼的な気遣いを感じた。

「由香さんさぁ、転職同期なんだから、敬語じゃなくていいんじゃない？」

と言うと、あっさり、

「それもそうね」

と、友達言葉で答えた。孝之は今でもそのやり取りを思い出しては可笑しくなる。

孝之は表扉を開け、閉まらないように身体で押さえ、由香が入るのを待った。由香は孝之の厚意に応えるように急ぎ足で孝之の前をすり抜けた。

エアコンの効いた社内に入った孝之は自席に座り、すぐパソコンの電源を入れた。本社はシステム化の結果、要員が減り、座席が余っている。由香は本社に来た時に使っている、入り口から一番奥の大型の机に戻った。サイトデザインのラフスケッチから制作、各営業所へのレビューも含めて由香が一人で担当しているため、この時期は残業時間が嵩む。

由香は机一杯に拡げた資料のうち、整理済み分を束ねながら、孝之を見た。孝之の席は前の列の窓際である。隣の椅子の背もたれに上着を掛け、広い背中が少し前屈みになっている。留守中に届いたメールをチェックしているようだ。

由香は残りの会議資料の整理を始めた。各営業所の要望事項をまとめていると、

「営業所からのデータの受け取りは終わったの?」

目を上げると、一段落着いたらしい孝之が椅子ごと身体を横に向けて由香を見ている。

「いいえ、まだよ。賃貸物件の画像データが大きいのよ」

由香は資料作成と並行して、別のPCを使って、データのコピーを行っている。

「そうかぁ、データの受け渡し方法も考え直さないとなぁ」

常に業務改善を考えている孝之らしいことを口にした後、ふと思い出したように言った。

「海岸通りと国道の三叉路に、新しいエスニック風のダイニングバーができたの知ってる?」

「知らないわ……でも……車じゃないと行くのに不便な場所ね」

由香は内心可笑しかった。

――ハッキリと誘えばいいじゃない。

今まで何度か孝之に誘われて二人で食事に行ったことがあるが、その都度「食事に行こうよ」のセリフまでのプロセスが同じなのだ。

孝之の言う界隈は海岸沿いの通りにレストランやバーやホテルが並んでおり、カップルがタクシーで行ってそのまま宿泊するコースになっている。

孝之がストレートに誘わないのは、孝之なりに気を使っているのだろうが、由香には何となくもどかしい。

「じゃあ今度、『飲めない君』誘って、帰りに本社に寄るわ」

由香の営業所にお酒の飲めない若手社員がいる。顧客との会食や飲み会の都度、運転手代わりに連れて行かれ、帰りは上司全員を自宅に送り届けた後やっと最後に自宅に戻ることができるのだが、毎回文句も言わずに任務のように同行している。言ってしまってから、由香は胸につかえていたものが流れた反面、由香だけを誘った孝之に対して意地悪な返事をしたことを後悔した。

チラッと孝之の顔を見たが、孝之は何食わぬ表情をしている。

『飲めない君』って吉住君だっけ？　彼も来るんだね。いいね。日取り決まったら連絡してね」

孝之もメールをチェックしながら、事務的に答えた。

――大人なんだ。

「私からメールするわね。宛先は社用、個人どちらがいい？」

「ん？　どちらでもいいよ。ところで、今日はまだ仕事？」

孝之の素っ気ない返事で、由香の独り相撲は終わった。

「そうね、かなりかかりそう。明日から当分の間、本社に来て作業するわ」

由香が営業車で帰った時には、九時を回っていた。一人残った孝之は、顧客からのメールへの返信や、各営業所の業績資料を作成した。近隣地域の不動産価格の調査を済ませると時刻は十一時前であった。

孝之は両手を頭上に突き上げると、椅子に座ったまま、

「うー」

声を出して上体を反らした。今日のノルマをやり終えた充実感に満ちている。軽く目を瞑って首を二回程回すと、しばらくそのまま動かなかった。やがて、目をパッチリ開

け、勢いよく立ち上がり帰り仕度を始めた。身の回りの物を通勤バッグに収めて、窓や扉、社内書類キャビネの施錠確認をして回り、火の元の確認をした。長い廊下の突き当たりが裏の倉庫との出入り口である。

　孝之が廊下の硬い床を革靴で歩く音がカツカツと建屋に響く。突き当たりのドアを開けた。倉庫の中は真っ暗であるが、外部との出入り口近くにある冷凍室からはブーンと低い振動音が聞こえて来る。孝之はしばらく、暗闇に響く冷凍室の振動音を聞いていた。

　その夜、人気のなくなった「グレース不動産」本社社屋の冷凍室からは何か異様な音がしていた。固い物同士が擦れ合うような音がシュッ、シュッ、と二～三秒間隔で、規則正しく、深夜まで続いていた。

――二〇一三年九月上旬　正午前

尾崎（おざき）知沙子（ちさこ）は数分間大槻家のインターフォンのボタンを押し続けているが人の気配がしない。屋内で呼出し音が鳴っているのが表まで聞こえている。とうとう玄関先で大声を上げた。

「大槻さーん。ごめんください……和江（かずえ）さーん。奥さーん。尾崎です」

　広い屋敷だから聞こえないのか？　とも考えたが、非礼とは思いながら分厚い木製扉のレバータイプのドアノブを下に押した。しかし、しっかりと施錠されている。

――え？　本当にお留守？

知沙子は内心焦りを感じた。

大槻和江と知沙子は地区の婦人会幹事のメンバーである。夏を過ぎると、秋祭りや婦人会の旅行、バザーなど行事が連続している。三日前にその初回会合を行う予定であったが、和江は無断欠席した。初めて幹事をすることになった知沙子は、和江に頼り切っていただけに不安に駆られて様子を見に来た。

表の山道側に大槻製材所の建屋があり、広い駐車場を挟んで山側に母屋がある。製材所は表のシャッターが下り、静まり返っている。普段なら平日の昼過ぎともなると各種製材機の騒音で、人がいるかどうかなど考えるまでもなく分かる。

――まさか、夫婦で旅行？

そんな話を和江から聞いた記憶がある。

――その、まさかなら、和江さん、殺生やわぁ。

曇った表情で、知沙子は玄関からカーポートとは逆の庭園の方へ歩いた。庭園の低い柵越し(さくご)に見ても、どこも雨戸やシャッターが下りているようだが、留守かどうかは分からない。

思い切って、庭木戸を開けた。

「ごめんくださーい」

独り言のように小声で唱えながら、遠慮気味に石畳に足を踏み入れ、庭園の中を屋敷に沿って歩いた。窓という窓も全てカーテンが引いてある。ただ、知沙子は人の気配を探しながらも、好奇心もあった。

――マジ、料亭みたいなお屋敷。

庭園には枯山水を囲んで、青々としたもみじがあり、少し離れて竹林や灯籠（とうろう）もある。暫（しば）し、見とれているその時、表の製材所の駐車場から車のエンジン音が聞こえた。

知沙子は急いで庭園から出て駐車場を見ると、知沙子の軽自動車の横に、見慣れない濃紺のトラックが停まっている。運転席から降りてきた小柄な男性は知沙子を見つけると、大声を出した。

「姫神（きしん）工務店です。製材所の方ですかぁ」

知沙子は大槻夫妻が戻ったのではないことに落胆しながら、顔の前で手を横に振った。

「いいえ、違います」

声が届かなかったのだろう。男性は小走りに駆け寄って来た。

「大槻製材所の人は誰もいないんすか？」

「私も奥さんに用事があって先ほど来たばかりなんですけど、お留守のようですよ」

男性は長めのタオルを頭に職人巻きにし、汚れたTシャツに紺色の作業ズボンという風体から現場作業員のようだ。二十代半ばというところだろうか。背丈は知沙子とそれほど変わらない。

――いやぁ、イケメンやん。

三十過ぎて見合い結婚して間もない知沙子は、まだ独身気分が抜けていない。

「奥さん？　ああ、大槻専務すね。母屋の方も留守なんすかねぇ？」

知沙子の想像など露知らず、男性は現実的であった。

「どこも戸締りしてますわ。あら？　ご夫婦のお車はあそこに停まったままやわ」

知沙子が指差した方向を男性は振り返った。大きな屋根付きカーポートの端にはドイツ製の高級車が停めてある。

「アウディ・A8やないすか？　俺ならA8置いてくわけないわなぁ」

車に若者っぽい熱い視線を向けながら、他のことに気付いたようだ。

「あれ？　犬小屋が空っぽすね。セントバーナードが居たんすけど、どこ行ったんやろ？」

知沙子が男性の視線を追った先には、カーポートの一角が腰ほどの高さの柵で囲われ、その中に犬小屋があった。

「ワンちゃんまでいないって、やっぱり旅行なんやろか？」

「でも、参ったなぁ、プレカット頼んでたんすけど、納期は今日なんすよ」

知沙子にはプレカットの意味は分からないが、素直そうな男性から本当に困った様子が窺える。男性は胸ポケットからスマートフォンを取り出し、どこかに電話をかけた。

「もしもし、島本っす……もしもし、聞こえます？」

相手はこちらの音声が聞き取りにくいようだ。一旦、スマートフォンを耳から離し、

「やっぱ、山ん中は電波悪いすね」

知沙子に笑顔を向け、表の電柱に向かって歩き出す。

「もしもし、聞こえます？　ああ、よかった。こっち？　聞こえてますよ」

――通じたんやわ。

知沙子は関係のないことまで心配する自分が可笑しかった。

「今、着いたんすけど、製材所はシャッターが閉まってて、お宅も留守みたいで……」

島本と名乗った男性は通話しながら、製材所の窓から中を覗き込んだ。

「夜逃げ？　そんなのここからは分かんないすよ。でも今、窓から製材所の中見てるんすけど、奥に原木があるんすよ。あれ、うちがプレカット頼んだ杉やろうなぁ」

漏れ聞こえる会話から、大槻製材所の従業員達は、作業途中に居なくなったとしか考えられないようであった。その間知沙子は、手持無沙汰で立っている。

「じゃあ、従業員の連絡先聞いたら事務所の方へ戻っていいんすね。ここで待ってても戻って来る保証ないっすから」

島本はスマートフォンを切って、知沙子に近寄って来た。

「ここの従業員、全員住み込みでしたっけ？」

「そうやったと思いますよ。でもここ半年ほどで皆がバタバタッと辞めたみたいで、結局今は、ご主人が代表で、経理が奥さんでしょ。それと、ご主人の弟さんも一緒に住んでて、製材所で働いてらしたわね。大槻さんは子供いてないし、弟さんは独身やったかなぁ。後は短期の期間パートさんね。毎年秋口から人が増えるんやけど、この時期はまだ早いと思いますよ」

「高見さんもいないんすかね？」

「高見さん？」

「ほら、若い、背が高くてほっそりした、長髪の従業員さん。ここで、犬飼ってた人」

知沙子は興味のないような言い方をしたが、内心はそれどころではなかった。初めて高見を見た時は金縛りにあったように動けなかったほど、知沙子のタイプで、以来、大槻製材所に来ると何気なく眺めてしまっていた。

「ああ、あの方ね」

「お知り合いなんですか？」

島本は元気よく、子供のように首を縦に振った。

「俺はシベリアンハスキー飼っててね、製材所に立ち寄るたびに、よく高見さんと犬の話したんすよ。高見さんと連絡取れると助かるんやけど……」

「そうそう、その人も住み込みでした。奥さんが寝具や食器の準備してましたわ」

島本は諦めが付いた様子である。

「ふーん。なら、仕方ないすね。もし、大槻さんと連絡取れたら、ここまで連絡欲しいって伝えてくれませんか？」

そう言って、知沙子に名刺を差し出した。「姫神工務店　係長　島本雄平」とある。

「あら、係長さん？　お若いのに」

知沙子には就職活動中の、島本と同じ歳くらいの大学院生の甥がいる。

「俺、高校出てすぐここで働いたんで、現場経験長いんすよ。現場仕切れるってだけす」

知沙子の甥は大学院で情報工学を専攻して、ＩＴ企業数社から内定を貰っているが、中々決められないようだ。知沙子がそのことを言うと、

「内定貰ったなら、最初に就職した会社で一生働くより、経験積んでキャリアアップするくらいの気持ちで、さっさと入ればいいんじゃないすか？」

「キャリアアップ？」

「転職すよ。実力があればヘッドハントもありすよね」

あっけらかんと、転職を前提に就職を口にする島本に、知沙子は思わず笑いそうになるのをこらえながら、受け取った名刺を丁寧な手つきで財布へ仕舞った。

「でも、不思議ねぇ。大槻さんだけでなく、住み込みの従業員までいないなんて……」

「本当、変っすね」島本も下唇を突き出して、屋敷を眺めていた。

「じゃあ。俺、これから、事務所戻りますんで」

一礼して、島本はトラックをＵターンさせ、ウィンドウ越しにさらにお辞儀して出て行った。知沙子は問題が解決するどころか、逆に自分の責任が大きくなったことに後味の悪さを感じながら、島本が去った後も駐車場に立ち留まっていた。不満げな表情で閉め切られた窓や扉を眺めていたが、やがてゆっくり振り返り、自分の軽自動車に向かっ

て歩き出した。

知沙子が運転席に乗り込んでドアを閉めた、丁度その時、一階のカーポート寄りの窓のカーテンが揺れた。閉め切られた屋内で風もないのに、しばらくユラユラ揺れていたが、突然カーテンが下から強く引っ張られた。ギューッと下に向かって引っ張られるうちに、一か所カーテンフックが外れ、垂れ下がった。だが知沙子は気付くことなく、甲高いエンジン音を響かせながら駐車場から出て行った。その後、大槻製材所と大槻家には訪問客もなく、山間で静かに佇（たたず）んでいた。

――二〇一八年七月二三日　午後四時

由香が今日も本社で仕事をしていると、夕方、表の駐車場でエンジン音がした。孝之が戻って来たようだ。由香が今朝、本社に来た時には既に孝之は営業に出た後で、一度も帰社しなかった。

「ただいま戻りました」

玄関口で疲れた声がした。由香が顔を上げると、営業資料の入ったバッグを二個提げた孝之が入って来た。

京子も眼鏡を下にズラして上目遣いに声の方を見ている。

「お帰りなさい。あら、夕立にでもあったみたいに汗びっしょりね。すぐ、冷たい飲み物いれるわね」

　京子が中腰になりかけた時、

「京子さん、私がいれるわ」

　由香はすかさず立ち上がった。

「由香ちゃん、悪いわね。若い人は機敏ねぇ」

　由香がグレープジュースを入れたグラスを持って戻ると、孝之は隣の空いている机にバッグを置き、自分のPC画面を覗き込んで、真剣に留守中のメールを読んでいる。

「お疲れさま。夕べはあれから遅くまでお仕事？」

　孝之も笑顔でグラスを受け取った。

「十一時前までかなぁ」

「へぇ、それでよく身体もつわね。私なんか、営業所に営業車返す予定だったけど暑さで参っちゃって直帰したわ。今朝も所長から文句言われる前に、また別のに乗って来ちゃった」

　由香は首をすくめニコッと笑ってみせた。釣られて孝之も笑っている。

「ははは、空いてる車は使えばいいんだろうけど、津山所長は由香さんの運転が一般的でないから心配してるんだよ」

「一般的？　一般的でない運転って何やのそれ？」

　仕事をしながら聞いていた京子が目を丸くして、孝之に聞いた。孝之は意味あり気に笑みを浮かべて由香を見た。

「お兄さんの話、京子さんにしてあげたら？」

「由香ちゃんにお兄さんがいることは聞いてたけど……」

由香は京子の視線を感じた。

――そうか、まだ京子さんに兄のこと詳しく話してなかったっけ。

「兄は交通機動隊員なんですよ。昔はロックバンド組んでライブやったり、車で走り回ってたんですけど、今はすっかりこちら側です」

「何やの、こちら側って？　その、こちら側のお兄さんがどうしたの？」

京子の声が笑っている。

「こちら側って、市民の味方ってことです。逃げる族よりスキルが高くないといけないから、兄は特殊サーキットで訓練してるんですけど、休みの日は、私を連れてモトクロスに行ったり、民間サーキットでドライブテクニックを教えてくれたり、一緒に車のメンテしたりしてるうちに一般的でなくなったみたい」

「へぇ、妹の可愛がり方にも色々あるものねぇ」

「と、言うか、兄は弟が欲しかったらしくて……」

クッ、と京子は俯いて笑いをこらえた。

「じゃあ、あなた、弟代わりってこと？」

京子の表現に由香も思わず笑った。

「そうかも。兄とは喧嘩したこともないんですけど、結構鍛えられたなぁ」

孝之は京子の反応を楽しんでいる様子で、口をはさんできた。

「それと、お兄さんの逮捕術……」

「あら、まだあるの?」

京子は仕事の手を完全に止めている。

「兄が逮捕術の全国大会に出て、個人戦で優勝したことがあって……」

「逮捕術って見たことあるわ。防具つけて、無茶苦茶やるやつでしょ? あれって、術っていうのかしら? 見てるだけで痛そう。それで優勝なんてすごいわね。本当、お兄さんがこちら側で良かったわぁ。ということは、お兄さんから逮捕術まで習ったの?」

「まさか。でも、兄の逮捕術の自主トレに付き合って、一緒にロードワークして、ジムで格闘技のスパーリングしたり、結構健康的ですよ」

「だからかぁ、由香ちゃんの運動神経がいいのは。あなたみたいなワイルドな女の子に育てたのは、どんなご両親かな? って思ってたんやけど、お兄さん子やったんやね。あなたがそこまで素直に感化されたのは、仲がいい証拠よ。素敵なお兄さんねぇ」

京子は納得した様子でさらに、兄妹仲って大事やね、と口にしながら、仕事に戻った。

「私もそう思います……」

妹の扱いは奇抜かもしれないが、由香からすると、優しくて、頼もしい兄である。ただ、今の会社に転職してからは会っていない。夏場は族がゾロゾロと出て来る季節だ。

——今日も、サイレン鳴らして追っかけてるんだろうな……。

由香はボンヤリと兄のことを考えた。

「いつまで本社作業が続くの？」

話しかけられて我に返った由香が孝之を見た。

「今のペースだったら、上期一杯は本社と営業所を行ったり来たりになりそうだって、津山所長には言ってあるわ」

「津山君が心配してるんだ。全社サイトと各営業所のローカルサイトも全て由香さん一人でメンテしてるんじゃ、由香さんがオーバーワークになるのは当然で、体制から考えるべき、というのが津山君の意見だけど、僕も同感だな。一部だけでも外部委託するとか、増員も含めて検討課題にあがってるよ。津山君から由香さんにヒアリングすることになってるから」

「私に何かあった時の保険の意味も兼ねて、増員はありだと思うわ。でも、クォーター都度そうなることは覚悟してるわよ。その後、暇になるんだから期間労働者ってとこね」

そこまで言い切ると、孝之は苦笑いした。

由香が、そうそう忘れないうちに、と前置きした。

「さっき『西部冷熱』って会社から漏水の修理の件とかで電話があったわよ。今日は、冷凍室内の排水も見たいって。後で鍵(かぎ)を預かりに来るって言ってたけど」

孝之は経理書類に目を通しながら、事務的に答えた。

「ああそれ、僕が出先から電話した件ね。でも、冷凍室内も？　ふーん、まあ、鍵を用意しとくよ」

京子が顔をあげた。

「夜間に修理して、翌日に鍵戻してくれるんやね？」

冷凍室は倉庫の中に作られており、屋内からも屋外からも出入り可能である。レストランだった頃は、かなり繁盛していたので食材の納入業者にも倉庫と冷凍室の鍵を預けて、委託在庫として使っていたようだ。

「段取りはいつも通りですよ」

孝之は書類に見入ったままだ。

「この件、社長から何か指示はないの？」

由香が孝之に聞いた。休暇中の村岡との連絡窓口は全て孝之が担っている。定期的に連絡を取り合っているとのことだが、今のところ、村岡の経営判断が必要な緊急案件は発生していない。

「社長には一応、連絡しておいたんだけど。一任されちゃった」

孝之は苦笑いした。

「あらら。よきにはからえ、ってこと？」

由香はわざと明るく聞き返した。

「まぁ、そうだね。初めて休暇とって、奥さんとの思い出の場所を巡ってるのに、あんまりしつこく連絡するのもねぇ」

温和な村岡が妻の死から受けた精神的苦痛がとても大きいことは由香にも想像できる。洋子の死後、目に見えて村岡は憔悴し、あらゆる意欲が減衰している様子であった。孝之同様に村岡も長身で細身のため、一見すると神経質そうな印象さえある。その村岡が目が充血し、隈ができ、頬がこけると病的ですらあった。連絡がないのは、「まさか……」と思うのだが、心血を注いで起業し、毎日の業績に一喜一憂して経営してきた会社には未練があるはずだ。

——村岡社長が会社を放り出すわけはないわ。

由香は自分を納得させた。

一時間ほどすると、「西部冷熱」の作業員が作業機材を積んだワンボックスカーに乗って訪問して来た。

「すみません。お電話もろた『西部冷熱』です……」

気管支炎を患ったようなしゃがれた声がした。

京子が声の方向を見ると、事務所の受付カウンターに、油で汚れた作業着の男性が立っている。

「はぁい。ご苦労さまです。お電話して即日対応やなんて、無理しはったんと違います？」

京子はカウンターに向かいながら、男性を観察した。胸に「柴本」と刺繍されたマジックテープ式の名札が張り付けてある。年齢は五十代後半だろう。顔の皺一本一本に油が沁み込んだ浅黒い顔がベテラン作業員の雰囲気を漂わせているが、両目尻が垂れているため、頑固な職人というより、人の良い町内会長といった感じがする。

「丁度、近くの運送会社の保冷庫の修理やってまして、そっちの工事が済んだら、お宅に寄って連絡もろた箇所見せて貰いますわ。いつもは社長さんが立ち会われるんですけど……」

「村岡は不在なんです。すみませんが、立ち会いなしでお任せしてよろしい？」

柴本は居心地悪そうに身体を揺すっている。

「じゃあ、立ち会いなしということで結構です。そうしたら、いつも通り鍵預からして貰います。明日、また持って来ますんで」

油の沁み込んだ手で後頭部を掻いた。ヘルメットを被っていたのだろう、汗で濡れた白髪交じりの黒髪がペタリと頭に張り付いている。

ちょっと待って下さいね、と、背を見せた京子に、付け加えて言った。

「あっ、それと、今日は冷凍室の鍵も預からせて貰いたいんですわ。冷凍室の中から高圧洗浄できるか、見るだけなんで」

京子は笑顔で頷き、孝之の席までやって来た。

「今晩のメンテで冷凍室も見はるんやて。冷凍室の鍵も貸して貰えます？」

孝之はパソコンの画面から視線を外さず、左手でキーホルダーを持って腕を伸ばすと、京子の手の平へポトリと落とした。京子は、時々孝之の無機質な態度を見ることがある。いつもはまるで演じているかのような隙のない言動の孝之にしては珍しい。そんな時京子は、孝之が集中して考えている間は余事に気が回らないのだろう、とそっとしている。京子は孝之から鍵を受け取ると、サッとその場を離れ、エントランスに戻り柴本に鍵を手渡した。

「それでは、このディンプルタイプのキーが倉庫で、こちらが冷凍室の鍵ね。それと、駐車場から裏に行く途中にあるフェンスの扉の南京錠がこの小さい鍵。全部で三本。タグ付けてあるから分かりますね。それから前も言いましたけど、側溝や冷凍室の倉庫側の外壁付近は、地盤が悪いんでくれぐれも注意して下さいね。慣れてはるやろうけど」

「はい。十分存じてますんで大丈夫です。確かにお預かりしました」

柴本は京子の前で丁寧にファスナー付きの胸ポケットにしまうと、ペコリと頭を下げて出て行った。孝之は、柴本を目で追うこともなく、パソコンの画面を見つめている。

「今回で六回目か……」

孝之の独り言を打ち消すように、ジリジリジリと油蟬の鳴き声が響いた。

その夜、柴本は社用ワンボックスをグレース不動産の駐車場に乗り入れた。二基の外灯が眩しいが、それでも駐車場の端の闇までは払い除けられず、一台だけ停めた駐車場が広大な空間に感じた。本社建屋の窓は真っ暗である。柴本が目の前に左腕をかざすと、ダイバーウォッチが午後十時丁度を指していた。現場作業では防塵(ぼうじん)、防水機能なしの腕時計だとすぐ故障するため、わざわざダイバーウォッチを使っている。柴本は高輝度ハンディライトを持って車を降りた。

この時刻は界隈(かいわい)全てが静止しており、工業団地外縁の幹線道路を時折疾走する車のヘッドライトが唯一の動体だ。山々に反響するエンジン音を近くに感じながら、駐車場を横切り裏手の倉庫へ通じる通路の砂利を踏んだ。

通路は外灯が切れているらしく真っ暗である。通路に沿った側溝にライトの光を向けると、常時漏水しているためキラキラと側溝の底が光っている。足を踏み出す都度、靴の裏で角張った礫岩(れきがん)同士の硬質な摩擦音が響く。いい大人でも、夜中に人気のない、それも半径百メートル内には確実に人がいない企業団地の暗闇を一人で歩くのは気味が悪い。柴本は気を紛らわせるため、独り言を口にした。

「配管が古いから、水漏れは仕方ないんや」

声に力がない。

「バルブはこの先やったな」

目の前のフェンス越しに前方を照らすと、暗闇を切り取った光の円形の中に真黒な塊が落ちていた。

——あれは何や？　バッグか？

フェンスの扉を開けるために、右の脇にライトを挟み、南京錠を左手に持って、錠の底の鍵穴に鍵を差し込もうとするが、手元が暗く中々上手くいかない。

ヘッドライトを取りに戻ろうか、と思った瞬間、錠前が外れた。

黒い物体に光を当てながら、金網の扉を押し開けた時、扉が何かを弾いた。固くて重い球体がゴロゴロと砂利の上を不規則に転がって行った。リンゴかナシのようで、中が空洞でないことは手に残った感触が教えてくれる。ライトの光を球体に向けた。球体が転がった軌跡に沿って砂利が黒く濡れている。扉を全開にして、フェンスの内側に入り、二～三メートル先に転がっている球体をジッと凝視する。ライトの光軸を外さずに慎重に近付くと、次第に影と実体の境界が鮮明になる。表面の質感が分かった時、思わず息を呑んだ。球体には、半分閉じた目と半開きの口から尖った歯がのぞいていた。

「うっ」

柴本は口を押さえた。猫の頭部であった。柴本は咄嗟に辺りを照らした。先ほどの真黒な塊は頭部を切断された黒猫の胴体で、切断面の傍に大きな血溜まりができている。ライトはその向こうにも別の胴体と頭部を照らし出した。さらに別の猫は頭部と四肢を切断されている。息が出来ない。柴本は喘ぎながら、同じ場所に立ち竦んで周囲を闇雲にライトで照らした。少なくとも頭部が五個転がっていた。

柴本は次の瞬間、倉庫の扉へ向かって走っていた。動物の死骸から離れたいのか、どこかへ通報するのか、自分でもわけも分からないまま身体が勝手に反応していた。ザクッザクッと砂利の軋む音が増した時、躓き転んだ。手に持ったライトが割れ、瞬時に暗闇に包まれてしまった。車には予備のヘッドライトがあるが真っ暗な中、猫のバラバラ死骸に向かって戻る気にはならない。

　起き上がると闇の中を、倉庫を目指して無我夢中で走った。倉庫のドアノブに飛び付き、シリンダー錠にキーを差し込み開錠すると勢いよく扉を開けて中に飛び込んだ。

はぁはぁはぁ、肩で息をしながら、暗闇の中、扉近くの壁面を手で探るとスイッチらしい物に触れた。スイッチを今とは逆方向へ倒した。奥の天井で熱交換用のダンパーが開く音が聞こえたが、照明は点灯しない。照明スイッチではなかった。倉庫内部は外の闇とは違い、漆黒の粒子が詰まっていて一層暗い。しかし、暗闇に目を凝らすとぼんやりと矩形が浮かび上がってきた。

　柴本は壁に手を触れながら矩形に近付いた。近付くと、壁のホルダーに吊られた十数センチのリモコンだと分かった。蛍光塗料が塗ってあり、それ自体が淡い光を放っている。柴本はリモコンを手に取り、深く息を吸い込み天井に向けて「ＯＮ」の文字が光るボタンを押した。次の瞬間、パンと割れるような勢いで天井照明が点灯し、淀んでいた闇は散りぢりに壁に向かって吹き飛ばされた。照明は倉庫の中央部だけのスポットライトで壁際にはまだ闇が淀んでいるが、それでも一条の灯りを目にして、柴本は吸い込んでいた息をホーと吐き出した。拭くことも忘れた汗が頬を伝って顎から上着に滴っている。

　あの死骸はどう考えても人間の仕業に違いない。だからと言って、客の敷地内の出来事に勝手に警察を呼ぶのも気が引ける。柴本は迷いながら倉庫内を見渡した。高い天井の白色灯から降る淡く白い光で照らし出された倉庫内は相当な広さだ。食器棚やテーブル、椅子や段ボール箱が中央に整然と置かれ、柴本の入った扉の右手には壁に沿って、小部屋のように作り付けられた冷凍室がブーンと低く唸っている。左方向へ目をやると柴本が立つ位置の対角の壁に事務所へ通じる扉がある。その扉の横に壁掛け電話機らしき物が見えた。離れていてよく見えないが、通常の電話機とは様子が違う。番号ボタンでなく、大きな押しボタンが三つ付いているだけである。

——何かの専用電話か？

柴本は電話機の方へ歩き出した。電話機の上部に何かの模様が描かれている。歩を進めるにつれ、それが警備会社のロゴだと分かった。

——ああ、あれは警備会社の非常用直通電話や。警備会社へ通報するのが無難やな。

安堵して数歩歩いた時である。いきなりバサッと照明が消え、辺りは再び闇に包まれた。柴本は驚き、見えるはずもない暗闇を見回しながら、手に持ったリモコンの「ON」ボタンを押した。照明はすぐに点灯した。柴本は手の汗で濡れたリモコンを眺めた。

——「OFF」ボタンに触れたんやろか……。

一歩、二歩、三歩歩いた時、再びバサッと照明が消えた。

——えっ、また？

すぐに「ON」ボタンを押すと照明が点いた。柴本は天井を見上げた。白い光で輪郭のぼやけた照明は柴本の視線に遠慮したように点灯している。その姿勢でしばらく動かずにいたが、消える様子はなさそうだ。視線を照明に据えたまま、そっと歩き出した。が、途端に照明が消え、また暗闇に包まれてしまった。照明が消える直前、倉庫のどこかからカチッと小さな音が鳴ったような気がした。

柴本が「ON」ボタンに添えたままになっている指に力を入れると、照明は素直に反応して辺りを明るく照らしてくれた。

――何か音がしたような……。

その場から動かずに、周囲をグルリと見渡したがスポットライトから壁に向かって徐々に闇が濃くなり見えない。思い切って歩き出すと、また、照明が消えた。ビクッと足が竦んで立ち止まった。今度は確かにカチッと固い音が聞こえた。音が聞こえた方向は倉庫の隅のようだ。

柴本はゆっくり「ON」ボタンを押す。照明が点灯する。耳を澄ます。すぐにカチッと音がして消えた。柴本の呼吸は荒くなり、止めどなく汗が流れ、闇の中でギョロギョロと眼球を動かしながら、「ON」ボタンを押した。照明が点いたが、間髪を入れずにカチッ、と消えた。闇の中で音が近付いてきている、と確信した時、かすかに布が擦れ合い、床を踏む気配を感じた。誰かいる。柴本は恐怖のあまり叫ぼうとしたが、表情も、首も、喉も引きつり、声が出ない。指先だけが動いた。「ON」、カチッ、「ON」、カチッ、「ON」を繰り返し、次にカチッという音を聞いてから暗闇の中で茫然と佇んだ。

恐る恐る「ON」ボタンを押した。照明が点灯したが、再びカチッと音が聞こえたのは自分の真後ろであった。息を詰まらせながら振り返ると、暗闇の中、自分の頭より高い空間に鈍く光る長方形の塊が浮いていた。

次の瞬間、額を固く冷たい鉄の板が断ち割って行くのを鼻先に寄せた両目がとらえた。衝撃の後、視界が真っ暗になり、意識も呼吸も止まり、そのまま床に崩れ落ちた。

どれくらい時間が経ったのだろうか。柴本の意識が戻った。大きく損傷した脳の一部が一時的にかすかに活動した程度であったが……。

四肢の感覚はない。ただ、左目がかろうじて見える。朦朧(もうろう)とした意識の中で、見えた光景を認識しようとした。

断熱材の天井、霜、ブーンと唸るような振動、ああ、冷凍室の床に寝転がっているのか。眼球だけが動いた。顔のすぐ横には、透明なビニルがある。耳、髭(ひげ)、黒い毛、底に溜まった血、猫の頭部や胴体がゴロゴロと入ったビニル袋か……。

脳が活動を停止する直前、聴覚がシュッ、シュッ、シュッ、と固い物が擦れ合う音をとらえたが、やがて、柴本の生命活動は完全に停止した。

——二〇一五年六月上旬　午後二時

尾崎知沙子は甥(おい)からのメールを読み返した。甥は昨年東京のIT企業に就職した。就職活動中は色々と悩んでいた。知沙子も気を揉んだのだが、今は元気に頑張っているようだ。メールによれば、自社製品を大阪の展示会に出展するチームに入って、開催期間中は新大阪に滞在していたとのことだった。メールの最後は「次回は時間の都合付けて、叔母さん家へ寄るね」の文言と会場で撮ったチームの写真が貼り付けてあった。作業着を見慣れた知沙子からすると皆スマートで都会的だ。知沙子は安心する反面、農家に嫁いでも都会の暮らしや自由恋愛に憧れている自分に気付く。ＰＣを立ち上げ、ブラウザを開いた。

「えーと、『ビジネスアプリケーションＥＸＰＯ』だっけ？」

スマートフォンの甥からのメールを見ながら検索するとすぐ見つかった。毎年開催される大規模の展示会らしい。知沙子には何の展示会なのか、さっぱり分からない。そもそも甥が働くＩＴ業界についての知識も漠然としている。展示会が終了して一週間ほど経っているため、ホームページには、今年の入場者数やアンケート結果、展示会場の写真などが掲載されている。出展しているのは知沙子も知っている大手企業ばかりである。来場者に外国人も多く、色々なイベントやロボット等の実演風景なども紹介されている。

「ふーん、盛大やん」

我が甥っ子がこの業界に所属していることに感心しながらページをクリックしていると、一枚の写真に釘付けになった。

写真は各社の社員やコンパニオンがマイクを持って自社の展示物の説明をしている風

景である。その一枚にスラリとしたスーツ姿の青年がマイクを持って写っており、背後の大型モニタに表示されている企業名は知沙子も知っている。

知沙子はしばらく食い入るように写真の青年を見つめていたが、急に机の引き出しから名刺ホルダーを引っ張り出してパラパラと捲り、ある見開きで止めた。知沙子の指が押さえているのは「姫神工務店　島本雄平」の名刺である。

知沙子は島本の名刺のメールアドレスに、今ブラウザで開いているサイトのURLを貼り付け、簡単な文章と自分の携帯番号を書き込んだメールを送信した。島本とは大槻製材所で会って以来、二年振りになる。

あれから大槻製材所一家は行方が分からず、製材所もそのまま放置されている。製材所の経営は兎も角、高級木材の加工販売の老舗がいきなり無人になったのだから、当時は色々と噂があった。「土地取引で失敗して夜逃げした」「大槻さんの出身地の宮崎へ引越した」等々、いずれも根拠希薄で無責任な話であったが、今は噂にもならない。知沙子は和江と懇意だっただけに、失踪した一家のことが重しのようにずっと心の隅に残っている。

——島本さんから返事があるやろか？　そもそもこんなオバサン覚えてるやろか？　などと考えながら返事を待つだけの自分が惨めだ、と思ったその時、スマートフォンに着信があった。島本であった。

「久し振りすね。突然だったんでビックリしました」

「仕事中にごめんなさいね。先ほどメールしたサイトで偶然見つけて、どうしても気になったんで……でもこんなに早く返事あるなんて思ってなくて」

島本の背後が騒がしい。

「ああ、今日は社内なんで大丈夫す。今、送って貰ったサイト見てるんすけど……」

しばらくカチカチとマウスのクリック音だけが聞こえ、知沙子は島本の回答を待った。

「これ、高見さんすね」

知沙子は思わず自分の太腿を叩いた。

「そうですよね。大槻製材所の高見さんよね」

「間違いないす。画像のせいか、顔の雰囲気、ちょっと違うんすけど、高見さんす」

知沙子にはもう一点気になっていることがあった。

「ねぇ、それと後ろの大きなテレビに映ってるのが、今勤めてる会社ですよね？」

「恐らくそうすね。この会社のアプリのプレゼンしてる写真すよ。へぇ、大手企業に転職して、今こんな仕事してるんすね。背が高くて格好良かったからスーツ姿がビシッじゃないすか」

「IT企業やと思うんですけど、知ってはる？」

「テレビでコマーシャルやってるやつすよ。有名会社なんやから、俺なら皆に自慢するけどなぁ」

「島本さんに高見さんから連絡は？」

「いや、一切無いすよ。便りがないのは元気な証拠って。高見さん、元気そうすね」

そうね、知沙子は気のない返事をした。

大槻製材所一家の失踪は気にはなっているが、事件になっているわけでもなく、島本の呑気(のんき)そうな返事を聞いて、知沙子の心の重しがとれた。島本は仕事中なので、早々に通話を切った。

——二〇一八年七月二四日　午後三時

孝之は終日、社内で仕事をしていた。朝から本社は賑(にぎ)やかだ。各営業所から営業所長や管理職、主席営業担当や若手営業マンが集まって、月例の営業戦略会議をやっている。孝之も会議に出席し、その合間に来客の応対など、自分の席に落ち着く暇もない。二人目の接客を終え、玄関から送り出した後やっと自席に戻った。椅子に浅く身体を投げ出すように座り窓の外を見ると、雨粒一つ一つが見分けられるほど、激しい夏の雨が降っている。

その様子を、丁度会議が休憩中のため、京子や由香を囲んで雑談している営業達が遠巻きに見ている。社内の業務システムを一人で構築した上、営業成績でもトップクラスの孝之は注目されている。その視線を孝之自身も感じている。

孝之の横に立った由香が、顔にバニラシェイクを突き出してきた。

「はい、差し入れ。ところで、今のお客さんは？」

「田島製薬の総務部長だよ。福利厚生で社員向けの保養所を探してるんだけど、白浜の物件が契約できると思うよ」

孝之がストローから半凝固体を吸い込むと、冷たいバニラが脳まで冷やす。

「あら、白浜の物件？」

京子が嬉しそうに反応した。孝之は突き刺すような冷たさに目を固く閉じて額を押さえながら答えた。

「田島製薬さんは、ジェネリック薬品でもの凄く業績がいいんですよ」

横で聞いている営業達が、口々に言う。

「田島製薬さんの案件は川島さんが新規に開拓したんや」

「それにしてもすごいなぁ。前年度から営業成績トップって」

「それも、新規顧客が半数以上ですもんね」

元IT技術者という経歴が不動産営業にどのような影響があるのかは明らかでないが、営業達は不思議な魅力を感じているようだ。周りからの羨望の声を聞いても、孝之は何も語らず、穏やかな表情を変えない。

事務所の時計が三時十五分を指した。

「さぁて、続きやりますよ」

今月の議長役である西宮営業所長の津山が立ち上がり、若手の一人に声を掛けた。

「奥の厨房でコーヒーブレイクしてる連中呼んで来てくれる？」

その時、事務所の代表電話が鳴った。

「はい、グレース不動産でございます」

京子が滑舌よく答えた。会議室へ賑やかに向かう営業達の列から一人外れた津山が孝之の席に近寄った。

「川島さん、この後また会議に出るんですよね」

「出るよ。このメールだけ出したらすぐ行く」

「最終ラウンドは、売上の細かい積み上げですから、川島さん、頼みますよ。エース不在では試合にならんので」

「ははは、よく言うよ。先に進めてて」

じゃ、よろしく、と津山はビシッと気をつけをして深々と頭を下げて会議室に向かった。

すると、電話の応対をしている京子の困惑した声が聞こえて来た。

「えっ。そうなんですか？　ええ、昨日の夕方来られて、鍵をお預けしましたよ。ファスナー付きの胸ポケットに仕舞われたのを覚えてますし……もう何度か修理に来て頂いているので、立ち会いなしでお願いしたんですよ。あっ、ちょっとお待ち下さい」

京子はふっくらとした手で受話器の送話口を押さえている。

「タカさん、『西部冷熱』さんなんやけど……」

孝之はキーボードを打つ手を止めて京子を見た。

「どうしたんです？　暗い表情で」

「今日はまだ鍵返しに来てないよね？」

「はあ？　そうですね。変だな。いつもは翌日の朝一に工事の説明に来るのに」

「昨日来られた方、自宅にも会社にも戻ってないって。それで、昨夜ここに寄った時刻分かりませんかって」

孝之は腕を組んで首をかしげている。

「作業に来た時刻？　いやあ、分かんないですね。えっ、それって行方不明ってこと？」

孝之は緊張した表情で自席の電話機に手を置いた。

「京子さん、僕から説明します。保留にして下さい」

孝之は自席の受話器を取った。電話の向こうの「西部冷熱」の社員には、昨夜は立ち会いなしの作業だったこと、朝からの大雨で漏水工事をしたかどうかは分からないことを説明した。受話器から聞こえる声は、明らかに弱り切って元気がない。

数分間話をして電話を切った。京子と由香が二人して孝之を見ている。

「で、何て言ってはるの？」

京子は孝之を促した。

「うん、まずこの後、鍵の業者を連れてフェンスと倉庫の鍵の交換に来るそうです。鍵を預けた方の行方が分からない以上、紛失事故ですから。それと、昨日来た作業員、柴本さんって名前なんですけど、その方の行方不明者届を出すって言ってました」

それまで黙っていた由香が京子の方を向いた。

「京子さん、冷凍室の鍵も渡しませんでしたっけ？」

孝之はすかさず口を挟んだ。

「冷凍室は内鍵だし、合鍵もあるから別に急がないって言っておいたよ。それに、開閉レバーと一体になってるから、結構特殊なんだ」

京子は沈んだ顔をしている。

「そう、警察にお願いするのね。ひょっこり戻ったりするならいいのやけど」

その後、「西部冷熱」の営業部長と柴本の上司がお詫びと鍵交換のため、専門業者を連れてやって来た。鍵の交換が終わる頃には、本社会議も終わった。全員が引き揚げた本社社屋はエアコンが停まり灯りも消え、静寂と暗闇に満ちている。しかし、その時間になると冷凍室からは、シュッ、シュッといつもの音が聞こえていた。

――二〇一五年七月上旬　正午過ぎ

駅ビルから出た途端、真っ白な真夏の陽光が肌の露出した部分を突き刺した。

青年は、辺り構わず飛び交う光の乱反射に顔をしかめながら、右肩からずり落ちそうになった出張用の大型ショルダーバッグのベルトを掛け直した。今朝早く出張先のホテルを出て、先ほど自分の住む家の最寄駅に着いたところだ。時刻は正午を少し回っている。駅から住居までは国道沿いを十数分歩かなければならない。

この街は明石(あかし)市の郊外に位置しているため、駅周辺には大型マンション、集合住宅や真新しいショッピングモールなどがあるが、駅から放射状に延びる国道や産業道路沿いはまだまだ青々とした田園が広がっている。青い稲穂の波の向こうには、所々に大手電機メーカーや食品会社の工場が点在している。

工場建設予定の更地の横を通り過ぎている時、ズボンのポケットの中でスマートフォンが鳴った。今朝から何度か着信があるのだが放っていた。今回も無視して歩いているうちに切れた。青年の歩く歩道には日差しを遮る物は何もない。視線の先では、のどかな田園風景が幾何学的な対向二車線の直線で真っ二つに切り裂かれている。道路を時折大型車が猛スピードで走り去る。その都度、青年の周りを熱風が渦巻く。

十分ほど歩くと左手前方に雑木林が見えてきた。幾匹もの蝉の鳴き声が重なり、青年には一重の唸(うな)りに聞こえる。林全体が一匹の蝉になって鳴いている。近付くにつれ蝉の鳴き声が鼓膜を振動させ、脳の奥深くまで浸透してきた。雑木林の中は、所々が切り拓(ひら)かれて木々に囲まれるように家が建っている。一軒一軒の敷地は大きく、宅地の外れには水量の多いコンクリート製の用水路が流れている。青年の住居は、国道から林の中の歩道を数分入った所にある。

林の手前まで来ると蝉の鳴き声が一段と大きくなった。

その時またスマートフォンが鳴った。溜息を吐いて、仕方なくポケットから取り出して見ると、音声着信でなくメールが届いていた。送信元は「第二システム部」と出ている。部長からであった。青年はスマートフォンを無表情に見つめていたが、おもむろにメールを開いた。

「電話が繋がらないのでメールします。出張報告書を読みました。急な障害対応にもかかわらずご苦労でした。ところで、課長から聞いて驚きました。お父さんが亡くなられたとのこと。出張先から直接帰省する件、許可します。ただ、そのまま退職したい、との希望は、唐突過ぎて正直、面喰らっています。以前からその意思を持って熟慮した上での話でしょうか？　ご実家の状況はよく理解しているつもりです。社員が困っている時こそ会社という組織を利用してください。君の抱えている仕事は組織として対応するので、心配しないでください。退職については、顔も合わさずに、はいどうぞ、と、言うわけにはいきませんので、落ち着いたら連絡ください」

部長が引き止めることは予想していた。かなりしつこく食い下がられるだろう。青年にとって、今の人間関係を断って、一刻も早くこの土地を離れないと「危険」であった。返信する気など毛頭ない。メールを閉じると、電源も切りバッグの底に突っ込んで、木々に囲まれた薄暗い小路を急いだ。

しばらく行くと視界が開け、白々とした陽光の中に大きな建屋が現れた。高さ一五〇センチほどの低い両開きの表門鉄扉が訪問者に威圧感を与えている。門柱には「杉下」

という表札が掛かっている。ここが、青年の住居である。青年がこの家の持ち主である杉下恵美と同居を始めて半年になる。四日間の出張中、恵美と付き合うきっかけを作った時の光景を頻りと思い起こしていた。

昨年の十二月、そろそろクリスマスで街全体が賑やかになろうかという頃、青年が通い始めたスポーツジムの駐車場でのことだった。黒のワンボックスカーの左前輪辺りに女性が屈み込んでいる。青年は背後から近付いて頭の上から声を掛けた。

「パンクですね」

こちらを見上げた女性の大きな瞳は吸い込まれそうなほど澄んでいた。女性は突然声を掛けられて一瞬、戸惑った様子だったが、律義に立ち上がって青年の方へ向き直った。

「そうなんです。車を出そうとしたら変な音がしたんで、見るとご覧の通り。困ったわ」

恵美と交わした最初の会話である。恵美はこの後二人の子供を保育園に迎えに行くとのことだったが、閉園まで時間がない。とてもタイヤ交換をしている余裕はなさそうだ。

「よければ僕の車で送りますよ」

「でも、悪いわ」

恵美の返事を他所に、青年は走って自分の車に戻り、恵美の前に横付けし、助手席側のパワーウィンドウを下ろした。

「さあ、乗って。早く迎えに行かないと」

青年は運転しながら、ジムの会員証と自己紹介代わりにと言って免許証を差し出した。

青年の快活な話し方に恵美も安心した様子だった。

「あら、同じジムの会員の方なんですね」

「いつもは会社帰りに寄ってるからもっと遅いんですけど」

車内ではそれ以上の会話はないまま保育園に到着した。恵美が車から降り、車外からどうも御親切に……、と言い掛けるのを青年の言葉が遮った。

「車がなかったら明日（あした）も困るでしょう。戻ってパンク修理します。このまま待ってますから、お子さんを連れて来て下さい」

恵美は返答を迷った様子で、少しの間沈黙して青年を見つめた。純白のマフラーに掛かった髪の毛が拡がり、真っ白な吐息が幻想的だった。やがて、恵美はニコッと笑って頷（うなず）き、足早に保育園に入って行った。

男女二人の子供達を乗せてからは、車内が賑やかになり、恵美は母親の一面を見せた。

タイヤ交換の後、誘われて、恵美親子と一緒にファミリーレストランで食事をした。

食事をしながら恵美の口から、出身は大阪で、年齢は二十九であることを聞いた。

「お子さん達も幼いのに、帰ってから御主人の夕食の用意とか大変でしょう？」

青年はわざと気遣った言葉を掛けたが、恵美は明るい笑顔で答えた。

「ううん、うちは母子家庭なんです」

青年が予め（あらかじ）調べていた通りだった。彼女は夫を二年前に亡くしている。子供は上が女児、下が男児の二人で、広い屋敷に母子だけで住んでいる。恵美が時短勤務で週四日働いていることも知っている。出張中、新幹線の窓に額を押し当て景色を眺めながら、その時の会話を思い出しては、ふと恵美の関西訛りを口真似していた。

青年は正門の鉄扉の鍵を開け中に入ると、郵便受けに何も入っていないことを確認した。出張に出る前に新聞は止めておいた。玄関までの石畳を歩きながら、庭越しに窓やドアガラスのシャッター、雨戸がしっかり閉まっていることも確かめた。出掛けた時と変わりない。玄関ドアを開けて中に入ると、青年を猛烈な熱気が包んだ。ふと、上り口の所に子供用のサンダルが二足乱雑にひっくり返っているのに気付いた。優しい微笑みを浮かべ、しようのない子供たちだなぁ、という表情で几帳面にサンダルを揃えると、室内履きを履いて庭に面した長い廊下を歩いた。雨戸を閉め切っているのだが、屋内は真暗闇というわけではない。

大きな家のため、小窓や灯り取りから物の輪郭が判別できる程度のか細い光は入って来ている。ヒタヒタヒタ。自分が立てる足音が耳につく。廊下の途中で立ち止まると、元の静寂に戻る。屋内で動くのは自分だけであることを確認した。リビングに入ると、テーブルやソファに飲みかけのコーヒーカップやタオルやビニル袋が乱雑に放置されている。慌てて出張に出掛けた、そのままの状態であった。青年は安堵した表情を浮かべ、肩から重いバッグを下ろし、たっぷりと消臭スプレーをふったタオルを持って、リビングを出て奥の洋室に向かった。

――プーン

目の前をか細い羽音を立てて蠅が飛んだ。洋室の扉の前に立つと、部屋の中からドロッとした粘度を感じる腐敗臭が漏れている。青年はタオルの両端を持ちマスク状に口と鼻を覆って後頭部で結んだ。扉のノブを握り、ジッと目を閉じ、しばらくそのままで気持ちを落ち着かせる。意を決すると勢いよく扉を開けた。中は廊下以上に真っ暗で、何も見えなかった。そのまま扉の所でたたずみ、暗闇を見つめた。

――プーン　プーン　プーン

闇の中で蠅の羽音は増えている。電灯を点けるため、壁際に手を伸ばそうと足を踏み出した時、ゴロン、柔らかい何かを蹴った。パチン、スイッチを入れる。室内の様子が照らし出され、ふと見下ろすと足元に腕が転がっている。肘から切断された左腕であった。

太ネギを切ったような斜めの切り口から骨の断面もハッキリ見え、手首にかけて乾いた血がこびり付き、腕の内側は弛んだ皮膚がビラビラとくっついている。長い爪にはネイルアート、薬指に青年が贈ったプラチナリングが光っている。恵美の左腕だ。

青年は腕を拾い上げ、首をかしげて懸命に思い出そうとした。恵美の左腕を切断したかどうか、どうも記憶が曖昧であった。確かに右腕は切断したが、左腕については覚えがなかった。

十二畳はある板の間の中央には、透明のビニルシートに包まれた物体が置かれている。青年は近付きながら、手に持った腕を軽く放り投げクルリと反転させ手首部分を持ち、ビニルシートの傍らにしゃがみ込んだ。青年の見下ろすビニルシートの中には恵美の顔があった。頭から額に掛けて、ザックリとV字に裂けて、顔半分は固まった血に覆われていた。根元からウェーブのかかったロングヘアが血糊で額や顔にへばりついている。両手をビニルシートの上から、所々紫色の死斑の現れた真っ白な顔の両側に添え、前頭部がバックリと棄損した恵美の顔をジッと観察した。

細面の輪郭、細く通った鼻筋、少し厚めの唇、閉じた瞼の下では、あの大きな瞳が闇を見つめている。

青年は恵美の顔を見て改めて、造形的に美しいなぁ、と感じた。

ゴワゴワとしたビニルシートをまさぐって右腕を見た。肘の上から切断してあるが、元の位置にくっつけるようにビニルシートに一緒に包んである。左腕は肘から下がなかった。

これ以上死臭が漏れるのを防ぐため、ビニルシートの隙間から左腕を恵美の死体の横にそっと滑り込ませた。が、青年はもう一度シートを捲り上げると、今置いた左腕の指からプラチナリングを抜き取り、又丁寧にシートを戻した。

恵美の左右には、六歳の美樹と三歳の俊樹の小さな遺体がある。俊樹は恵美の方へ両手、両足を曲げて横向きに寝ている。青年は俊樹とは、よくその格好で添い寝したものだ。この子は青年によく甘えてきた。目元が恵美に似ている。俊樹は濡れたタオルで口と鼻を押さえて殺した。

青年は顔を傾けると、美樹を見た。この子はちっとも青年に懐かなかった。顔も恵美に似ていない。きっと前夫に似ているのだろう。美樹の細い首には赤黒い縞模様がある。

今も両手に美樹の首を絞めた時の感触が残っている。寝ている美樹に馬乗りになって体重を預けて両手で絞めた。そのままのパジャマ姿で今は恵美の隣に横たわっている。

サウナのような熱気と腐敗臭の中で、口と鼻をタオルで覆って、ジッと三体の遺体を見下ろしていると、さすがに息苦しくなってきた。青年は立ち上がり、部屋を横切って一方の壁にある引き戸を開けた。洋室の隣が十畳の和室になっている。この部屋も猛烈な熱気が詰まっていた。壁際のスイッチを入れて、天井照明を点けた。部屋の中央の畳が三畳分上げられ、壁に立て掛けてある。床板も外され、ポッカリと真黒な矩形の口が開いている。

周囲の畳には工事用の青いシートが敷き詰めてある。青年は床板を外した箇所に近付くと、床に置いてある懐中電灯を取って床下を照らした。床下の赤土が縦横二メートルほど掘られている。出張に出る時刻のギリギリまで掘ったのだが、まだ浅い。

シートの上に脱ぎ棄ててある作業着に着替え、長靴を履くと床下に降り、床土の上に置いてあるシャベルで穴を深く掘り下げ始めた。汗が一気に噴き出す。和室の冷房を入れたいのだが、室外機が回っているのを近隣の住民に気付かれたくなかった。一心不乱に掘り続ける。熱気で卒倒しそうになるたび、しゃがんで床下のヒンヤリと冷たい空気に触れ、生気を取り戻した。数時間その作業に没頭し一メートルほど掘り下げた所で、穴の底から這い出し、周囲を移動しながら地表からの深さや穴の大きさをマジマジと眺め、満足気な表情をした。

浴室の水で顔や手についた土を洗い流し、フェイスタオルで顔を拭きながら暗いキッチンに入った。七百リッターはある大型冷蔵庫からアイスコーヒーのボトルを取り出し、大きめのタンブラーになみなみと注ぐと一気に飲み干した。熱気で火照って膨張した身体を冷えたコーヒーの乾いた苦みがギュッと絞っていくのを感じる。

親子四人にこの冷蔵庫は大き過ぎない？　と恵美に言ったことがある。

「以前は二週間に一度はお友達を呼んで、よくホームパーティをしたのよ」

裕福なんだね、青年は感心した。

その時恵美は、「死んだ旦那がね」と、言って自嘲気味に笑った。

続けて二杯目を注いだ。二杯目はすぐには飲まずに、手に持ったまま、片方の手で胸ポケットのケントを取り出し、ズボンのポケットから出したジッポーライターで火を点けた。煙を吸い込んで、大きく吐き出す。一口コーヒーを飲み込み、もう一服煙を吸い込む。タンブラーを左手に持ち、咥え煙草でキッチンの雨戸を少し開けた。外は薄暗い。蝉も鳴き止んでいる。壁の時計は午後七時を回っている。二本目の煙草に火を点けた。

青年は着実に捗る作業に、充実感を覚えている。すぐ近くに三体の遺体があることなど気にならなかった。今の青年にとって目前の穴を手際よく掘ることが全てであった。冷たい褐色の液体で満たされたタンブラーは水滴をまとい、青年が口を付ける度にポタリポタリと滴り落ちた。整然と片付いた暗いキッチンに、雨戸の隙間から差し込む薄明りが青年の姿を浮かび上がらせている。三本目の煙草に火を点ける。食器洗浄機には、アニメキャラクターが描かれた子供用の食器が立てて乾燥してある。

美樹は箸の持ち方が下手だった。青年は恵美と二人で美樹に箸の持ち方を教えたことがあった。

「人差し指はお箸に添えて、親指は……こうして……」

「ママ、指が痛いよ」

青年は恵美に、無理やりやっても可哀想だよ、とたしなめた。

「わかんないよ」

ふくれっ面で箸を投げ出した美樹の前に、恵美があきらめたようにスプーンを差し出すと、満足顔をしてスプーンで掬ったハンバーグを頬張る美樹の顔が可愛らしかった。

ふふふ、と思わず笑みを含みながら、アイスコーヒーのボトルを戻すため、冷蔵庫を開けると、保冷室に入ったバーベキュー用の食材が目についた。恵美が用意してくれていたのだろう。青年は週末庭でバーベキューしよう、と言ったことを思い出した。自宅の庭でバーベキューをしながら、両親が子供に箸の使い方を教える光景は、青年にとって、幸福度の高い家族の型であった。現実は、美樹は箸の使い方を覚える前に死に、食材は料理されることなく腐っていく。青年は、三人を殺した時と同様、無表情に三本目の煙草を吸い終わると、灰皿に力強くギュッと押し付けて消し、頭の中で残作業の所要時間を見積もった。

——後、三時間ほどか……。

和室に戻り、残りの作業に取り掛かる。三人の遺体を穴に埋め、出来るだけ平坦（へいたん）に床土をならした。床板と畳を元に戻し、作業に使ったビニルシート、シャベル、作業着、長靴を浴室で洗う。和室と洋室の掃除をして痕跡（こんせき）を消したが、洋室の床をよく見ると、恵美の血痕が残っていた。アルコールで丁寧に拭き取り、ワックスを掛けた。その頃には、自然とクラシック音楽を口ずさんでいた。ベートーベンの第九、悲愴（ひそう）、モーツァルトのピアノソナタ。青年にとって、遺体の始末、痕跡の抹消は過去の清算であり、同時に新しい人生の出発に向けた作業であった。

作業を終えると、時刻は午後十時を少し過ぎていた。清潔に片付いた洋室、和室を歩き回り、やり残したことがないかを指差しながら確認した。消臭スプレーを撒（ま）くと、照明を消して部屋を出る。給湯器の音も気付かれたくないので、冷水シャワーを浴びた。さすがにこの季節でも夜の水は冷たかったが、全身の汗と汚れを削るように洗った。

浴室から出て、素肌にタオル地のガウンを羽織ると、予め（あらかじめ）フリーザーから出しておいたリブロースのステーキ肉を焼いた。冷えた缶ビール二本とフォークナイフをガウンのポケットに入れると、ステーキ皿と温めたピザを載せた皿を両手に持ち、リビングに向かった。

リビングのテーブルに食器を並べ、ソファに疲れた身体を投げ出し、足を伸ばそうとすると、子供達の縫いぐるみや恵美の刺繍(ししゅう)入りクッションが邪魔になった。それらを手に取り部屋の片隅に放り投げた。少しだけ雨戸を開けて、外気を入れながら扇風機を回す。六十インチの大型液晶テレビを点(つ)け、低俗なバラエティ番組や月並みなドラマは避けて、南太平洋の島々の紀行番組を選局した。

大画面に映るニューカレドニアの風景を見ながら、杉下家最後の夕食を始めた。

塩コショウだけで味付けしたステーキ片をフォークで口に運んではビールを飲み、舌がステーキに馴染(なじ)み切る前に、ちぎったピザで味覚をリセットした。ステーキとピザ半分で空腹は満たされたが、ビールが旨い。半分残ったピザからトッピングのサラミだけを摘(つ)まみながら、二本目のビールを飲み終えると、片肘(かたひじ)をついてソファに寝転びテレビ画面に見入った。

海岸線に沿ってボートで移動しながら撮影した映像がボサノバをBGMに画面を流れる。ブーゲンビリアやプルメリアの花とパームツリーの原色が軽い酔いと共に日常から遊離した気分にさせる。青年は酔いが回って来た。頭を反らせ、ぼんやりと天井を見ていると、最期の日の光景が浮かんで来た。

その日、青年は夜遅く会社から帰宅した。恵美も子供達も寝ている時刻だったので、起こさないよう、青年は物音に注意して、自室で出張の準備を始めた。ふと、気付くと扉の内側に恵美が立っている。普段着のままである。青年の帰りを待っていたようだ。

「お帰りなさい」

恵美に急に明日から出張になったことを伝えたが、恵美は黙って青年を見つめていた。

「ごめんなさい」

不意に小さな声で呟いた。

「今日ね、コウ太を引き取って貰ったわ」

青年は、着替えを出張用のバッグに詰め込みながら聞いている。

「ここから上手に住んでる年配の御夫婦よ」

飼い犬のことを言っているのだ。青年が恵美と同居を始めてすぐに、インターネットの犬の里親募集サイトで譲り受けて来た、二歳の雄のボーダーコリーである。

「自治会でコウ太の引き取り先を相談したら、その御夫婦を紹介して貰って。面識のある方だったし、電話したら、すぐ犬を見せて貰うって、今日来られたの」

青年が突然、犬を連れて帰った時、子供達が大喜びで嬉しそうに犬に頬ずりする姿を見て、恵美も笑いながら、なぜ犬を飼いたいの？　と質問した。その時、青年は、犬を飼うのは当たり前だよ、とだけ答えた。

恵美から、美樹の喘息の原因が犬の毛アレルギーだと聞かされた時は、動物アレルギーの治療薬があることと、コウ太の飼い方の注意事項を説明すると、恵美は納得した様子だった。

「あなたがコウ太をとても可愛がっているのは分かってるけど、美樹の喘息が益々酷くなってるし、今は結膜炎も出てるのよ。コウ太を手放すのは辛いけど。前もって言わなくてゴメン」

恵美の言葉に、青年は笑顔を向けた。恵美は安堵した表情を浮かべ、部屋を出て行こうとして振り向いた。

「出張気を付けて行ってきてね。ホテルからは電話してね」

青年はその言葉にも、無言のまま笑顔を向けた。青年は恵美が出て行ってからも黙って出張の用意を続け、荷造りが終わると机の上のノートパソコンの電源を入れた。しばらく物憂げに画面を見つめた後、マウスでデスクトップのアイコンをクリックする。

画面一杯に表計算ソフトが立ち上がった。表の形式は管理職が部下の考課に使う内容に似ている。青年が最下段の「総合評価」欄を見るとアルファベットの「D」とあり、「D」欄自体が警告色の黄色になっている。そこから数段上の項目でマウスポインタを止めた。

その項目は「家族構成・妻」とあり、その横の欄は「○」となっている。次の項目は「家族構成・子供」とあり、横の欄は「○」、そして、次の項目が「家族構成・飼い犬」とある。横の欄は「○」であったのを、マウスを操作して「×」に変えた。次に画面右下にある「確定」ボタンにマウスポインタを合わせるとゆっくりとクリックした。

途端にノートパソコンのスピーカーから断続的な警告音が鳴る。「総合評価」が「E」になり、黄色から赤色の点滅に変わっている。

青年は画面を見るなり憂鬱になった。

——ああ、リセットか。

しばらくその姿勢で画面を見つめていたが、やがてそっとノートパソコンを閉じた。

その夜青年はベッドに入っても仰向けで天井を見つめ、寝つけないまま、気付くと朝になっていた。半眼を開けた状態の青年の耳に、窓の外から蟬の鳴き声が聞こえる。

——早朝から蟬……。

青年の中で何かが壊れた時、いつも蟬の鳴き声が満たしてくれる。蟬の鳴き声が青年の頭の中に満ち溢れた時、むっくりとベッドから起き上がり、静かに部屋から出ると長い廊下を通ってガレージに向かった。

廊下の突き当たりの扉を開けると屋内からガレージに入れる。ガレージの壁際の棚に並べた工具からハンマーを手に取ると、目の高さに持ち上げて眺めていたが、小首を傾げて棚に戻し、別の工具の柄を握った。キリだった。駐車場で恵美の車をパンクさせた時のゴムが黒く付着している。同居を始めた時、この棚の他の工具に紛れさせておいたのだ。キリを見つめていたが、青年は不満気な表情で棚に戻した。

それからいくつか工具を手に取って頭の中で何事かをシミュレーションしては棚に戻し、六本目でようやく満足する工具を選びだした。片刃のナタだった。一キロ近くあり、重量で断ち割るタイプだ。革製のサックから抜き、錆ひとつ出ていない鈍く光る刃を見ると、軽く頷き、ナタを片手にゆっくりとガレージから出た。

自室には戻らず、恵美と子供達の寝室に入った。恵美は昨夜の普段着のままベッドサイドの机に突っ伏して寝ていた。机には家庭医学の本が広げてある。「アレルギー性喘息」の章を読んでいたらしい。青年は無表情に恵美の寝顔を見ていた。

恵美が青年の気配に気付いて不意に目覚めた。その瞬間、恵美の頭にナタを振り下ろした。切れ味の鋭い黒く重そうな長方形の鉄の板が、恵美の額をサクリと二分していく様子がコマ送りで青年の網膜に焼き付く。右手にほとんど抵抗がなかったことに、青年は心地良ささえ感じた。恵美は驚いた表情で急速に衰弱する自分の命を支えるように右手で青年の二の腕を摑んだが、青年は恵美の頭部からナタを引き抜くと横に振った。腕はスパンと肘で切断され、支えを失った恵美の身体はそのまま膝から崩れ、仰向けに倒れた。

恵美はほとんど即死だっただろう。何が起こったのかも自覚のないまま死んだに違いない。切断された恵美の右腕の肘から先が青年の腕を摑んだままぶら下がっている。指を一本ずつ摘まんで剝がすと、三本目でポトリと落ちた。

次に、何も知らずに寝ている子供達も窒息させて処分した。子供達の頸動脈に指を当て、脈が完全に止まったのを確認したその時、突然、血しぶきで濡れている恵美の残った左腕が宙を摑むように上に伸びた。青年はドキリとして、その腕と恵美の顔を交互に見つめた。しかし、ピクリとも動かない。

——死んでるはずだよね。

青年は深く安堵の息を吐き出し、恵美の起き上がった腕の袖を捲ると、白い腕を剥きだし、力ずくで床に密着させ、狙いすましてナタを振り下ろした。ドン、と音を立ててナタの刃先は床板に食い込み、一撃で左腕も肘で切断された。気持ちいい。本当によく切れる。

青年は、切断した恵美の腕を手にとって、重さを確かめるために上下に揺すった。思ったより軽い。初めて人間の片腕だけの重さを直に感じた。

——ふーん。こんなモノか。

眺めていた天井が急に暗くなった。青年がテレビを見ると、画面はガーデントーチに囲まれたテラスでのディナーの光景に変わっていた。

杉下家での家族幸福度指数は悪くはなかった。美樹はあまりなついていないが、このまま一緒に暮らして歳を重ねても良いと思っていた。

画面は水上コテージを紹介している。海風がレースのカーテンを揺らす映像は、夜風が吹き込んでいるリビングとオーバーラップして、扇風機の風から潮の香りがするようだ。

まあ、慌ただしかったが何とか片付いた。

ソファに寝転びながらノートパソコンを出張用バッグから取り出し、表計算ソフトを立ち上げた。仰向けになって、胸の上にノートパソコンを置いて、マウスは使わずにタッチパッドを操作しながら、改めて画面を眺めた。画面のタイトル欄には「杉下家」と表示され、今も総合評価欄が「E」で赤くなっている。非表示になっているが、「杉下家」以外にも何枚か表がある。青年は杉下家の表をコピーして新たな表を作成した。杉下家の評価項目がそのままコピーされているが、データは空白である。タイトル欄も空白で、カーソルが早く入力して欲しがっているかのように点滅している。青年は優しく画面を撫で、ノートパソコンを閉じて胸から下ろした瞬間、猛烈な睡魔に襲われ、そのまま眠りに落ちた。夢を見ることもなかった。

翌日、雨戸の隙間から吹き込んで来る夏の朝風と、蟬の鳴き声で目が覚めた。咄嗟に卓上の時計を見る。午前七時二十分。カーテンを揺らす風が、今日も暑くなることを示すように既に生温い。目の前のガラステーブルには、食べ残しのピザの皿、油が白く固まったステーキ皿と、五百ミリリットルのビールの空き缶が二本転がっている。食器や空缶は残飯も含めてゴミ袋に詰めた。

洗面台で裸にタオル地のガウンを羽織っただけの前をはだけて、引き締まった上体を露わにし、鏡の自分の顔をジッと眺めた。サラサラの長めの髪、他人からは整った顔立ち、と言われる。丹念に歯を磨き、昨夜と同じく冷水シャワーで寝汗を流した。閉め切った屋内は、そろそろ室温が上がり始めている。自室にしていた洋室で、出張先で買っておいた真新しい白のTシャツに白の半袖ボタンダウンシャツ、ジーンズに着替えた。ノートパソコンと若干の小物だけをスポーツバッグに詰め、昨日引き出していた現金の一部を財布に入れ、残りはバッグの底にしまう。それ以外は全てもう別人の持ち物である。

　家中を回って、再び戸締りを確認し、出張先で買った新しいナイキのスニーカーを持って玄関に向かった。玄関扉を少し開けて外の様子を窺う。今日は休日である。普段から滅多に人と会うことはない林の中の宅地ではあるが用心した。腕時計は八時三十分を指していた。思い切って表に出て玄関扉の鍵を掛けると、足早に敷地を通り抜け、音を殺して正門の鉄扉を施錠し、国道に向かって歩いた。

　振り向くことはない。国道に出ると、夏の朝の清々しい風が流れている。杉下邸の鍵は国道沿いの川に投げ捨て、ゴミ袋は公園のゴミカゴに押し込んだ。昂然と顔を上げ、駅とは逆の方向に歩き出す。キュッキュッと新しいスニーカーの中で踵が擦れる音が聞こえる。靴擦れも気にならない。気持ちは高揚していた。青年は夏の朝風の中、二十分先の高速バス停から上りバスに乗った。

——二〇一八年八月五日　正午前

寝苦しい。譲治は何度かベッドの上で寝返りを打った。数分前から机の上でスマートフォンが振動している。切れた。が、しばらくしてまた鳴り出した。仕方なく起き上がり、ベッドの縁に腰掛けスマートフォンを手に取った。掌の中で振動している。カーテンが明るく、窓の桟の影がユラユラ映っている。時刻は正午近くになっている。タイマーをセットしたエアコンは明け方には切れ、閉め切った部屋の室温は三十度近い。

着信ボタンを押し、

「はい」

寝起きの低い陰鬱な声で電話に出た。譲治は、いつも名乗らない。

「譲治？　俺や」

ハスキーな関西弁が聞こえて来た。沖山である。この男も名乗らない。倦怠感で声を出すのも物憂い。特に、この沖山の相手は寝起きにはキツイ。

「寝てたんか？　シャバは昼前や。寝過ぎると目が腐りまっせ」

フリープログラマーの譲治にはいつもの起床時間である。

――コイツやな。関西弁は品がないとか言われる元凶は。

譲治は遠くの騒音のように、ボンヤリと沖山の声を聞いている。

「相川譲治さぁん、起きてますかぁ。聞こえてますかぁ。モシモシぃ」

沖山の叫び声が頭の中で響き、脳がビックリしたように覚醒した。

「あぁ、起きてる……」

「寝起きにゴメンやけど、無線ドライバの件、どんな感じ？　メーカーから進捗確認メールが連日来るんや」

「ああ、プログラミング完了して、今エージング中や」

「おーっ、それはそれはご苦労さん。いつも助かるわぁ。それなら譲治とこに寄ってソフトと機材一式受け取るわ……それから、ほら……」

「ん？　何？」

「この前話した調査会社の案件、どや、やらへんか？」

「調査会社の案件って、どこかの県会議員の資産がどうのってヤツか？」

沖山は社員十名ほどのＩＴベンチャー企業を経営する傍ら、調査会社から信用調査も請け負っている。派遣で外勤している正社員以外にその調査に特化した二名の非正規社員を雇っている。調査会社は従来の探偵業としての個人の所在、素行調査以外に個人や企業の資産、業態に関する信用調査も行っているのだが、表向きの調査ならば何もＩＴ企業に外注したりはしない。沖山が請け負うのは、裏取引や隠し財産など表に出て来ない類の調査であるため、調査方法も非合法にならざるを得ない。ＩＴ技術を駆使して隠蔽されている情報を入手するのだが、大きなリスクを冒す反面、報酬も桁違いに大きい。デジタル化が進んで利便性が増した社会ではＩＴ技術者としての腕さえあれば稼ぐことができる。

「それや。その議員さんが会長している土建屋の資産調査なんやけど」

「どこの自治体？」

「大阪」

「ふーん。地元ねぇ」

譲治にとって、寝起きは全てが物憂い。

「まあ、考えとく」

「即答せんでもええけど、あんまり待たれへんで」

「いやいや、待たなくてもいいよ。他にできそうな奴がいたら、そいつに回してくれ」

「この手の仕事をさばけるのは、譲治しかおらんわ」

技術力のことを言っているのだ。沖山の調査案件は何度か手伝っているが、外部からターゲットのサーバーに侵入してデータを入手することが大半である。侵入に関する譲治のスキルは沖山に言わせると、「譲治は、神様が作ったマスターキーを持ってるんや」ということらしい。インターネット経由で侵入するため、自分の身が直接曝されることはない。

沖山は二名のハッカーと契約して、常時、調査会社からの調査依頼案件をこなしたり、ハッキング用アプリを作ったりしているようだが、譲治も詳しいことは知らない。ただ、大規模調査案件の場合、沖山は都度、架空名義で借りた賃貸物件に機材を持ち込み、新たに外部から連れて来た数名のメンバーで合宿しながら一気にハッキングし、データを入手次第、部屋を引き払い、機材もバラして廃棄するため、事後追跡されることもない。

しかし、どうしても外部からハッキングできない場合がある。例えば、ターゲットが古いシステムの場合だ。その時は、家屋に人間が侵入してそのマシンを直接操作することになる。現場で初対面のターゲットマシン相手に挨拶もなしに取っ組み合って、短時間でデータを抜き取るには臨機応変な応用力と幅広い知識が必要となる。結局、譲治が現場に侵入せざるを得ない。沖山はそんな危険な調査まで請け負ってしまう。古いシステムのマシンは倉庫やガレージなどで稼働していることが多く、セキュリティが甘い。が、譲治はすっかりピッキングに熟達してしまった。ただ、二年前に大阪府警サイバー犯罪対策課から沖山グループが不正アクセス禁止法違反でマークされていると、取引のある調査会社から情報があってからは、沖山も調査案件を選ぶようになった。

――どうも、気が乗らんなぁ。

譲治は自分の本心は出さずに話を変えた。

「それで、いつ来る？」

沖山という男は、時間を決めておかないと平気で深夜や明け方にやって来る。

「そうやな。今日の夕方はどないや？」

「夕方ね。了解」

譲治は沖山との電話を切ってから、リモコンで冷房を入れた。ベッドの端に腰掛けたまま、天井近くから降って来る冷気で火照った顔を冷やす。薄暗い隣の部屋に目をやると、壁の服掛けにハンガーに掛けたスーツが吊ってある。黒の生地にピンストライプが入った細身のスリーピースである。しかし、ここ何か月も着ていない。姉の恵美が譲治の誕生日に買ってくれたものだ。

「譲治も大手企業の技術者なんやから、スーツはいいのを着なさいって」

「毎日着るモンやし、吊るしでいい」

渋る譲治を無理やり紳士服専門店に連れて行って、譲治とは関係なく店員と恵美が二人で勝手に決めてしまった。十数万円はしただろう。恵美は、大手電機メーカー関西製作所の技術者である弟が自慢であった。だが、数年前、急に譲治は退職してしまった。

その時は、恵美は譲治の胸元を両手で掴んで泣いた。

「なんで？　あれだけ努力して入社したのに、辞めるって……」

譲治は恵美に退職理由を正確には伝えていない。

話しても、恐らく姉には分かって貰えないだろう……と、諦めている。

しかし、いつか話さなくてはならない。両親を亡くし二人きりの家族の姉を悲しませたままにはできない。その思いが強いほど、話し難く、時間だけが過ぎて行く。今は、フリープログラマーとして企業勤めの頃と左程変わりのない仕事をしている。当時よりは相当収入は増えたが、将来にわたって保証されているわけではない。恵美が買ってくれたスーツは、クローゼットに仕舞い込む気になれないでいる。

――申し訳ないからかな？

見るのは辛いのだが、隠すのはスーツに込められた姉の気持ちをさらに裏切ることになる。だから吊ったままになっている。

ボンヤリと考えながらテレビの電源を入れると、丁度正午前のニュース番組をやっている。画面に見覚えのある海岸風景が映し出された。譲治は反射的に音量を上げた。ニュースの内容は一週間ほど前、神戸市西区の滝水海岸沖合いの定置網に、バラバラに切断された猫の死骸と切断された動物の骨片が発見された事件の続報であった。骨片が人のものかどうかはまだ分からない。滝水海岸へ流れ込んでいる河川がいくつかあるが、その川底からも骨片が発見されたとのことであった。譲治は不快な胸騒ぎを感じた。

——猫を殺す奴は人も殺す。

ニュースのお蔭ですっかり憂鬱になった。

——オキ。はよ来い。

こんな気分の時は、沖山はうってつけのキャラクターである。譲治が沖山への無線ドライバの引継ぎ資料を作成していると、午後五時過ぎ、部屋のチャイムが鳴った。ドアスコープから覗くと沖山だ。廊下に立つ沖山の格好は、短髪にサングラスを掛け、肥満した身体を派手なアロハシャツで包み、バミューダショーツにサンダル履きという夏向きの格好であるが、独身で四十歳という年齢を考えると見るからに怪しい。譲治はドアを開けた。

沖山は譲治を見るなりサングラスを下にずらした。

「譲治、どないしたんや。身体壊してるんか？　ほら、見てみぃ」

譲治は沖山が顎で指した玄関先に立て掛けてある姿見に映る自分を見た。日に当たっていない真っ白な顔、頬はこけ、窪んだ眼窩の影に目が隠れ、脂気のないパサパサの髪が顔半分を覆っている。痩せた身体に羽織った大きめのシャツが、ハンガーに掛かっているようだ。

「たしかに……」

沖山は日に焼け、パンパンに張った太い腕を伸ばして、譲治の二の腕を掴んだ。

「仕事の話は後でエエから、飯行こ、飯。譲治の食いたいモン言いや。ワシの払いや。経費や経費」

譲治が、沖山という世間の常識からすると風体も仕事も規格外の男との付き合いを続けているのも、時々こんな優しさに接するからである。

「いや、遠慮しとく。ここ数日、夏バテで食欲がないんや」

「今日はなんか食ったんか?」

譲治は首を横に振った。

「あかんがな。なら、軽い食いモン仕入れて来るわ」

沖山は巨体を反転させると、譲治の返事も聞かずに駆け出した。

譲治は呆気に取られて、「ああ……待ってるわ」と、小声で言った。

沖山はパタンパタンとサンダルの音を立てながら「おう」と背中越しに右手を挙げた。

譲治より十歳は年上であるが、今のようにフットワークが軽いせいか、譲治もいつの間にか敬語を使わなくなった。沖山は待つほどもなく、近くのコンビニで袋一杯買い物

をして戻って来て、

「サンドイッチなら食えるやろ」

譲治に袋を突き付けた。譲治が中を覗くと、野菜サンド、ハムサンド、卵サンド、ゼリー、プリン、バナナ、パックの牛乳……沖山自身用に、ビーフジャーキー、スルメ、それにビール。

——車やろ？

内心あきれ返ったが、面には出さない。

「じゃ、サンド貰うわ」

「どーぞ、どーぞ。ワシの気持ちを味わってや」

言いながらも沖山の視線は作業台の上に向いている。

「コレ？　今回の環境か？」

作業台の上に計測器、ノートPCが二台、安定化電源、ターゲットボード各々が複雑に配線した状態で置かれているのを見て嬉しそうな声を上げた。

譲治がフンワリ柔らかい卵サンドを齧って、口に含んだまま聞いた。

「エージング止めて、引継ぎの説明しようか？」

塩味が効いていて旨い。

沖山が缶ビールを飲み始めた。

「後でええよ。食って、食って」

独り言を言いながら、液晶に出力しているデータを見ている。

「コレがデータログ。えっと、エアの品質情報がコレね。制御パラメーターは……ああ、なるほど……」

その後、軽食をつまみながら沖山に開発環境とプログラム構造の説明をしていると、結局差し入れの食料を全て平らげてしまった。

「ええ若いモンが夏やのに部屋に引き籠って仕事ばっかしてたら、食欲も性欲もなくなるわ。弾みが付いたら結構食えるやろ？」

沖山は自分の思惑通り譲治の食欲が戻ったことに満足気である。引継ぎの説明がほぼ終わった時、沖山が本箱の上を指差した。

「ところで、あの綺麗に包装した箱は何？　コレ？」

沖山が小指を立てた。譲治は苦笑いして、首を横に振った。

「姪と甥の誕生祝い」

沖山が目を剝いた。

「えっ、と言うことは、譲治に兄弟いたんか？」

「ああ、姉がな」

「それは知らんかったわ。名前は？」

沖山は居間の床に、片肘で頭を支えて横になって、クチャクチャ嚙んでいた干し肉を二本目のビールで流し込んでいる。

「今は杉下恵美。けど、義理の兄は事故で亡くなった」

沖山は唐突な話に、缶から口を離し、固まったように譲治を見ている。

「交通事故。仕事の帰りにトラックにはねられて即死や。僕が会社辞める少し前やった」

ふーん、沖山は缶を手に持ったまま唸（うな）った。

「姉ちゃんの住まいは？」

「子供と三人で、明石市の郊外で暮らしてるわ」

「子供さんはいくつ？」

「上の姪っ子が小三で、下の甥っ子がまだ保育園の年長のはずや」

「母子家庭かぁ。子供さんがまだ小さくて大変やろに、杉下家の両親はどないしてるねん？」

譲治は答えようとして不意に胸が締め付けられた。死んだ義兄も早くに父親を亡くし、一人っ子だったため、母親と二人寄り添うように暮らしていたらしいが、その母親も十年ほど前に病死している。姉に向かって誰かが狙って礫（つぶて）を投げるように不幸が続く。礫を投げた一人に譲治自身も加わっていることがいつも胸につかえている。ただ、義兄が貿易業で成功したお陰で、姉にはかなりの資産が残っている。

譲治は沖山に義兄の身の上を話しながら、

——金に困ってないのがせめてもの救いや。

自分に言い聞かせた。

沖山は暗い表情で、譲治の話を聞いていたが、ボソリと言った。

「そんなことが、現実にあるんやなぁ」

沖山は感情移入したようで、声のトーンが低い。

「それにしても、誕生祝いで箱が四個とは豪勢やな」

「ここ何年か会ってなくて、せめて二年分の誕生祝いのつもりや」

「なるほど、それは理屈や。けど、何でそんなに会ってないんや？」

沖山はいつも平然と思ったままの質問を投げ掛けて来る。知り合った当初は、沖山の無遠慮な会話に辟易（へきえき）して腹を立てたものだ。うんざりしながらも、付き合ってみると見た目と違って、言葉はそのままこの男の心を表していることが分かって来た。いつも、本気で心配し、本気で世話を焼き、本気で悲しんだり、喜んだりしてくれるのだ。

――こんな情緒的な常識人がなんでハッカーなん？

不思議に思って聞いたことがある。沖山はその時も素直に答えた。

「金や」

当たり前過ぎる答えに、沖山らしい続きがあった。

「けど、パクリや詐欺はせえへんで。それは譲治も知っての通りや。言うなれば精度の高い信用調査というとこや」

譲治はそれ以来批判がましいことは言っていない。今も沖山なりに心配して、回答を待つように譲治の顔を見つめている。

「姉に新しい恋人ができてな。遠慮したわけやないけど、何となく行き辛くなったって感じやな」

「譲治は、両親を小さい頃亡くしたんやろ？　なら、姉ちゃんは数少ない身内やないか？　縁切るなんかありえへんやろ」

言ってから、沖山は少し考え込んで自答した。

「まぁ、姉ちゃん取られた気分なんやろうな。結婚の時も同じ気持ちやったやろ？」

その自覚はある。黙って頷いた。

「譲治に恋人ができて、姉ちゃんと同じ立ち位置になったら自然と会えるんやろうけどな」

譲治自身、自分の心境がどう変化するか分からないが、恐らく、沖山の言う通りだろう。

「姉ちゃんの新しいコレ、どんな男や？」

沖山の親指を見ながら唸った。

「うーん。それが、よー知らん」

「よー知らんて、どーいうことや？」

正確に言うと、面と向かって会ったことはないが、見掛けたことはある。何年か前になるが、一月の末、難波に仕事で行った帰りのことだ。JR大阪駅中央改札前の夕方の雑踏の中で偶然恵美を見掛けた。知人に預けたのか、美樹も俊樹も連れていない。恵美は人ごみを掻(か)き分けるように一点を目指して颯爽(さっそう)と譲治の目の前を通り過ぎて行った。譲治は声を掛けようか、と思いながらも躊躇(ちゅうちょ)した。恵美の装いが明らかにいつもと違っていたからだ。子供を連れている時は、トレーナーにジーンズ、上着はダウンジャケットが多かったのだが、その日の恵美は、暗色のワンピースにベージュのハーフコートを羽織り、黒のアンクルストラップヒールを履き、人目を引くほど美しかった。

譲治が目で追っていると恵美の向かう先には、すらりとした長身の男性が立っていた。譲治の位置から男性の横顔が見える。年齢は姉より少し上くらいだろうか。服装は淡いグリーンの柔らかそうな生地のスーツにグレーのカッターシャツを着て、横からは見えないがノータイのようだ。ただ、バックスキンの靴を履いていることから、カジュアルにスーツを着るタイプの男性だと分かった。恵美は譲治には全く気付かないまま、待ち合わせの男性と行き会うと立ち話もせずに、二人で前の階段を下って地下街に消えて行った。

譲治は二人を映画のシーンのように見送るしかなかった。二人が消えた階段から視線を横にズラすと、目の前の駅売店の窓ガラスに自分が映っている。履き古したスニーカーにくたびれた綿パン、伸び切ったパーカー、汚れたキャンバス地のショルダーバッグ。普段は外見など気にしないのだが、無職の境遇とガラスに映った自分の姿が一致し過ぎて、自分が惨めに思えた。

それから一か月後、恵美からのメールで男性と同居していることを知った。恵美から男性について詳しい話は一切なかったが、譲治にはその相手が大阪駅で見掛けた男性だと分かった。それ以来、その男性には自分でも理解できない対抗心を感じている。

「姉から男と同居してる、ってメールが来て以来、連絡とってないんや。恋人の名前も職業も聞いてない」

「それが、なんで急に会うことにしたんや？」

譲治は口を尖らせ、顎で沖山を指した。

「なんでて、原因はあんたや」

沖山は、声には出さないが口元を「はい？」と動かし、小首を傾げた。

「いつも言ってるやないか。『俺の仕事は繫ぎのつもりで、譲治はもっとまともな会社で、もっともっと価値ある仕事して、家庭持って子供育てろ』って」

沖山の口調を真似た。

「おー、その通り。ちっとは、俺の言うこと聞いてくれてるのかいな」

手に持ったままの気の抜けた缶ビールを頭の位置まで掲げて、一口であおった。

「次の会社探すにしても、前の会社辞めた理由を姉にきちんと分かって貰わないとな」

「それはええ心掛けや。譲治が真剣に再就職考えてるんやったら、調査会社の話せん方が良かったな」

沖山は納得した様子だが、譲治には気がかりなことがあった。

「それで、姉に久しぶりにメール入れたんやが、返事がないんや。電話も出ないし」

「送信できたなら、姉ちゃんのアカウントは有効や。携帯料金は支払われてるな。自動引き落としか？」

譲治はかぶりを振った。

「そこまでは分からん」

「電話も着信する前にいきなり留守電になったんと違うか？」

譲治は頷いてから、明るい声で言った。

「まあ、電源が切れてるのかな？　姉は何かに熱中し出すと気が回らんところあるから」

沖山は、それとも故障かもな……と言いながら、少し考えていた。

「姉ちゃんの家の固定電話は？」

「いや、名義人の義理の兄が死んで、解約したみたい」

「メール出したのはいつや？」

「もう一か月になるな」

沖山は三本目の缶ビールを手に取り、開けようとして手を止め、真剣な顔で考え込んでいたが、急に破顔と言える笑顔になった。

「姉ちゃんは今、スマホなくしたか故障してるだけと違うか？　スマホが復活した途端、サーバーから一気に大量のメールが飛んで来るパターンやで」

その可能性を考えたこともあったが、改めて沖山に言われるとそんな気になる。

「かもな」

「絶対そうや」

沖山は言い切ると、ふと思い出したように、前から聞こうと思ってたんやが、と前置きした。

「両親亡くしてから、姉ちゃんと二人、どないして生活したんや？　親戚にでも面倒見て貰ったんか？」

沖山にプライベートな話をするのは今日が初めてである。譲治も沖山個人については、大阪出身であること、見掛けによらず業界大手の遠崎重工の元社員で、結婚歴なし、血液型がB型ということくらいしか知らない。

「ああ、叔父にな。親父の弟で、大阪の松原で会社やってる。その叔父に引き取って貰った」

「どないやったんや？　叔父さんとは上手いこといったんか？」

譲治は、好奇心で他人のプライバシーに踏み込むのは、ホラー映画の次の場面展開を期待するのと本質的に同じだと思っているが、沖山はそれとは全く違う。譲治を深く理解したがっているのが伝わって来る。

「叔父も叔母も温厚な人で、子供がいなかったから、十年ほどはな」

沖山は右手に缶ビールを持ったまま、開けるのも忘れたようだ。

「何や？　十年経って何かあったんか？」

「僕が高校入った年に、叔母が亡くなってね。しばらくして叔父が再婚したんやけど、その後妻ってのが……」

沖山はうんうん頷きながら聞いていた。

「そうか、その後妻に邪魔者扱いされたんやな」

譲治には思い出すのも虫唾が走る記憶だ。露骨な嫌味を口にする年若な後妻と気の弱い叔父の顔が並んで頭を過る。しかし、不思議と夫婦二人並ぶと均衡の取れた構図になるのだ。新しい叔母が叔父を蔑ろにしたわけではない。叔母なりに家を守ったのかもしれない。

――叔父が幸せならそれでいい。

恵美も譲治も納得していた。

沖山は譲治の沈黙を理解したようだ。

「叔父さん、会社やってるんやな？」

「叔父が社長をやってるわけやなくて、何社か……」

沖山が譲治の言葉を遮った。

「分かっとるがな。オーナー、大株主で、資産家ということやろ？」

「そういうこと」

「それなら、大体想像つくわ」

「姉は高校出たら、すぐに叔父の家を出て働き出したんや。それで、僕も姉に付いて出たんや」

「二人で大変やったやろう。譲治の大学の費用は姉ちゃんの稼ぎか？」

「姉の給料とか、僕の奨学金やバイト代とか」

沖山はビールを飲もうとして、蓋も開けていないことに気付き、片手の人差し指でプルタブを器用に引き開けた。

「姉ちゃん仕事は何してたてん。当然、昼も夜もやろ？」

「昼間は工場のラインやアパレルの店員や色々やってたな。夜はホステス。相当人気あったらしいで」

「まあ、苦労した時の基本やな。ところで姉ちゃんの写真ある？」

人気のホステスと聞いて沖山の表情が緩んでいる。

「ほらよ」

譲治は姉親子とバーベキューをした時に撮った画像を表示し、スマートフォンごと差し出した。

「ほー、ほー。これは、これは」

沖山は意味不明の反応をしながら、画面を繰っている。

「いやぁ、エー酒のあてになったわ。御馳走さん」

譲治にスマートフォンを返しながら、

「姉ちゃん、マジでモデルになったらええねん」

冗談でなく、ホステス時代は何度かスカウトもあったようだ。

「本人にその気がないみたい」

　沖山とはその後も譲治が勤めていた会社のことなど話し込んだが、譲治がシャワーを浴びている間に鼾をかいて寝てしまった。譲治は沖山の上下動する腹の上に薄手の毛布を掛けた。


　沖山が機材の箱を抱えて帰って行ったのは、翌日の午後一時を過ぎた頃であった。譲治は急いで服を着替え、誕生日プレゼントの箱を入れた大きなバッグを肩から提げ電車に飛び乗った。

　私鉄とJRを乗り継いで姉の家の最寄駅で降りた時は夕方近かった。夏の夕焼けが真っ赤に染めた稲穂の波間を足早に通り過ぎ、大きな雑木林に囲まれた宅地の入り口に着いた。鳴き声が騒音になるほど蝉がいる林である。

　恵美の家近くまで来ると、自然と鼓動が激しくなる。譲治の記憶の中で、姪と甥の姿は三年前のままだ。子供達には「随分、大きくなったなぁ」と、話しかけるつもりだが、姉には何と切り出そう……。

　譲治は、考えがまとまらないまま、既に薄暗い雑木林の小路を歩いた。気を紛らすように途中の家々に目をやる。大きな真新しい屋敷が並び、モデルハウス展示場と錯覚しそうだ。雑木林が途切れ、目の前に低い柵と檜の生垣に囲まれた平屋の屋敷が現れた。門柱の表札は「杉下」。変わっていない。譲治はひとまず安堵し、門柱のインターフォンのコールボタンを押す。屋内でコール音が響いているのが聞こえるが、反応がない。再び押したがやはり反応はなかった。正門の鉄扉は譲治の目の高さほどで、玄関の様子が見えるが、何の気配もない。

　コールボタンから指を離し、鉄扉に付いている郵便受けの投函扉を内側へ押して中を覗いてみると、かなりの郵便物が溜まっている。色々角度を変えて狭い扉から内部を覗くと、一番上に見えるのは市役所からの封書であった。投函口から十センチほどの所で下の郵便物に突き刺さるように立っている。

　諦めて譲治は正門から離れ、敷地を囲った柵に沿って歩いた。エンジ色のカラーベスト屋根と黒のサッシが屋敷の雰囲気を落ち着かせている。カーテンと雨戸は閉じられ、シャッターは下り、譲治に無人であることをアピールしているようで、苛立ちを感じる。それに加えて、外から見ても庭の荒れ方が酷く、長期間手入れされていないことが一目瞭然だ。落ち葉が乱雑に積り、所々風で吹き寄せられて波打ち、雑草が生い茂っている。ガレージにはシャッターはなかった。うっすら埃を被った恵美の車が停めたままになっている。子供が幼い上、郊外という土地柄、恵美は出掛ける時は必ず車に子供を乗せて自分で運転する。ガレージの軒下に意外な物を見つけた。

　――犬小屋？

　義兄が健在だった頃から犬を飼う話などなかった。譲治は屋敷を外から見て回ったが、やはり人が住んでいる気配がない。表通りから裏手に向かった。裏手にも相当広い裏庭があり、塀の一角が勝手口になっている。裏庭の様子は塀に阻まれて見えないが、勝手口の横にある水道元栓のバルブに止水通知の札が括りつけてあるのを見た時、首から上の血液がスーッと足首まで下がったのが分かった。肩からバッグを落とすと、崩れるように勝手口の石段に座り込み、そのまま茫然と身じろぎもしなかった。ただ、時間と周りの空気だけが動いていた。

譲治はふと我に返ると、立ち上がって落としたバッグを拾い上げ、砂を払い落として肩に掛けた。気力を振り絞り、近隣の家々を片っ端から訪問しては姉親子のことを聞いて回った。インターフォン越しの会話であるが、この界隈の住人は皆、丁寧に受け答えしてくれた。隣家の女性は懐かしそうな声を出した。

「ああ、杉下さん？　そうねぇ、三年ほど前に引越されたんじゃないかしら？」

引越し、と聞いて譲治は驚いた。また、別の女性は見当外れのことを言った。

「旦那さんが亡くなって、お子さんも小さいから実家に戻りはったんやない？」

──姉にも、僕にも帰る実家なんてないんやけど……。

そのあと、三軒聞いて回ったが皆似たような回答で、「引越し」「空家」「二～三年前」と言った単語の順番が変わっただけだ。三軒目の、声からすると高齢の男性が、僅かでも望みをくれた。

「ここ何年か空家ですわ。表札は前のままで、不動産屋にも売りに出してないみたいですね。そのあたりの事情は、自治会長なら知ってはるかもしれませんなぁ。自治会長の倉谷さんのお宅は通り向かいの木造りの家ですわ」

譲治はインターフォンに礼を言ってから、背後を見渡すと、向かいの歩道沿いにログハウス風の住宅が見える。近くまで行くと、板塀の向こうから人の声が聞こえて来た。庭に誰かいる様子である。インターフォンでなく直接話ができるかもしれない。

「ごめんください」

譲治は板塀を見上げて大声を上げた。

「はーい」

籠ったような太い男性の返事が聞こえ、しばらくして木戸になっている板塀の一か所がキーと軋んだ音をたてた。木戸を開けたのは五十歳くらいの大柄な男性で、切り揃えた直毛の白髪がまとまって頭に乗り、髭面に丸眼鏡のオーバーオール姿である。譲治はログハウスとピッタリの外見に呆気に取られた。

「何か御用ですか？」

感心しているところを促され、譲治は我に返った。

「あっ、すみません。僕、杉下の親戚の相川譲治と言います。今寄ってみたんですが留守のようで、もしかしたら行き先をご存じないかと思って……」

譲治は話の切り出し方が唐突だったことを後悔したが、男性は外見そのまま大らかな人柄らしく、譲治の話に納得した様子である。

「杉下さん？　その御親戚の方……ところでなぜ、わざわざうちに訪ねて来られたのですか？」

当然の質問だ。譲治は、近隣に杉下家の消息を尋ね回っても分からなかったこと、自治会長の倉谷を教えて貰ったことを説明した。

「そういうことか……杉下さんは三年前の夏ごろに家を空けられたんですけど、急だったなぁ。水道、ガス、電気、新聞も長期に不在にするから止めるように連絡があったと、業者の方から聞きました。家はそのままで、以来一度も戻っておられないようですね」

「その連絡をしたのは誰かご存じですか？」

「恐らく杉下さんご本人が使用停止申請書を使われたんじゃないかな。この界隈は全部ガス会社がライフラインの料金をまとめて徴収してるから、専用の通知書に停止期間を書いて投函するだけなんです。そういえば、うちへも、長期間家を空けるって、確か手紙か何か貰ったような記憶があるなぁ」

「近所なのにわざわざ郵送したってことですか？」

「確かそうだった……ねぇ、由美子、杉下さんがお留守にされることって、お手紙で知らせてくれたんだっけ？」

倉谷は扉の内側に向かって大きな声を張り上げた。譲治が開いた木戸から板塀の内側を見ると、そこは青々とした芝生が茂っていて、テラスチェアとテーブルが置いてあり、チェアにはロングヘアで細いメタルフレームの眼鏡を掛けた女性が座っている。年齢は倉谷より十歳は若く見える。パームツリー柄の白いアロハシャツにジーンズ姿で足元はサンダルであった。由美子と呼ばれた女性は、それまでのやり取りを聞いていたらしい。

「郵便じゃなかったわ。封筒に手紙と一年分の自治会費を同封されて、直接ウチのポストに入れてあったんじゃなかったかしら？」

譲治は綺麗（きれい）な標準語を落ち着いた口調で話す二人の言葉に安心感を覚える一方で、

――けど、子供二人連れて一体どこへ行ったんや。

譲治の気持ちは沈む。

「どうぞ入って。そこに掛けてください」

倉谷は譲治を庭に招き入れ、由美子の向かいにある腰高な籐椅子（とういす）を勧め、自分は由美子の隣のスチール製のテラスチェアに座った。譲治は促されるまま庭に踏み入れ、芝生の弾力を靴底に感じながら、椅子に浅く腰かけた。由美子が顎（あご）を上げて、観察するように譲治に視線を向けている。

「親戚ってどのようなご関係？」

「杉下恵美は僕の姉です」

「あら、そう。お姉さまは本当にお綺麗な方ね。ねぇ」

同意を求めるように倉谷に視線を向けた。倉谷はチラッと由美子を見てから少し困ったような笑みを浮かべて頷（うなず）くと、右手の親指と小指を伸ばして耳に当てた。

「電話はしてないんですか？」

「それが、姉と連絡が取れなくなって……気になって来てみたんです」

由美子が眉をひそめた。

「あらぁ、それは心配ねぇ。あなた、杉下さんのこと何か知ってる？」

「私達も道でご挨拶する程度でねぇ。よく付近を二人で散歩するんですけど、杉下さんのお宅の前を通ると、大抵、あの広いお庭で子供さん二人が遊んでるのを見かけましたよ。その都度、手を振ってくれましてね」

人懐っこい美樹と俊樹らしい仕草だ。譲治は胸につかえていることを思い切って聞いた。

「あの、姉と子供達以外に同居人はいませんでしたか？」

由美子はテーブルに肘をついて手に顎を乗せた。

「亡くなったご主人以外ってことかしら？」

「そうです」

「一度だけなんだけど、杉下さんの運転で外出される時に、お子さん以外に男の方もいらしたことがあったわ。ねぇ、覚えてない？」

由美子は、また倉谷に視線を向けた。

「うーん。見掛けたことはあるけど、同居してたかまでは分からないですねぇ」

譲治の脳裏には大阪駅で二人を見たときの光景が浮かんでいる。

「どんな男性か、分かりませんか？」

「そうねぇ、その時は皆さん車に乗って、その男性が最後に乗り込んだんだけど、長髪の、体形はスラッとした感じだったわ。かなり上背のある方よ。百八十センチ以上はあるかしら」

「えっ、そんなことまで分かるんですか?」

由美子は笑みを浮かべた。

「杉下さんの車は、アルファードよね。全高が百八十センチ以上あるのよ。ルーフと男性の頭の高さが同じくらいだったから、背が高い人だなって、感心した記憶があるの」

いつ頃の話か聞くと、三年半ほど前のことらしい。恵美に同居人ができた頃と一致する。

その時、倉谷が急に何か思い出したように顔を上げ、組んでいた腕をほどいた。

「そういえば、家を空けられる少し前のことなんですけど……杉下さんから突然お電話がありましてね……この町内で犬を貰ってくれる人はいないか? という内容で……」

記憶を辿りながら話しているのだろう。蛇口から水滴が落ちるように続ける。

「犬を飼い始めたけど、どうもお子さんが犬の毛アレルギーだと分かったから、という理由だったかなぁ……」

倉谷は少し間を置き、自分の話の内容を反芻している様子である。

「自治会でペットの斡旋などはしてないんだけど……丁度、自治会の役員で貰ってもいいっていう人がいて、ご紹介したことがありましたね」

「その方は今も?」

倉谷は頷いた。

「すぐ近所ですよ。時々、犬を散歩させてるのを見かけることもあるし、もしかしたら、犬のことで杉下さんとは懇意だったかも」

「あの、よければその方に連絡を取って貰えませんか？　姉親子のことで少しでも話を聞かせて頂ければ……」

「もちろん。ちょっと待ってて」

倉谷は快活に返事をして、足早に縁側から屋内へ入って行った。涼しい風が板塀の内側に植えられた低い庭木をサワサワと揺すって、残った二人を包んで通り過ぎた。前の道路は人も車も通らないため、人工音は聞こえないが、代わりに自然界の音が飛び交っている。

「ふふふ」

由美子の含み笑いが聞こえた。

「主人はね、自治会長として住所や自治会の議事の記録を全部取ってるの。私なんか大雑把だからいつも感心するんだけど」

譲治は、主人という言葉から二人が夫婦であることが分かって、妙に納得した。しばらくすると屋内から話し声が聞こえて来た。犬を貰ってくれた相手に電話しているようだ。話し声が途切れると、倉谷が縁側に現れた。

「いつ頃行かれます？　先方さんは今からでも良い、と言ってるんですが」

「今からいいですか？　ご迷惑でなければ」

譲治はとてもこのままの状態で帰れそうにない。倉谷は電話を切って戻って来た。

「皆川さんという方で、七十代のご夫婦だけのお宅ですよ。ご主人は医療機器の会社を経営されていて、奥さんは元お医者さんで、とっても上品な方ですよ」

倉谷は、皆川宅までの簡単な地図を描いたメモを手渡してくれた。

譲治がメモを胸ポケットにしまうと、それを合図に由美子が立ち上がった。譲治が帰るのを見送ってくれるようだ。表の通りで二人が並んで手を繋いでいるのを見たとき、きっと姉も彼らのような何年経っても仲の良い夫婦関係を望んでいただろう、という思いが過った。思わず涙が出そうになり、譲治は睨むように薄暗い空を見上げた。

貰ったメモに従って倉谷宅前の通りを突き当たりまで行き、T字路を姉の家の方向とは逆に曲がり、用水路沿いの遊歩道を上がる。通り過ぎる家々は玄関先の常夜灯や、門柱灯が点灯しだしている。坂道を上りながらサラサラと流れる水音を聞いていると、恵美との思い出が断片的に思い出される。

恵美と二人暮らしを始めてからは、恵美は完全に譲治の母親代わりであった。譲治の高校の保護者面談には、ピシッとスーツを着て出席した。夜はホステスのバイトに出掛けて行く前に、夕食の用意をし、自分が使っていた参考書から宿題を出すのだ。そんな恵美の期待に譲治も素直に応えた。

譲治と同じ地元の県立高校出身の恵美は在学中、成績はトップクラスで国内のどの大学でも進学可能だったが、高卒で働くことを選択した。教員達は何とか進学させようとしたが、恵美は頑なに叔父夫婦からの独立を選んだ。譲治が国内でも有数の工業大学に現役合格した時の恵美の笑顔は網膜に焼き付いている。逆に会社を退職した時の恵美の泣き声が何かの弾みでよみがえると耳を覆いたくなるが、記憶の中で響く音は防げない。

地図通り上り勾配の先に皆川宅はあった。玄関先を見ると外灯に照らされた長い茶毛の大型犬がこちらを見ている。譲治がチャイムを押してから玄関の扉が開くまでの間、その脇で犬がずっと譲治を見上げていた。黒目勝ちな眼球に映る譲治の姿と、しっとり湿った鼻が嗅ぐ香りに、姉親子との共通点を感じたのかもしれない。

譲治も引き込まれるように犬を見つめていたため、玄関扉が開いたことも気付かなかった。

「この子とっても人見知りなんですよ。ちっとも吠えないなんて珍しいわ」

譲治が声の方を振り向くと、白髪を綺麗に束ねた小柄な女性が開いた扉の内側に立っていた。

「コリーですか？」

「ええ、ボーダーコリー」

「名前は？」

「コウ太。恵美さんが付けた名前そのまま」

譲治が、コウ太、と呼んで、頭を撫でてやると、抵抗せずに気持ち良さそうに目を閉じた。

「すみません。こんな時間にお邪魔して」

「いいえ、うちは全然構いませんのよ。倉谷さんからお電話頂いて事情は伺ってます。どうぞ上がってください」

譲治は一角に応接セットが置かれたリビングに通された。ロングソファには、ゆったりと老人が座っており、譲治を見て立ち上がり、向かいのシングルソファを勧めた。男性は皆川宗男（むねお）と名乗り、女性は妻で郁子（いくこ）と紹介された。宗男は白髪を撫でつけずにバサリと前に垂らしている。郁子は両手を広げて大きなトレーを持って来た。

「召し上がってくださいな」

郁子は応接用テーブルに、フルーツを盛った皿と、紅茶のカップを並べた。譲治は一瞬後悔した。夕食直後に訪問したらしい。ダイニングテーブルには、目の前に出された器と同じデザインの食器が重ねられ、食後の片付けを待っている。

「それじゃ、いただきます」

譲治は紅茶に砂糖を入れて掻（か）き混ぜ、その渦にスライスされたレモンを浮かべた。郁子は宗男の隣に座り、カップを手に持って静かに譲治を見ている。譲治もカップを手に取り、一口啜（すす）った。何から切り出すか、頭の中で整理していると、郁子の方が先に口を開いた。

「恵美さんの旧姓が相川って、今日初めて知りました」

「あの、姉のことはよく御存じなのですか？」

郁子は口に含んだ紅茶をゴクリと流し込む。

「恵美さんとは親しくさせて頂いてました」

郁子の説明では、美樹が通っている保育園に、郁子が保健指導に行った際、お互い近所に住んでいることが分かって親しくなったという経緯を話してくれた。

「美樹ちゃん、俊樹ちゃんも何度かここへ遊びに来られましたよ」

美樹も俊樹も他人の家へ行っても遠慮がないからさぞかし騒々しかったろう。

「恵美さんはとってもお話が上手で、時事問題でも改めて恵美さんの口を通して聞くと、『ああ、そういうことなんや』って気付かされることがよくあったんですよ。そのことを褒めると、『わたし高卒ですから』って卑下されるんですけど、驕ったところがないから余計信頼してますのよ」

恵美が洞察力に優れていることは譲治としても感じている。譲治の目は皆川夫妻を見ながらも、頭には恵美の記憶が浮かんで来た。

譲治が高校二年生の三者面談でのことだ。譲治の書いた『暗夜行路』の感想文が作文コンクールで最優秀賞を取ったにもかかわらず、クラス担任が作文の内容とコンクールの選考の在り方を、恵美と譲治を前にして酷評したことがあった。

譲治は読んで感じたままに白樺派を皮肉ったのだが、国語教諭である担任の逆鱗に触れたようだった。面談の後、恵美と並んで家路を歩きながら、譲治が「あーあ」と溜息を吐きながら落ち込んでいると、恵美が顔を覗き込んできた。

「おやおや、自信家の譲治君にしては珍しいやないの」

恵美の顔は笑っている。何がおもろいんや、譲治はプイッと視線を逸らして黙っていた。恵美は歩調を緩め、ハンドバッグを身体の前で両手で持った。

「担任の先生の話を聞いてたら、なんで譲治の作文をあそこまでけなすのか、その理由がよく分かったわ」

今度は驚いた譲治が恵美を覗き込んだが、恵美は正面を向いたままでいる。

「どんな理由なん？」

「譲治の作文を批判した後の先生の話覚えてる？」

担任は散々批判した後、譲治が何ら反論しないことを見極めると雑談のように自分の学生時代からの人生譚を始めた。

「なんでわざわざあんな話するのか、わけ分からんかったわ。まあ、自画自賛やったな」

「そう。そうなのよ。自画自賛なのよ。自慢話やないのよ」

譲治が理解できずに恵美の横顔を見ていると、恵美が譲治の方へ顔を向けた。

「先生は今まで、譲治のように賞を取るとか、他人から評価されるとか、自慢できることがないのやわ。それなのに、プライドと自己評価だけが異常に高いのよ」

「先生が賞を取ったり、他人から評価されたことないって、なんで分かるん？」

恵美は足を止めた。

「なんでって、それが自画自賛する動機やから」

　恵美は口元に笑みを含んでいるが、目は笑っていない。この時の恵美のX線のような目に頼もしさを感じた。譲治は恵美の言うことが何となく分かった。

「ということは、先生は僕に嫉妬して、あんなこと言ったってことなん？」

　あははは、恵美は大きく笑った。

「そういうこと。嫉妬から出た戯言やから無視してよし。譲治は今まで通りで問題なし」

　この時は恵美の言葉で、担任が招いた憂鬱が一気に吹き飛んだ。

「恵美さんからあなたのことも色々と聞いてますよ」

　譲治は、はっと我に返った。郁子の言葉が耳に入っていなかったため、注意深く次の言葉を待った。

「御自慢の弟さんで、微笑ましく思ってますのよ。ご主人を亡くされて、女手だけで二人のお子さん育ててらして、急に家を空けられたのはてっきり実家に戻られたものと主人共々思ってたのに、身内の方が捜してらっしゃるとは……」

　郁子が沈痛な表情で一瞬黙った。

「姉が皆川さん以外で親しくしてた人とか、同居人とかご存じないですか？」

「おうちに、男性は居てらっしゃるようでしたけど、直接お見かけしたことはないんですよ」

「そうですか」

落胆を隠せない譲治の様子を見て、それまで沈黙していた宗男が口を挟んだ。

「その男性のことなんですけど、杉下さんが家を空けられてから動物保護団体の、犬の里親協会職員とかいう人が訪ねて来られてね、犬を譲り受けた時のいきさつなんか色々聞かれましたんや。それに、うちの飼育環境なんかも結構入念に調べてましたわ。どうも犬は、本来その男性へ里親協会から譲渡された犬で、正式な里親はその男性らしいです」

宗男は里親協会の書類を譲治の前に置いた。倉谷から連絡を受けてすぐ用意していてくれたらしい。

「うちへの犬の譲渡は全部、杉下さんがやって、その男性は全然出て来ませんでしたな」

「ああ、そうですか。姉が手続きを……それで、その男性の名前は分かります？」

「いいや、分かりませんな」

宗男は申し訳なさそうに言うと、犬の里親協会の譲渡書を見せてくれた。せめてもの手掛かりということだろう。運営団体名は「ＮＰＯ法人　ペットライフ」となっている。

譲治は感謝の意を示してお辞儀すると、

「ちょっと控えさせて貰(もら)います」

断って、スマートフォンで数枚の書類を撮影した。

姉親子の失踪(しっそう)が確実になったことで、譲治は精神的に参ってしまった。落胆を隠すこともなく、両手で顔を覆って動かなかった。いや、頭が回らずに動けなかった。

皆川夫婦は譲治を気遣って、しきりに泊まっていくように勧めた。

「明日(あした)、重要な仕事が朝からありますので帰ります」

実はそんな仕事はないのだが……皆川の誘いを断ったのは、ひと時だけでも、今日の出来事を忘れて、自分の日常に戻りたかったからだ。そうでもしないと、今の心の疲れは取れそうにない。

「夜分お邪魔しました」

譲治が立ち上がりかけると、郁子が驚いた様子で宗男を見た。

「あなた」

促された宗男は郁子に頷(うなず)き、

「せめて駅まで送りますわ」

立ち上がって上着を羽織った。

宗男が運転し助手席に郁子、後部座席に譲治が乗り、重苦しい空気の中で譲治は窓の外を眺めていた。夜間操業の製薬会社の工場だけが煌々(こうこう)と明るい。

「まずは警察に相談してみます。何か分かれば必ず皆川さんにも連絡します」

「そうね、それがよろしいわ。ねぇ、あなた」

皆川夫妻はチラリとお互い顔を見合わせたが、譲治の胸中を察しているのだろうか、宗男は無言だった。駅前のロータリーで譲治を降ろすと、わざわざ二人して車を降りて見送ってくれた。譲治は、駅ビルに入る手前で振り返り、ペコリと頭を下げた。譲治が顔を上げた時は、まだ夫婦共にお辞儀をしていた。

　終電が近いこともあって駅ビルの店舗の大半はシャッターを下ろしており、行き交う人もまばらで閑散としている。電車内も通勤客とは方向が逆であり、ゆったりと二人掛けの椅子に一人で座ることができた。浅く腰掛け、「はぁー」と肺の空気を全て吐き出し、その反動で胸一杯に吸い込んだ。譲治は一息つくとボンヤリと窓の外を流れる暗い景色を眺めたが、目に映る夜景は空っぽの頭を素通りして行った。

　翌日、ベッドで目覚めた時は、あの後どのようにして自宅に辿り着いたのか記憶がなかった。今も胸の中は虚ろなままである。譲治は無意識にベッドサイドのスマートフォンを手に取ると沖山に電話していた。渇きを癒すために水を飲むように、虚ろな胸に沖山の品のない関西弁を流し込みたかった。ほどなく沖山が電話に出た。

「珍しいやん。昼前に先生から電話して来るなんか。なんぞ、悪いモン食うて、寝付けんかった、とかちゃうやろな」

　――あーっ、これこれ。

　譲治は昨日の経緯を話しながら、癒されていった。

――二〇一八年八月八日　正午

　孝之が表の駐車場で大型ディスプレーやプロジェクターなどの機材を営業車に積み込

んでいる。今日は大阪市内の損保会社で保養所物件のプレゼンテーションを行う予定だ。その横にもう一台、飲料水メーカーの配達車が荷台の扉を開けた状態で停まっている。青と赤基調の作業着を着た若い作業員が果実飲料やアイスコーヒーのボトルを箱単位で本社厨房(ちゅうぼう)に運び込んでいた。本社では、来客や営業所から来る社員用にかなりの量を常備している。

会社は昼休み。窓辺にもたれて由香は何気なくその光景を眺めている。作業員が孝之に声を掛けたようだ。声は聞こえて来ないが、孝之が振り返った。作業員が差し出したバインダーの書類にサインしながら、二人で楽しげに会話している。孝之が何か冗談を言ったのだろう、作業員は大笑いしながら残っている清涼飲料の箱を台車に積もうとした。

その時、駐車場の出入り口付近を六名の小学生が通り掛かった。夏休みに入ったばかりだが全員真黒に日焼けし、どこかで遊んできたようで、遠目から見ても汗でびっしょり濡(ぬ)れている。そのうちの一人の少年が、目ざとく清涼飲料の箱を見つけ指差している。その少年は孝之に何やら交渉している様子だ。すると、孝之が笑い出し、納入物の箱から大型の果実ジュースのペットボトルを取り出すと少年にポンと投げた。両手で受け取った少年はキョトンとしている。周りの五名も静かに見守っている。

――本当にいいの？

――いいよ。飲み終わった空ボトルは回収ボックスに捨てるんだよ。

こんな感じの会話が交わされたのだろうか、六名の歓声が由香のところまで届いた。孝之は子供達が戦利品のジュースのボトルを頭上に掲げて走り去るのを楽しそうに見ている。

「タカさんならではやね」

いつの間にか京子が横に立っている。エンジン音がして昼食もとらずに孝之は出掛けて行った。孝之を見送った後、振り返ると窓際のテーブルには由香の分まで昼食の用意がしてあった。

「あっ、京子さんごめんなさい。私、うっかりしてて」

「いいのよ。うちじゃ主人がマメでね、いつも私の分まで家事やってくれるの。だからその分を外でやってるわけ」

「うらやましいわ。優しい旦那さんなんですね」

「まあね」

──京子さんたら照れもしないって、本当に仲いいんだ。

「ところで、あなた達どうなの？」

京子は近くのレストランが提供している企業団地内の会社向けランチサービスのサラダにドレッシングを掛けている。

「あなた達って？」

「ふふふ、あなたとタカさんのことよ。タカさんもあなたも特定の人はいないんでしょ？　あなた達お似合いよ」

「タカさんとは、まだそんなじゃないですよ」

「あら、まだ、っていうのはその路線に乗ってるってことね。時間の問題？」

「京子さんたら。だから、そんなじゃないって」

由香はムキになっている自分を自覚している。孝之に魅力を感じていないと言えば嘘になる。孝之も由香に好意を持っていることは確かだ。ただ二人の性格なのか、並んで座って手だけ徐々に伸ばし、指先が触れたところで、第一関節だけ絡め合っている。そんなもどかしい状態が続いている。

京子はニコニコ微笑んで、楽しそうに由香を見ている。

「由香ちゃんの車で、休みの日にタカさんちに押し掛けたら？」

――もう、他人事だと思って大胆なこと言って……。

「えー？　タカさんがどこ住んでるのかも知らないですよ」

「あら、そうなの？」

「タカさんって、私生活の話しないんで。住まいはどこなんですか？」

「ほほほ、実は私も知らないのよ。ただ、神戸の北の方って聞いたことあるけど。学生時代の知人の家で、『離れ』を借りてるって、社長が言ってたわ」

由香は初めて聞く孝之の私生活の一面に新鮮味を感じた。

「ご期待に添えるように鋭意努力します」

由香はラジャ、とでもいう風に親指を立てた。その様子が余程可笑しかったのか、満足そうに京子は笑っていたが、急に何かを思い出したように、真顔になった。

「そうそう、滝水海岸で猫のバラバラの死骸が見つかったってニュース見た？」

由香はゼリーが載ったスプーンを口の手前で止め、苦笑いを浮かべた。

――京子さんたら止めてよ。食事中に……。

「ええ、猫以外にも何かの骨も見つかったらしいですね」

「その続報だと、それって人の骨なんやて。人となると大事件ねぇ。この辺りにも捜査に来るのかしら」

由香は驚いて京子を見た。

「滝水海岸だったら、南側の山越えてすぐですものね」

「猫もバラバラやけど、骨の方はもっと細かく砕いて川か海に捨てられたらしいの。定置網がなかったら、流れが速いから見つからなかったみたいよ」

「怖いわ。そんな残酷なことをする人がこの界隈に居るって」

由香は早くこの話題を打ち切りたかった。自分の周りで何か非日常的な出来事が起こっていると、不吉なことを考えてしまう。

「由香ちゃん、深刻な顔して。ゴメンね。食事時に変な話題出して。いつも主人にも怒られるの。『京子は気にしなくても、気にする人もいるんやで』って。想像力の欠如なんやて。人骨でも、ほら、散骨や骨格標本の処分の可能性もあるんやて。それでも、勝手にやったら違法なんやけど、まだ、物騒な事件やと決まったわけやないからね」

京子は明るい声で言ったが、フォローになっていない。しかし、京子の調子外れの気遣いで、由香は我に返った。

「ははは、私ってこう見えてデリケートなんですよ」

「へぇ、人は見掛けによらないわね」

「それって、どういう意味ですかぁ」

二人で大笑いしている時、電話が鳴った。由香が出ると津山だ。孝之に用があるらしいが、孝之は既に営業に出てしまっている。

「そう、川島さんはもう出掛けたのか。じゃあ、携帯の方へ掛け直すよ」

「今まだ運転中だと思いますよ。丁度、高速に入った頃じゃないかしら」

「なるほど、この後プレゼンだし、今日は無理か。明日にするよ」

津山が電話を切ろうとしたのを、由香が引き留めて用件を聞いた。由香には関係ないのだが、孝之のことは気になってしまう。

「いや、そんなに大した用じゃないんだ。社長の休暇が延長になっても、社長決裁は電子承認して下さって、問い合わせメールにも返信して貰ってるので、何ら支障ないんだけど……、ほら、久しぶりに肉声が聞きたいなって。社長に直接電話しても留守電だし、プライベートの番号は知らないしね。まあ、川島さんに、たまには津山へ電話してやって下さいって、社長に伝えて貰いたくてね」

由香も同感だった。

「川島さんのお陰で随分と便利になったんだけど、こんな時、味気ないんだよね」

と、津山にしては珍しく愚痴を言って、電話を切った。

——二〇一八年八月一〇日　午後三時

恵美の失踪を知った四日後、沖山が譲治のマンションにやって来た。皆川宅で撮影した「ペットライフ」の資料について沖山が調べてくれていた。つまりハッキングしたことになる。

「犬の里親申請の中で、申請者の住所が譲治の姉ちゃんと同じで犬種がコリーの条件で合致したのが一人おったわ。名前は、田代恭介というんやけど、知ってるか？」

「田代？　いや、聞いたことない」

「そいつの勤め先が、あの東邦システムなんや」

「東邦システムって、ＣＭやってるあれか？」

譲治は驚いた。ＩＴ業界の独立系大手で、業務アプリの専門メーカーである。

「そう。あれや」

有名タレントを使ったＣＭを盛んに流している。譲治は詳しくはないが、社名は知っている。企業イメージ戦略としては成功しているのだろう。

「姉ちゃんの彼氏について『ペットライフ』から分かったのはそれだけや。後は東邦システムの方やけど、大代表に田代の親戚やいうて電話したんやが呼び出しは断られたわ。まあ、普通そうやろな。こっちはまだ時間かかりそうや」

譲治には分かる。NPO法人のサーバーと違い、IT企業のサーバー相手だと手強い。

「分かった。田代に直接会うのは、東邦システムの調べがついてからにする」

沖山は、それがええわ、と言うと、さらに言葉を続けた。

「それとやな。まだヘビーでシリアスなことがあるんや」

沖山の大袈裟な表現に譲治は半笑いした。

「なんや？」

「『ペットライフ』の里親申請には身分証明書が必要なんやけど、その身分証明書の条件が、顔写真付きなんや。それでサーバーを検索したら、田代の身分証明書があったわ。パスポートのコピーの画像ファイルやったけど、そのシグネチャが怪しんや」

「署名が怪しいって、そのファイルが改竄されてるのか？」

「そうや。画像データ本体を調べたら、顔写真部分が差し替えられてた。間違いない」

「と、いうことは？」

「と、いうことはや。パスポートの偽造データということになるな」

手の込んだ手口である。

「何のために？」

「単に、顔を知られたらまずいんやろな」

譲治は、恵美の同居人の本性に触れ、押し黙ってしまった。沖山は譲治の顔を見ていたが、さらに続けた。

「それと、まだあるんや」

譲治も黙ったまま沖山を見ている。

「『ペットライフ』のサーバーに田代と同じ手口の偽造データがもう一件あったんや」

「もう一件？　別人か？」

沖山は頷いた。

「ファイルの日付は五年前やった。パスポートの偽造データで、シグネチャの改竄も田代のファイルと同じや。それを身分証明書にして犬の里親になってる人物がいてたんや」

「それって、どこの誰や？」

「兵庫県の山奥にある大槻製材所の従業員や。高見伸一とかいう人物で、犬種はセントバーナードや」

「その高見とは連絡取れるんやろか？」

「大槻製材所に電話してみたんやが、現在使われてへんて、蹴られたわ」

うーん。譲治は思わず唸った。

「どういうことやろ？」

沖山も自分で説明しておきながら首を捻っている。

「分からん。さっぱり分からん。ホンマ」

「行ってみるしかないな。場所は？　その、おおなんとか製材所って」

沖山はハッキングした高見の資料をプリントアウトした物を譲治に手渡した。

「大槻製材所の所在は……兵庫県……しし？　あわ？　すまん。読み方が分からん」

「しそう、宍粟市」

「これで、しそう、か……どの辺？」

「兵庫県の一番西や。岡山との県境やな。バイクで行くんやろ？　ここからは中国道使って、一時間半から二時間ほどや」

「バイクで兵庫県横断かぁ……」

と言いながら、地図以外の資料に目を通すと、大槻製材所が木材加工以外に広大な山林を所有し、その土地を植林業者に貸していることが分かる。

「人工林って、植林のことか？」

「そうや」

「地図からすると、大槻製材所の場所は宍粟市の人工林がある山の中やな？」

沖山が頷くと、譲治は口をギュッと結んだ。

「いつ行くんや？」

「明日」

「そこそこ距離あるけど、飛ばしたら寝てる間に着くわ」

「寝てる間って、誰が運転するんや？」

「問題はそこや」

——ホンマ、気楽なオッサンや。

沖山はリビングのカーペットにあぐらをかくと、コンビニの袋から自分用に買って来たビールとおつまみを床に並べだした。手の届く範囲に自分を取り巻くように、酒やらつまみを置いてその中で飲み食いする。譲治は笑いながら、獺祭やな、と言ったことがある。カワウソは獲った魚を供えるように並べる習性がある。昔の人はカワウソがお祭りしてると解釈して、獺祭と称した。沖山の獺祭や、と揶揄したのだ。「誰がカワウソやねん」と、楽しそうに口答えしながら獺祭していた。

「ところで、保育園には行ってみたか？」

沖山は一週間前と同じように居間に寝そべると、缶ビールを飲み出した。

「美樹は退園してた」

「退園？　転園やなくてか？」

「ああ、退園や」

「退園理由とか、退園手続きの時の姉ちゃんの様子とか聞いてみたか？」

「うん。色々聞いた。園長や職員は当時から変わってないから覚えていてな、退園は急やったらしい。美樹が一週間ほど無届で休んだ後、姉から手紙で退園するとだけ連絡があって、電話すらなかったそうや。園長は『杉下さんにしては珍しい』って言ってた。

姉はキチンとしてるからな。園長からその手紙を見せてもらったんやけど、直筆やなくてパソコンやった」

「印刷物か……誰が出したか分からんな。警察の方は？」

「行方不明者届は出した」

「警察も失踪かどうかも分からんし、動きようがないわなぁ」

沖山は袋を振って手の平にピーナッツを盛ると、大口を開けて一気に放り込み、盛んに咀嚼して飲み込んだ。

「家には入ってみたんやろ？」

このあたりが沖山という男が世間的な物差しで測り切れないところだ。譲治は、沖山から請け負った調査会社関係の仕事のお陰で、自前のピッキングツールを作るほど開錠術に熟達しており、シリンダー錠なら一分もあれば開けられる。マンションの地下ガレージに停めたままにしてあった、排気量四百CCのバイクを整備し、皆川夫妻と別れた翌日、深夜再び恵美の家を訪ねていた。

沖山は上半身を起こして、あぐらをかいた。

「家の中の様子はどうやった？」

「姉や子供の服もそのまま残っていて、屋内物干しには洗濯物が掛かったままやった」

沖山はジッと固まったように考え込んで、独り言のように、夜逃げやな、と呟いた。

「男の持ち物は？」

「全部屋見て回った。洗面台の歯ブラシ、整髪料や玄関の靴とか、洗濯物なんかも確認したが、男物は全くなかった」
「さよか……いずれにしても、田代恭介を調べるしかないな」

翌日、譲治はバイクで大槻製材所に向かった。譲治の自宅から宍粟市まで百キロほど離れている。中国道を降りてから三十分ほど一般道を走った後、険しい山道を登らなければならない。しばらくすると、山林に溶け込んだ大きな苔むす二棟の屋根が見えてきた。夜明け前に自宅を出たが、今は丁度日の出の時刻だ。辺りは靄が掛かっているが、それも一時間ほどで消滅してしまうだろう。敷地の周囲を蔓草や背の高い雑草が覆っているため、下から登る視線では遮られてしまうが、坂の上からだと敷地全体が見渡せる。

正門と思われる箇所でバイクを降り、夜露に濡れた雑草を掻き分けて入って行くと、太い木材に大きな鋲を打った門が現れた。支柱が腐り、蝶番が外れ内側に倒れかかっている。完全に倒れていないのは、絡まった蔓草が周りの木々から門を吊っているためだ。「大槻製材所」の木彫りの看板もあったが、木目に沿って亀裂が入り、ほとんど文字は判読できない。地面には看板を下から照らす照明が三基ある。朽ちる前は、ライトアップされた看板と城門のような正門が威厳を放っていただろう。正門の向こうにはコンクリート敷きの駐車場の空間があった。駐車場もコンクリートの継ぎ目から雑草が伸びている。

駐車場から母屋と製材所の建屋を見る限り、長い年月人の出入りがないことは明らかであった。母屋はまるで山荘のような切妻屋根で、敷地の半分が庭園になっている。一方、製材所は軽量鉄骨で建ててあるが、建て坪はかなり大きい。

譲治は製材所の表の電動シャッターは避けて、横手にあるサッシのドアをピッキングツールで開けた。中は思ったより汚れていない。機械類の間をすり抜けて製材所の建屋の中にプレハブで作ってある事務所へ入り、一時間ほどの間、そこに置いてある資料を調べた。データは電子化されておらず、全て台帳に手書きしてあったが、目ぼしい収穫はなかった。分かったことと言えば、五年前の七月時点の正社員は大槻夫婦、大槻の弟と高見だけで、全員が同じ住所の敷地内に住んでいたということくらいである。写真も探したが、大槻夫婦のもの以外は見当たらなかった。

譲治は製材所を出て、母屋の周囲をグルリと回って観察したが、どの窓も雨戸やシャッターが降りている。比較的入り易い裏口から侵入した。薄暗い屋内を二時間ほど掛けて調べたが、ここでも手掛かりになりそうなことは発見できなかった。

部屋を一通り調べ終わると、回り廊下を通って表の庭園に面した板の間に出た。庭園に沿って十数メートルはある廊下には雨戸はなく、サッシには分厚いカーテンが掛かっている。廊下の端に立つとカーテンの隙間から洩れて来る陽光が暗闇に規則正しい幾何学模様を描いているが、一か所、光が描く図形が不規則に乱れている。目を凝らすとそこだけ、廊下の闇の色が僅かに周囲と異なっている。譲治が近付くにつれ、色の異なる箇所が長さ一メートルほどの緑色のシートに包まれた縦長の楕円体だと分かった。
足元を見るとシートの隙間から染み出した濃い茶色の液体が廊下に広がり、カサカサに乾燥している。その楕円体に接した部分のカーテンはフックが外れダランと垂れ下がった状態で、床の液体を吸い上げて染みになっている。細部までよく見るためにカーテンを少し開けると、僅かな隙間から光が差し込んで来た。

照らし出された光景を見て譲治は思わず後ずさりした。緑のシートの先端が破れ、中から動物の頭部のミイラが覗いている。二十センチ近い口には鋭い歯がズラリと並び、毛の残った皮が頭蓋骨に張り付いている。大型犬のようである。死んだ犬を埋葬しようとしてシートに包んだまま放置したのかもしれない。ただ、シートに包まれた時点では、その犬は死んでいなかった。シートの顔の部分は食い破られ、目の前のカーテンにも食い付いた無数の歯形や破れがあった。そのまま力尽きて犬は死に、腐り、液化し、廊下に広がり、分厚いカーテンの布地に吸い上げられて、沁みになって残った。譲治は不幸な犬の死骸に手を合わせて縁側を後にした。

午前中一杯掛けて家中の部屋を調べたが、何ら目ぼしい手掛かりが見つからないまま、最後にまだ見ていない玄関に入った。

そこは、他の部屋のように雨戸や分厚いカーテンで外界から遮断され、カビの胞子が飛び交う暗闇とは異なっていた。表の引き戸の磨りガラスから入る光で明るく、サラサラと乾いた香りが漂う。十畳はあるが、壁に沿って作り付けの靴箱がある以外、何もない。譲治が靴箱の扉を開けると、中は空っぽで棚板すらなかった。各自の靴は居室の納戸の箱に入れ、収納してあったのを思い出した。もう見る箇所が思いつかない。譲治は玄関の上がり框に腰を下ろす。これ以上捜す体力というより、気力と意欲が失せてしまった。

しばらくして、譲治が侵入した裏口から屋外に出ると、朝とは打って変わった強い日差しが辺りを照らしていた。表に停めているバイクに向かって足早に駐車場を横切っている時、雑草に覆われた正門横に郵便受けがあるのに気付いた。ステンレスの銀色が、雑草の間から強烈な光沢を放っている。光沢に引き寄せられるように、雑草を掻き分けて行った。

郵便受けを縛り上げるように巻き付いた蔓草を引き千切り、裏側の蓋をこじ開けると、中には変色して固くなった封筒やハガキ、広告の塊が詰まっていた。一通ずつ剝がして、送り主を確認すると、銀行や市役所からの封筒に交じって、手帳を破ったらしい紙が一枚入っていた。譲治が二つ折りにされた紙をパリパリと開くと、ボールペンで丁寧に書かれた縦書きの文章が現れた。

「和江様

何度かご訪問しておりますが、都度ご不在ですので、メモを残しておきます。婦人会幹事の件で至急ご連絡頂きたく。　尾崎知沙子」

最後に、携帯電話番号が書かれている。譲治はメモだけを持ってバイクに戻り、書かれていた番号に電話してみた。一分近く呼出し音がした後、女性が出た。

「はい、もしもし」

「あの、突然の電話で申し訳ないのですが、尾崎さんでしょうか？」

譲治は相手に警戒されないように言葉を選んだ。

「どちら様でしょうか？」

相手女性の言葉が丁寧で、安心する。

「自分は相川と言います。実は今、大槻製材所の正門から電話してるんです」

「大槻製材所？」

明らかに相手女性は驚いている。

「大槻製材所を訪ねたんですが、お留守というか、空家というか、誰もおられなくて……それで、たまたま、尾崎さんのメモを見つけて、メモに書かれていた番号に電話した次第なんです」

「ああ、私のメモ……」

メモの記憶があるということは、電話の相手は知沙子本人だ。

「それで、ご用件は何ですの？」

譲治は自分の捜している人物が大槻製材所と関係があるので訪問して来た、と説明し、会って色々と話が聞きたい旨を伝えると、意外とあっさり了承してくれた。譲治は知沙子から聞いた通りに、山道を下り、麓（ふもと）の集落を走ると三十分後に尾崎宅の敷地にバイク子だった。

を停めた。玄関扉を開けた知沙子は、小柄でふっくらとした中年女性だった。いかにも農家のお嫁さんといった風で、誠実そうな、信用できる人柄に見えた。家には知沙子だけなのだろう。玄関先での立ち話になった。譲治が質問する前に、口を開いたのは知沙子だった。

「製材所は五年前に突然皆が居てはらんようになって、以来閉鎖状態なんですよ。ところで、どなたを捜してはるんですか？」

「高見さんという男性です。大槻製材所と関係があるようなんですが」

「高見……」

知沙子は名前を声に出した。

「ご存じの方ですか？」

「ええ、そういう名前の社員さんが居てはった、程度ですけど……」

知沙子の話では、彼女が親しかったのは大槻夫人だけだったらしい。ただ、五年前に大槻一家と従業員の高見も一緒に突然居なくなって、当時は色々と噂もあったが、今は話題になることはない、と言う。

「じゃ、誰の消息も全く分からないってことですね」

譲治の言葉で、知沙子は思い出した。

「あっ、三年ほど前やったかしら。高見さんらしい人がインターネットに出てたんですよ」

「えっ、どういうことです？」

　譲治が聞き返すと、知沙子は高見の写真が展示会のサイトに出ていたのを見掛けた時の経緯を語った。

「えっと、何やったっけ……何かの展示会でその人が製品の説明している写真やったんやけど」

「何の展示会でした？」

「確かビジネスアプリケーション何とか……」

　――ビジネスアプリケーション？

『ビジネスアプリケーションEXPO』やないですか？」

「ああ、それ、それです」

「ビジネスアプリケーションEXPO」はソフトウェア業界では権威ある展示会だ。

「社名とか、分かりませんか？」

「ほら、以前盛んにテレビCMやってたコンピューター関係の会社で、何て名でしたっけ？」

「IT企業ですか？」

「有名な俳優さん使って何パターンかやってましたよね……」

　知沙子は眉間に皺を寄せて懸命に思い出そうとしている。脳の奥の引き出しに仕舞われた企業名に向かって、シナプスが繋がって行く時の表情だろう。次の瞬間、知沙子の表情が明るくなった。

「東邦……東邦システムです」

今度は、譲治の顔が輝いた。

「えっ、東邦システム？」

思わず聞き返した。知沙子も譲治の反応に驚いている。

「そう。東邦システムでした。大槻製材所の高見さんの転職先やと思いますよ」

──田代と勤め先が同じ……犬の里親……偽造パスポート……共通点は何を意味してる？

「……相川さん……相川さん」

譲治は我に返った。知沙子が心配そうに何度か呼びかけていた。

「大丈夫？」

「すみません。ボンヤリして……」

「随分と驚いてはったけど……」

「ああ、いや、アンテナ張って人捜ししてると、緊張が続いて……もう平気です」

逆に知沙子が自分の疑念を質問した。

「あの、高見さんとはどういう関係なんですか？」

「えっ、ああ、犬です。犬の里親グループで一緒だったんです。大槻製材所で飼ってた大型犬も高見さんが里親のはずなんですよ」

「ああ、そういうことですか」

余りに他愛のない背景に、知沙子は拍子抜けした様子だった。

譲治は、知沙子が高見とそれほど親しくなさそうな口調であったことが気になった。

「失礼ですけど、展示会のインターネットサイトに高見さんの写真が出ていたのは、確かなんでしょうか？」

譲治の不躾な質問にも、知沙子は気を悪くした様子もなく、そうねぇ……、と言って、少し考えていたが、急に何かを思い出したようだ。

「あの、ちょっと待ってて貰えます？」

知沙子は身を翻すと足早に廊下の奥に入って行った。

譲治は玄関先に一人残された。この家の玄関も新しく大きい。沓脱の隅にクモの脱皮殻が転がっていた。見上げると天井がかなり高く、室内灯の笠にクモの巣が張っている。その先の天井の四隅にもクモの巣があり、蛾が掛かっている。天井近くに明り取りの高窓がある。窓の隙間から、触角のような蔓草の先端が侵入している。人が決めた居住区など自然には関係なく、隙を見つけては外部から入り込んで寄生している。田代も、もしかして、その類かもしれない。

譲治が不安を募らせていると、知沙子が戻って来た。

「ごめんなさい。お待たせして」

いきなり名刺を差し出した。

「この方、高見さんのことや飼ってた犬のこと詳しいと思います」

「姫神工務店、島本。お知り合いなんですか？」

知沙子は名刺の経緯を話した。

「島本さんも、高見さんを捜してはったんで、何か知ってるかもしれません」

尾崎知沙子からその名刺を貰って、礼を言うと玄関から出た。姫神工務店の住所は姫(ひめ)路(じ)市になっている。スマートフォンで調べると、一般道で距離は三十五キロ、所要時間四十分と表示された。夕方までには着ける。出直すことを考えると、この足で姫路市に寄って島本の話が聞きたい。ヘルメットを被(かぶ)る前にバイクに跨(また)った状態で名刺の番号へ電話すると、受付の女性社員がすぐに内線を繋いでくれた。

「はい、島本です」

島本は声からすると、若い男性である。尾崎知沙子に電話した時と同じ説明をして、大槻製材所の高見のことを聞きたいと話すと、

「ああ、あの時の奥さんから聞いたんすね。へぇ、まだ名刺持っててくれてたんや」

「今日にでも、お会いできますか？」

定時後の五時以降なら会社に来ても構わない、と返事を貰ったので、電話を切って姫路に向かった。

姫神工務店はJRの姫路駅から一キロほど東を流れる一級河川沿いにあった。広い敷地に自社ビルと工事車輛(しゃりょう)用および乗用車用駐車場、建築資材倉庫まである、地元の中

堅ゼネコンのようだ。社屋に直接入って行くのは気が引けたので、表から電話して出て来て貰った。

島本は電話の声の感じのとおり、気さくな青年に見えた。

「うちから建築木材注文してたんすけど、その納品日に誰もいなくなっちゃったんで、あん時資材の連中は焦ってたなぁ。急ぎ他から仕入れて工期は守ったんすけどね」

「高見さんとは親しかったって聞いたんやけど」

「俺が大槻製材所の窓口で、高見さんも対外窓口だったんで、行く度に色々話したんすよ。大抵、お互いの仕事の愚痴やったけど」

「高見さんは製材所で犬飼ってたんやろか？」

「そうすよ。俺も犬飼ってて、俺はシベリアンハスキーで、高見さんはセントバーナードすよ」

「高見さんの犬って、高見さん個人の犬なんやろか？」

「そのはずっす。高見さんが犬飼いたいって言うから、犬の里親サイトを教えてあげて、俺も高見さんもそこで犬の里親になったんすよ。大槻の奥さんも結構その犬可愛がってたなぁ。そこのサイト、結構条件があってね、高見さんは住み込みの従業員やったんで、家主は当然やけど、他に同居人全員のペット飼育の承諾書なんかも要るんすよ。犬飼うこと、奥さんが社長を説得したみたいす」

「そのサイト教えて貰えるやろか？」

「ああ、『ペットライフ』っていうんですけど、結構有名すよ」

『ペットライフ』と聞いて、譲治は納得した。

——オキの調べた通りや。

「『ペットライフ』って知ってるんすか？」

譲治の素直に納得した様子に、島本は意外そうに聞いた。

「えっ、ああ、聞いたことある。それとね、尾崎さんから聞いたんやけど、高見さんの写真がネットに出てたって？」

島本が、そうそう、と言いながら話した内容は知沙子と同じだった。

「展示会の主催者サイトで高見さん見つけて、勤め先が東邦システムって会社だと分かったんで、その会社のホームページ見たんすよ。すると、展示会の高見さんの写真が沢山出てて、展示会に製品を出展すること自体が宣伝になるんすね。高見さんって上背があって、スラッとしてるから、絵になるよなぁ。宣伝効果抜群すよ」

譲治は、上背がある、という言葉が引っかかった。

「高見さんってそんなに背が高かったっけ？」

「そうっすね。六尺材と背丈がいっしょだったんすよ。百八十センチ以上ってことでしょう？　俺なんて上背ないから憧れるんすよね」

身長百八十以上、と聞いた時、譲治は倉谷由美子の言葉を思い出した。

——かなり上背のある方よ。百八十センチ以上はあるかしら。

同時に、知沙子との会話で抱いた疑念が蘇った。

――田代と勤め先が同じ……犬の里親……偽造パスポート……それと、同じ背格好……

…まさか、田代と高見は同一人物？

島本との会話は二十分ほどであった。

「急に会社まで押し掛けて、悪かったね」

去り際に島本は手に持っていた封筒を差し出した。

「あの、お願いがあるんですけど、高見さんと連絡ついたら、これ渡して貰えます？」

A4サイズの姫神工務店の社用封筒である。

「中身、確認していいかな？」

「書籍すよ」

譲治が封筒を覗くと、厚さ一センチほどの新書判の本が入っていた。

「『デジタル考課』か。読んだ？」

島本は恥ずかしそうな表情をした。

「高見さんが熱心に読んでたんで借りたんすよ。人事考課をデジタル的にやるってことなんやろうけど、正直、あんまりよく分かんなかったっすね。借りっぱも具合悪いし、頼まれて貰っていいっすか？」

譲治は手に取った本を暗い表情で眺めている。

「ああ、いいよ」

「相川さんはデジタル考課って知ってます？」

「賛否あるんやけど、社会的にトレンドになりつつあるかなぁ」

「世間の流行かぁ」

島本はショックを受けて嘆息していたが、気を取り直した。

「でも、借り物は返さんとね。押しつけて悪いすね」

「もし、思い出したことがあったら連絡貰えると助かるんやけど」

譲治は、名刺に個人の携帯番号を書いて渡し、島本個人の携帯番号を教えて欲しい、と頼んだ。

「いいっすよ」、その場で譲治の名刺を見ながら、ワン切りで発信してくれ、「それっす」と、あっさりとした口調で言った。

バイクに跨り振り返った時、島本の笑顔を見た。

――感じのいい奴や。

軽く手を振って工務店を後にした。

譲治が自宅マンションの地下駐車場にバイクを停めた時は、夜の九時を過ぎていた。

終日、外出したのは久し振りだったせいか、疲労で身体が重く、珍しく空腹を感じた。

その時初めて気付いた。

――今日、何も食ってないわ。

冷蔵庫を開けて食材を眺めていたが、夕食を作る元気も失せており、一旦脱いだ服を着ると、近くのコンビニに出掛け、鶏の空揚げ弁当とパスタ、缶チューハイを買い込んだ。部屋に戻り、入念にシャワーを浴び、排ガスに混じった砂埃、汗と脂、大槻製材所で被った蜘蛛の巣といった、今日身体に沁み込んだ汚れを時間を掛けて洗い流した。

シャワーから上がった後、タオルで髪の毛をゴシゴシと拭きながら、PCで東邦システムのホームページを閲覧した。空腹であったが、先に高見の顔を確認したかった。

東邦システムのホームページの展示会出展情報は「ニュース」ページにあった。「ビジネスアプリケーションEXPO」には毎年出展し、出展情報は年度毎に写真付きで紹介されていた。だが二〇一五年のみ、出展製品の紹介と出展ブース風景写真だけで、プレゼン写真は掲載されていない。夜分に悪い、と思ったが教えて貰ったばかりの島本の個人携帯に電話すると、島本は迷惑がりもせず、逆に電話があったことが嬉しいような口調で、すぐに調べてくれた。

「あれっ、本当っすね。なくなってますね。参ったなぁ、俺が嘘ついたみたいで……」

「いや、こんな時間に悪かったね。古い情報やから、削除したんやろね」

「でも、前後の年度はプレゼン写真載せてるのに、不自然すね。本当に高見さんのプレゼン写真あったんすよ。俺が適当なこと言ったみたいで、嫌っすねぇ」

島本は頻りに自分の情報が不正確だったことを気にしていた。譲治は、東邦システム側に何か事情があったに違いないから、島本を疑ってはいない、ということを、諭すように言って電話を切った。

——確かに、二〇一五年だけ、プレゼン写真がないのは不自然や。

一方、田代と高見は不自然なほど共通点が多い。

譲治が、頭の中を整理できないまま弁当を食べていると、スマートフォンに着信があった。

「俺や」

沖山の背後が騒がしい。

「今どこから?」

「新地(しんち)で接待や。譲治はもう戻ってるんか?」

「ああ、自宅や」

譲治は、沖山に知沙子や島本との会話の内容から、「ビジネスアプリケーションEXPO」と東邦システムのサイトに高見の写真が載っていた件もメールしておいた。

「宍粟から姫路を回って大変やったなぁ。ご苦労さんやね。それでや、『ビジネスアプリケーションEXPO』主催者サイトの東邦システム出展写真に高見が写ってたって、尾崎さんていうおばさんが言ってるんやな?」

「そう、工務店の島本さんも、東邦システムのサイトでも同じ展示会の写真に写ってるのは高見やと言ってる」

「ふーん……田代と高見は犬の里親や偽造パスポートやらで共通点が多いから、怪しいと思ってたんやが、勤め先も同じか……それに、背格好まで同じって何で分かったんや？」

「ほら、姉の家に行った時、自治会の会長さんに世話になったやろ。その奥さんが見た田代も、島本さんの言う高見も、身長が百八十センチ以上あるんや」

「百八十センチって、えらい具体的やないか？」

「それは、二人とも車の高さや建築材の長さと比べて、上背が百八十以上あると言ってるから、確かやと思う。だから、高見と田代は……」

と、言いかけて譲治は沈黙した。沖山は自信なさそうな声で話した。

「……同じ人物やということか？　う－ん、そうなんやろか……けど、今は東邦システムの高見の写真は削除されてるんやな……」

「そういうこと」

電話の向こうで沖山は考え込んでいるようで、沈黙が続いた。

「もしもし……もしもし、オキ。おい」

譲治は荒っぽく呼び掛けた。

「すまん、すまん。譲治、高見の写真の件も、田代の件も東邦システムを調べるしかないと思うわ」

「何とかなりそうか？」

「大丈夫や。少し待ってくれ」

譲治は沖山との通話を切ってから、後頭部で両手を組んだ。蒸し暑い夜風が仕事部屋の窓からリビングを通りベランダへ吹き抜けている。頬に風を受けながら、島本から預かった本を手に取った。

「『デジタル考課』か……」

本を受け取った時、島本からデジタル考課を知ってるか？　と聞かれたが、知っているどころではない。譲治が会社を辞めた理由がこの考課方式なのだ。

大学の工学部で電子工学を専攻した譲治自身、アナログとデジタルに関する理解は深い。アナログデータは連続し、一方デジタルデータは離散的である。即ち、デジタルデータは連続したアナログデータからデータを間引いて櫛（くし）の歯状態になっている。デジタル化するには、連続して変化するアナログデータから一秒間に何千回という高速でデータを取得する。取得した個々のデータのうち、必要な範囲を超えたり、下回っている部分は切り捨てられる。データは閾値（しきいち）と呼ばれる基準値と比較し、切り上げたり切り下げたりして、端数は生じない値になっている。

デジタルデータの講義を聴いた時、オリジナルデータをそんなに加工すると全く別のデータになってしまうやないか？　と疑問に思ったが、デジタル化される個々の事例を検証すると、なるほど、と納得した。

例えば、人間の可聴周波数は二〇ヘルツから二〇キロヘルツである。人が聴くデジタル音声を扱う場合は、可聴周波数範囲外のデータは破棄される。範囲外の音声を再生しても、人は聴き取れないか、判別できないから扱っても無駄なのだ。可聴範囲内のデータについても、端数となるデータは切り上げるか、切り下げを行う。可聴範囲内で間引きを行えば、聴覚者はオリジナルデータからノイズがフィルタされて澄んだデータになったように感じる。

譲治は世の中のデータがデジタル化されることについては必然であると考えていた。が、自分の勤める会社のデジタル考課に接した時は欠陥システムにしか思えなかった。

譲治が入社して四年目の春。直属の寺田課長でなく、その上の部長に呼ばれた。

「今月から、君のプロジェクトメンバーの予備考課をやってくれ」

譲治は半年前から、自治体のある大型プロジェクトを任され、その年の初めから考課者訓練も受けている。メンバーの人数は工程によって増減はあるがピーク時には四十名の予定で、その時点で十六名である。在職四年目で大型プロジェクトのリーダーから予備考課まで任されるのは、二百名ほどの同期の中でも最速であるが、それが課長の意思でないことは分かっている。

「あの、このことは寺田課長には？」

「僕から言ってある。寺田君も了解しているよ」

「はあ、そうですか」

譲治の顔色は冴えない。部長の抜擢は嬉しいが、いざ実施時点であの嫉妬深い寺田から色々と反発があることは予想できた。

「なんだ？　また、寺田君の横槍(よこやり)が心配なのか？　揉(も)めた時は、僕のところに言って来なさい」

　部長が寺田の能力を見限って、次の人材を育成していることは明白だった。本人もそれを感じており、何とか挽回(ばんかい)しようとする寺田の保身にはホトホト参る時がある。関西製作所で管理職になるくらいだから、寺田の頭脳は素質的には悪くない。特に記憶力が良かった。社則・規程集などはほとんど暗記し、服装規定違反や服務規程違反などに対し日々、部下の外見や振舞いを監視しては、罰則を与えていった。

　ただ、全くと言っていいほど構想力がなかった。既存物に対する理解力に優れている人間は、逆に白紙の状態から物事を創造する能力に欠ける場合が多い。寺田はその典型である。これはシステム開発部門の責任者としては致命的だ。寺田は自部門の経営を任されているにもかかわらず、年度毎の新たな取り組みや長期展望が全くなく、無為無策の典型で、年々業績は悪化の一途であった。

　譲治は中学校の生活指導員か風紀委員のような寺田を見る都度溜息(ためいき)を吐いた。譲治の勤める関西製作所のIT部門は、ここ十年ほど業界他社を吸収、合併して拡大してきたが、吸収・合併で関西製作所の社員となった場合は一旦元の職級を継承することがある。寺田も数年前に吸収された中規模の制御系システム開発の会社で課長だった関係で、関西製作所でも課長になっていたのだ。

譲治は考課に関して寺田に直接聞いたことがある。

「寺田課長、考課に際しては、考課システムを使わないといけないのでしょうか？」

「当たり前だろ。使わずにどうやって考課するつもり？」

寺田の表情はいきなり険しかった。気に入られていないことは分かっている。部長の譲治への評価が高くなれば、比例して寺田の譲治への風当たりが強くなる単純な図式である。

「他社の考課表を参考に、独自の考課表を作っても良いし、方法は色々あると思います」

「何を馬鹿言ってんの。考課者訓練は受けたんだろう？」

譲治は深く頷いた。

「だったらさあ、自社の考課システムについて理解してるはずだよな。お前が考課する項目とその源泉は分かってんの？」

試すような口調に、譲治はムカッとしたが表情には出さない。

「二分野あって、第一分野は能力考課で、僕が作成した現行プロジェクト計画書の要素技術項目から抽出された考課項目です」

「第二分野は？」

「第二分野は、協調性、規律性などの情意考課です」

「その基準値は？」

「全社標準閾値です」

この閾値というのが曲者だった。この閾値を境に昇格したり、逆に足切り対象となったりする。では、誰がどのように閾値を決めるのか？　それが明確になっていない。恐らく、何人かの人事担当者と、執行役員が経営層の意向を反映させた数値になっている。

「他に考課分野はないの？」

「業績考課がありますが、それは課長マターです」

譲治が淀みなく答えたのを聞き、寺田は白けた表情をした。

「分かってるじゃない。それに従えばいいのさ」

譲治は、そうやないんや、と叫びたかった。会社の人事考課の考え方に異を唱えているわけではない。我が社の人事考課の思想は一般的であり、今更批判する気はない。譲治が問題だと考えているのは、その運用であった。譲治は考課者訓練で人事考課の一般論の次に、自社の人事考課について詳細な説明を受けた。二〇〇八年の金融危機での業績低迷を境に、会社全体が合理化され、人事考課についても大幅に変更された。人事課長が得意気に話していた。

「我が社では、考課者の恣意性や情実を排除し、成果主義に徹する考課システムが運用されております。システム化のため、課情報を数値化することで曖昧さをなくし、閾値との比較により合否を判断することでデジタル的に自動考課されます」

能力考課の項目は進捗管理や品質管理のため、従来より数値化され、工程別の生産性や規模算出の単位も社内標準が存在し、既に個々の成果はデジタル化されている。考課に際して閾値と比較して成績を判定するだけであった。

一方で情意考課項目の数値化の講義を聴いた時、本気でこんなシステムで人を評価しているのか？　と憤りすら感じた。例えば、情意考課項目の一つ、提案力については提案回数で査定される。また意欲といった項目は会議での発言回数で査定される。提案回数は、社員が自社へ色々な提案をする場合に社内システムを使うことで自動カウントされ、発言回数などはどのような会議であっても議事録を社内システムで作成することで自動カウントされる。提案や発言の回数は重要な要素ではあるが、一面に過ぎない。

「提案や発言の内容について精査しないのですか？」

譲治は講習会の席場で質問した。将来的に質的査定を行うシステムを構築するが、現状は量的査定のみで評価する、というのが人事課長の回答であった。譲治は呆（あき）れかえった。

「提案や会議での発言などはその時点で内容の正当性は不明、というより正解を求める過程の情報に過ぎませんが、その回数といった量よりも質の方が大事だと思います。百件の無意味な提案や意見より、一件の効果のある提案や意見の方が評価されるべきじゃないですか？」

人事課長は小馬鹿にしたような薄笑いを浮かべた。

「だから、いまは量的査定のみなんですよ」

回答になっていなかった。譲治は人事課長の口調から、これ以上の議論は無駄だと分かり、後は沈黙した。重苦しい、胸に異物が詰まった沈黙であった。以来、情意考課を数値化してデジタル考課することは無意味なだけでなく、絶対弊害があると確信している。譲治は社内では少数派なのだろう。声に出すだけ、社内で孤立するのは目に見えている。しかし、自分が考課する立場になって寺田には自分の考えを伝えた。

「現状の考課システムでは確かにその時点の成果に対する査定はできますが、各個人の将来性や新たな才能への評価には繋がりません」

プライドの高い寺田は部下が反論すると露骨に嫌な表情をする。

「はぁ？　じゃあどうしたいの？」

この口調は本当にやり切れない。

「情意考課項目については、回数だけでなく内容の精査をします。それに、個人の主体的な目標設定を行って、その成果を業績考課すべきだと思います」

譲治は以前から考えていたことを伝えた。寺田は鼻で嗤った。あの時の人事課長と同じ表情である。

「学校じゃないんだよ。何を甘えたことを言ってるんだ。お前の考課作業にも給料出すんだ。そんなことは自宅で勝手にやってろ」

譲治は無表情に寺田の言葉を聞いていた。反応のない譲治に苛立ったように寺田は続けた。

「ん？　考課やるの？　やらないの？　社内の考課システムが気に入らんから業務拒否

した、と部長に報告しようか？」

この会社で給料を貰っている限り、現行システムに従わざるを得なかった。その一年後、部長が小会社へ転籍となり、寺田が部長に昇格した。譲治は迷わず退職した。

人気のない屋上。手を伸ばせば届きそうなほど雲が低く垂れ込めている。青年は屋上周囲の鉄柵に向かって並んだベンチに座り、うな垂れている。

手には「管理職昇格者発表」と書かれた用紙が握られている。課長から、青年の昇格試験成績は一次と二次の技術、論文試験は抜群の成績で、三次試験の面接でも面接官の心証は良かった、と聞いていた。しかし、発表された昇格者には青年の名はなかった。

「管理職昇格者発表」を受け取った時、青年は納得できず、課長に訴えた。

「僕がなぜ昇格できないんですか？　試験の成績は良かったじゃないですか？」

「君の試験成績は申し分ない。だから、私も大丈夫だと確信していたんだが……」

「試験結果はデジタル値なんだから、これほど明らかなデータはないでしょう。僕が不合格になる理由は他にないはずです」

課長は、青年の勢いに気圧されたように黙った。

「不合格の理由があるなら、ハッキリ言って下さい！」

青年がより強い口調で問い詰めると、課長は重い口を開いた。

「試験結果だけで昇格者を決めてるんじゃないんだ。役員会で試験合格者の最終評価を行ってるんだよ。役員が合格者に懸念事項がある場合、推薦者が呼ばれて注意されることがあってね。実は、君の場合、私が呼ばれたんだ」

青年にとって初めて聞く話だ。

「役員から何を言われたんですか？」

青年は声が小さくなっている。

「君は、自分が使っている外注をデジタル管理しているね。曖昧さをなくし、デジタル処理で数値化して評価すること自体は賛成だ。しかし、君は数値が自分の設定した基準を下回った外注を、有無を言わさずに契約解除しているじゃないか。その外注との付き合いの長さや過去の貢献など、一切考慮せずに切り捨てているね。私も迂闊だったが、役員から聞いて初めて知った」

青年は上司の言葉に耳を疑った。

――デジタル管理を全面的に支持してたじゃないか？

課長は青年の顔を真直ぐ見つめ、話を続けた。

「外注を評価する場合、デジタル処理で数値化することは必要だが、十分ではないということだよ。デジタル処理で数値化できないアナログ的な部分もあるんだ。君は分かっていると思ってたんだが……数値を過信して、それだけで結論を出したりせずに、君がデジタル処理した数値を外注に示して、先方と話し合わないといけないんだ。記録を見る限り、そのような場を一度も設けていないね。頭脳明晰な君のことだから、きっと分かるはずだろう？　そこを改善すれば、次回は必ず昇格できる」

青年は課長に裏切られた思いがした。青年は何も言わずに、席を立ち部屋を出て、エレベーターで屋上に昇った。広い屋上には青年しかいなかった。重い足取りでベンチに座り、俯いて目を閉じた。

――パシッ

青年の手元で甲高い音がした。

――パシッ、パシッ

続けて二回聞こえた。青年はゆっくりと目を開け、手元を見ると「管理職昇格者発表」の用紙に雨粒が当たっていた。大粒の雨が、白い屋上スラブに黒い点を打ち出した。雨の中で青年は下を向いたまま動こうとしない。握り締めた用紙が雨の中で萎れている。手を開くと用紙はパサッとスラブに落ち、雨に溶けそうであった。

次に、ゆっくりと胸ポケットから別の用紙を取り出した。山奥の製材所の住み込み従業員の求人広告である。デジタル考課反対派の人物が役員に就任して以来、この求人に目をつけて、プリントアウトしたものを持ち歩いていた。カラー印刷された広告は雨を弾き、両手で広げても形を保っている。青年は虚ろな目で広告を見つめながら雨に打たれ続けた。

――二〇一八年八月一五日　午後七時

無垢材テーブルの上のキャンドルが孝之の顔に淡い陰影を描いている。由香は白のスパークリングワインのグラスを傾けた。前菜に出た魚介類のパスタはトマトソースの酸味が口の中で揮発したように後を引かない。照明を落とした店内はウィークデーにもかかわらず結構混んでいるが、ファミリー向けのレストランではないため大抵の客は由香と孝之と同じようにテーブルを挟んで二人で向かい合って座っている。結局、今回も孝之と二人きりで来ていた。

「君が七〇年代のロックを聴くなんて驚きだな」

孝之はメインの鯛のソテーをナイフとフォークで切り分けながら、俯いて話している。その声は遠くから響くように聞こえる。

「兄の影響ね。兄が警察学校入る前にバンドやってた頃、クリームやツェッペリンをよくコピーしてたのよ」

孝之と食事する時、仕事の話はほとんどしない。

今年の春先にステーキハウスへ行った時は健康的に学生時代の部活の話で盛り上がった。由香がハンドボールを高校から大学まで続け、高校二年の時に県選抜の強化選手に選ばれたことを話すと、孝之は驚いていた。

「えっ、ハンドボールもやってたの？」

「そうよ。ハンドボール部の顧問が体育の担任で、授業で私の動きを見た途端、『正木は今日からハンドボール部員ね』って」

「交機のお兄さんのトレーニングにも付き合わされてたんじゃないの？」

「部活の後よ。兄のトレーニングは塾みたいなものね」

「なるほどねぇ。部活の後に兄トレがあったから、たった二年で県選抜選手が育ったってことだね」

孝之は感心した様子だった。

今日も、由香の「寝起きに聴いた音楽って、一日中ヘビーローテーションすることない？」という一言から、音楽の話が弾んでいる。

「クリームね。ジャック・ブルースのベースは僕も好きだよ。他にベーシストなら、ロジャー・グローバーだね」

「えっ、タカさんも詳しいじゃない。ディープ・パープルは聴くの？」

「ライブインジャパンは持ってるよ。リッチー・ブラックモアやクラプトンのストラトキャスターの音色も好きだよ」

鯛のソテーは味がしっかりしてボリュームも感じられ、野菜の食感も心地良かった。

「メインの味はどうだった？」

孝之は気にしている様子だ。今日のメニューは全て孝之に任せたからだ。

「とっても美味しかったわよ。で、デザートは何なの？」

「レモンのグラニータ」

「ふーん、知らないわ」

「レモンシロップのシャーベットってところ。夏向きなんだ。気に入るといいんだけど……」

デザートが運ばれて来た。透明の器に真っ白なシャーベットが盛られている。

由香がスプーンですくって口に入れると、甘酸っぱい風味が口一杯に広がった。二口目を口に運ぼうとした時、ふと、孝之の視線に気付いた。孝之は少し前屈みになり、由香の顔を覗き込むように見ている。由香はニコッと笑った。

「どうしたの？」

由香の問い掛けに、孝之の返事はない。

由香の目をただジッと見ている。そしておもむろに言った。

「気に入ってくれたようだね。よかった」

孝之は微笑んで、いつもの態度に戻った。

──何だったんだろう？

由香は気にはなったが、たっぷり二時間掛けて夕食を堪能した。


レストランを出て、近くのバーで一時間ほど過ごした後、二人並んで海岸線に沿った国道沿いの歩道を、海浜公園方向に歩いた。国道はまだ交通量が多いが、歩道を行き交う人は少ない。酔った由香は孝之の左腕にしっかりと摑まり、頭を左肩に乗せている。海浜公園が近くになると、益々人通りや飲食店は少なくなり、逆に原色のイルミネーションに彩られたラブホテルが増えてくる。

由香は今まで何人かの男性と付き合った経験はあるが、孝之にするような甘えた仕草を取ったことはない。なぜかしら？　と考えることがある。今まで付き合った男に甘える気がしなかったのは、由香が甘えられるほど、男の方が強くなかったのかもしれない。

海浜公園は岬の海岸線に沿って松林に囲まれ、岬全体が公園になっている。二人は自然と海浜公園に入った。所々に外灯があるが、暗くて道が分からない。公園内のベンチには必ずカップルが居て、黙って抱き合っていたり、もっと大胆な行為に及んでいる。孝之と由香が近付いても、行為に夢中で気にも留めない。謂わば、お互い同類ということなのだろう。その前を孝之は足早に通り過ぎて行く。

――よく、こんな暗くて道が分かるわね。誰かと来たことがあるのかしら？

由香は迷うこともなく歩を進める孝之に軽い嫉妬を覚えた。

松林を抜けて、岬の先端に着いた。目の前は一望海面で、一気に潮風が強くなった。幅広い空間に化粧石が敷き詰められ、輝度の高い外灯の光で驚くほど明るい。海に面した岸壁の端は頑丈な銀色の高欄で囲まれている。高欄には、ここも等間隔でカップルが配置されている。

孝之と由香は他より間隔が広いカップルの間に立った。由香は孝之から両手を離し冷たい手摺りを両手で持った。孝之は海に背を向け高欄に背中を預けて煙草に火を点けた。由香が手摺りから覗くと、十メートルほど下で波が白く砕けている。海から吹く風は、いつもはジットリと質量を感じるのだが、今日はカラッと乾燥している。由香は顔を上げ、風に髪を靡かせた。左隣のカップルは女性が高欄にもたれた状態で、かなり大胆にキスしながら抱き合っている。

——夏の潮風が気分を開放的にするんだわ。

孝之が煙草を海側に弾き飛ばした。由香は身体の向きを反転させ、高欄を背にして孝之と同じ方向に並んだ。今の由香は孝之から「行こうか?」と誘われれば、そのままホテルに入るだろうと、自覚している。孝之は由香に身体を寄せて来た。長身の孝之が顔を由香に向けているのが、髪の毛に掛かる孝之の吐息で分かる。髪の毛を優しく這う孝之の唇を感じた。そのまま顎を上げれば、孝之は見下ろすように唇を重ねて来るだろう。由香は自分の呼吸が激しくなっていることが恥ずかしい。

由香は頭を孝之の方へ傾けた。横に並んでいた孝之が身体の向きを変え、由香の正面に立つと、両手が由香の顔を、両側から優しく包み、そっと持ち上げた。横合いから、外灯の光が由香の顔を照らす。

孝之の大胆な行動に、由香の鼓動が速まった。孝之はジッと見下ろす。その目にとらえられた由香の鼓動は益々高鳴り、陶酔に委ねて、目を閉じようとしたとき、ふと気付いた。

孝之の目は、レストランで由香を覗き込んだ時の目と同じであった。由香が視線を逸らせた。すると、孝之の瞳が動いた。そして、ハッキリと感じた。孝之は由香の表情を見つめているのではない。

――観察している！

孝之の眼球は、あきらかに由香の眼球を追っている。

――なぜ？　なぜそんなことをするの？

孝之はさり気なく由香をキスに誘いながら、一方で、冷静に由香の瞳孔や眼球の動きを観察し、今晩ホテルに誘うかどうか、決めるのだろうか。

由香は次の瞬間、高欄から背を離して真直ぐ立っていた。

「いけない。営業資料の作成、明日が締め切りだったわ。ごめんなさい。帰ります」

由香は孝之と視線を合わせず背を向けると、さっさと松林に向かった。このまま一人で松林を抜け国道へ出てタクシーを拾って帰るつもりであった。

孝之は、態度を急変させた由香に驚いた様子だったが、

「由香さん、ちょっと待って」

叫ぶと、由香の後を追って来た。

「急にどうしたの？　資料って、津山所長の資料？」

「そうなの、不意に思い出しちゃった。ごめんなさい」

速足で歩きながら答えた。孝之は由香のすぐ後ろを同じく速足で付いて来る。暗い松

林を勘に任せて歩く由香を後から孝之が誘導した。

「そっちじゃないよ。左だよ」

「そのまま、真直ぐ」

由香と孝之は海浜公園を出た。その前はすぐ国道である。さすがに、流しのタクシーは少なくなっている。由香が対向車線を走る空きタクシーに手を挙げようか迷った時、そのタクシーは強引にUターンして、二人の前に停まり、ドアを開けた。孝之が先に手を挙げていたのだ。由香が乗り込んで、ドアの所に立ったままでいる孝之に声を掛けた。

「途中まで一緒よね？」

孝之は笑った。

「いいよ。今日は一人で帰るよ。明日は営業所だったね。じゃ、また今度」

孝之がドアを閉じ、タクシーは走り出した。由香は運転手に自宅の住所を告げると、後部座席から振り返った。孝之はタクシーを見送っている。

由香はなぜ突然「営業資料の作成」などと嘘を吐いたのか、自分でも分からない。恐らく、孝之は嘘だと気付いただろう。タクシーは海沿いを走っている。夜の海は黒一色で船舶の灯り以外目印がない。由香は車窓から変化のない景色を眺めながら色々と思いを巡らした。

由香はあの瞬間まで由香に対する孝之の好意を信じ切っていた。由香の高揚した気持ちに、孝之の心も揺れ動いていると感じていた。

——あの時、タカさんは私の瞳を観察していた。

由香の気持ちに同調した振りをしながら、由香を冷静に観察する孝之を見てしまった。

——じゃあ、本当のタカさんって？

自宅が近付くに連れて、考えることが現実的になってきた。

——馬鹿ね、私って。本社行った時、気まずいじゃない。

津山所長から営業資料のレイアウト変更を依頼されているのは事実であった。ただし、期限はまだ先であるが。

——私が期限を勘違いしたってことで取り繕えるわ。取り敢（あ）えず明日の朝は営業所ね。

——二〇一八年八月一七日　午後五時

「どうや？　田代の経歴から何か分かるか？」

声の方向へ譲治が顔を上げると、沖山がプリンタの横で印刷物が排出されるのを待っている。

「東邦システムに入ってからの職務経歴しか載ってないから、俺らと同じ業界の人間や、くらいしか分からへんやろ。ちょっと待っててや。興味深いもん見つけたから……それにしても、ウチのプリンタ遅すぎやわ。ちゃんと仕事せんかーい」

プリンタに文句を言っている。

今日、譲治は仕事の打ち合わせで沖山の会社に来ている。

沖山の江坂（えさか）事務所は吹田（すいた）市の江坂駅に近い五階建てビルの最上階で、一階から四階までは、飲食店や洋物雑貨店が入っている。七十平米というからそこそこ広いが、部屋中の見通しが良いほどに殺風景である。応接セット、沖山の事務机、大型複合機とその横に積まれたコピー用紙の箱、そして、譲治が座っているミーティング用デスクが目につく程度だ。

社内には沖山と譲治以外に、奥のパーテーションで囲われた一画からキーボードを叩（たた）く音と時々小声の会話が聞こえて来る。二名ほどいる様子だが一切顔を出さない。調査会社の調査専門に契約しているハッカーだ。田代の経歴書はこの連中が入手したに違いない。表稼業で大型の開発を行う場合は、机やPCなどの機材をレンタルし、この部屋で二十名ほどが犇（ひしめ）き合って仕事をする。済めば潮が引くように散って行き、今のような閑散とした状態が続くのだが、何か月かすると、また人と機材が満ちてくる。その繰り返しである。

今日は、以前、譲治の自宅から持ち帰ったドライバ案件の続きについて沖山から説明を受けに来た。立派な表稼業である。沖山は説明が終わると同時に一枚の用紙を差し出した。見ると、田代恭介の職務経歴書であった。約束通り調べてくれていた。

「IT技術者でも、保険会社や不動産会社の業務アプリの開発を専門にやってるな。けど相当優秀な奴や」

譲治が見ている資料は自己申告ではなく、東邦システムが社員のスキル管理用に客観的データに基づいて作成しているため信用できる。田代の技術者としての経歴は申し分ない。中途入社だが入社して四半期ほどで大型プロジェクトのリーダーを任されている。

「そうやろ。それと、ほらこれ」

沖山が印刷されたばかりでまだ温かい数枚のA４用紙を譲治に差し出した。内容は東邦システム内のメール文書や社内告示など、雑多な情報をまとめた資料のようだ。

「えーと、ここ見てみ」

沖山は一枚目の中段を指さした。

「社内告示。下記の者を社内規定違反により解雇処分とする」

その氏名が笹本則夫とあった。告示日付は恵美が失踪した時期と合致する。

「これが何か関係するのか？」

沖山は黙って頁を捲った。次の頁は同月の退職者リストで、四人が載っているが、その一人が田代である。

「えっ、田代はもう辞めてるやないか？」

「そう。で、問題は次からや」

沖山が一枚捲った。次は丁度その月の社内プロジェクト進捗報告と要員構成資料である。資料をよく見ると、田代と笹本は同じプロジェクトのリーダーとサブリーダーで、工程はまだ開発途中であった。

「プロジェクト途中でリーダーが退職して、サブリーダーが解雇されるって異常事態やないか？」

「そうなんや。それで、社内メールや役員会議の議事録からすると、田代と笹本が二人で共謀して不正を働いたみたいや」

「社内だけで片付けたということか？」

「みたいやな。当時の地元紙なんかも見てみたが、東邦システムに関連する記事は一切なかった。内々で始末して警察沙汰にはしなかったんやろう」

譲治は東邦システムの派手な広告の裏側を知っても驚きはなかった。長い時間と経費を掛けて築き上げた信用も、崩れる時は一瞬である。必死に隠すのは当然だろう。

「どんな不正なんやろか？」

「不正の詳しい内容は、一部の役員だけしか知らんのやろな。役員連中のメールの宛先に資材や法務が入っているところを見ると、多分、不正発注や。知り合いの会社に架空発注してキックバックを取ってたんやと思う」

「社外にも協力者がいるということか？」

「多分そうや。最終ユーザーは大手金融機関なんやけど、ハッキリ言えるのは、最終ユーザーは、架空発注分も含めて開発費用を支払ってるということや。その上、そのユーザーからは、今も案件を継続受注してるんや」

「客にも知られてないってこと？」

「そういうことやろな」

「けど、なんで処分されたのは笹本だけなんや？」

「田代の辞め方が、かなり急なんや。不正が発覚したのが田代が辞めた月やろ？　会社に残ってた笹本だけが処分されたんやろうな。退職して、行方知れずの田代は処分のしようがないからな」

「行方知れず？」

「田代は消息不明や。笹本の方は退職後に住所が変わってるんやが、失業保険を受け取ってるから現住所も口座も分かってる。それと、笹本の社員証用の顔写真も残ってた」

譲治には、東邦システムのホームページから高見の写真が削除された理由が分かった。東邦システムは、広報から不正を働いて行方を晦ました社員、即ち田代恭介の写真を削除したのだ。

——田代を消したら、高見も消えた。

沖山は譲治の顔色を見ながら、譲治の考えていることが分かったようだ。

「譲治の言う通りやったな。田代と高見は同一人物や……」

姉はこのことを知っていたのか？　譲治が不安を抱きながら沖山を見ると、手に持った資料をジッと見ている。

「オキ、どうかした？」

譲治が沖山の手元を見ると、今回の仕事の設計書であった。

「うん？　ああ、なんか似てるなぁ、と思ってな」

「何の話？」

沖山は設計書を見たままである。

「田代も高見も痕跡を残さんと消えて、同時に周囲の人も消えてるやろ。デジタル処理のリセット機能と似てるなぁ、と、ふと思ったんや。こじつけやけど……」

「どういうこと？」

「俺らが高見や田代と言ってるのは、デジタル上だけの存在かもしれん」

「書類偽造のことか？」

沖山はうなずいた。

「そうや。免許証、保険証、住民票、戸籍謄本とか、電子化されたデジタルデータは腕さえあれば偽造できるから、書類の持ち主になりすませるわけや。けど、それ以外にも個人を特定できるデータはあるかもな」

「身分証明以外って、生体認証のことか？」

「いいや、指紋や静脈や網膜とかの認証はなぁ、今はスキャナが可搬やないし高価やから、使ってるのは民間企業や一部の特殊機関だけや。普及したら、偽造は難しいやろうけど」

「なら、それ以外って何や？」

「高見や田代の表情とか、口癖、歩き方や、全身の雰囲気とか、人が感じる諸々のアナログ的なデータのことや」

「そんなアナログデータはどこにある？」

「メモリや。人で言えば記憶やな」

いつもの沖山なら、この辺りで笑い出して話題を変えるのだが、今日は真剣な表情である。

「オキの言ってることが分からん。身分証明のリセットだけでは不足ということか？」

沖山は答えにくそうだ。

「うーん、そうやなぁ……デジタル処理では、リセットして新しいデータを処理するために、メモリを全てクリアするからなぁ」

譲治は沖山が考えていることに気付いた。沖山が設計書から顔を上げ、譲治の表情を見ている。

――人の記憶のクリアって、その人自体をクリアすることか？

沖山には譲治の気持ちが分かったようだ。

「いや、すまん。いらんこと言った」

「そんなこと、あり得るやろか？」

沖山は申し訳なさそうな表情をしている。

「仮の話や。あるわけない」

翌日の土曜日、譲治は昼前に家を出て電車で枚方市の笹本の家に向かった。田代につながる手がかりがあるかもしれない。京阪枚方市駅で電車を降り、ネットで調べて印刷した地図を見ながら駅前の商店街を歩いた。結構人通りが多いが、商店街を抜けると一気に行き交う人は少なくなり、通りは閑散としている。

十分ほどで目的の住所に到着した。近くを流れる川の河岸から南北の道路一本西に入った住宅街で、笹本が東邦システム退職後に移って来た住居は、表札を出していないが三軒並んだ真ん中の一戸建てだ。前の通りから庭に面した窓や二階の様子をしばらく観察したが、ひっそりとして人影は見えなかった。譲治は玄関扉横のチャイムを押した。返事がなかった。もう一度押した。今度も返事はなかった。留守か……、と思いかけた時、玄関扉が少し開いた。チェーンロックは掛けたままである。

「はい」

中から女性の声がした。何か口ごもったような話し方だが、三、四十代の女性のようだ。譲治は戸惑った。笹本には結婚歴はなかったはずである。どのような関係の女性か、不思議に思いながら譲治は扉の隙間へ、相手に全身が見えるように身体を移動させた。

「笹本さんのお宅ですね」

譲治は女性の姿を見てハッと驚いた。肩までの漆黒の髪が顔半分を隠しているが、左目に眼帯をし、鼻から口、顎までを大きなマスクで覆っている。

女性は笹本の名を聞いた後、一瞬黙った。

「あの、どちら様でしょうか？」

「以前、笹本さんがお勤めだった会社の仕事で、ご一緒させて頂いた相本（あいもと）と申します」

譲治は名刺を差し出した。名刺の氏名は仕事の都合で相本和明（かずあき）となっている。女性は扉の隙間から受け取り、右目で眺めた。

「笹本さんはご在宅でしょうか？」

「その方は、もうここにはいらっしゃいません」

譲治は女性の表現が不可解であった。

「えっ、笹本さんがどちらに行かれたかご存じですか？」

「存じません」

あっさり否定された。譲治が扉の隙間からわずかに見える玄関を素早く観察すると、上り口に、女物、子供用の靴に交じって、ワークブーツが見え、奥の壁の天井近くに無線ルーターが取り付けてあった。

「失礼ですが、あなたのお名前……」

譲治が問いかける途中で、

「お引き取り下さい」

女性は扉の奥で頭を下げながら、静かに扉を閉めた。すぐに施錠する音が聞こえて来た。譲治が予想していなかった展開だった。しばらく扉の前で戸惑っていたが、警戒されると厄介だ。譲治はその場から立ち去り、来た道を戻りながら、今のやり取りを思い起こした。

女性が言った、その方は、もうここにはいない、という言葉の意味を考えた。

――笹本と同居していたが、笹本が出て行った、ということか？　あの女は一体誰？

玄関のワークブーツは男物だった。

――男の出入りがあったことは確かや。

それと、壁に設置されていた無線ルーターはアンテナが四本立っていた。一般家庭用ではなく業務用だ。

――PCを数台同時にインターネット接続してるか、それとも高速回線か？　インターネットゲームの開発かもしれん……。

少なくとも、ネットワーク技術に詳しい人物が関係しているはずだ。女性の声が口ごもっていたのは、恐らく唇の周辺が腫れて、口の中を怪我しているからだと気付いた。眼帯のガーゼがこめかみ辺りまで覆っていた。治療というより、隠しているような不自然さを感じる。譲治は、あの家の人の出入りを突き止める決心をした。

――二〇一八年八月一九日　午前一〇時

朝から打ちっ放しに行った木田が、ゴルフバッグをトランクに積んだ車を社員用駐車場に停めたのは、午前十時頃である。日の出から既に数時間、周辺の木々では、盛んに蝉が鳴き続けている。木田は肥満した身体ながら軽やかに玄関前の三段の階段を上った。服装はさすがに社員の手前、ゴルフウェアからオープンシャツとスラックスに着替えている。今日は盆休み最終の日曜日であるが、工事が立て込んでいるため、社員の半数は出勤している。

表玄関を入ると玄関ホール左手の資材部の入り口に数名の社員が集まっていた。女性社員が、木田が入って来たことに気付き、

「あっ、会長。よかったぁ。ちょっとお聞きしたいんですけど、これが会長宛で、ついさっきクール宅急便で届いたんですよ。心当たりあります？」

資材受け入れ口の検品台を指した。そこには、大型クーラーボックス大の発泡スチロールの箱が二箱置いてあり、梱包用タフロープで厳重に十字に括られている。

「えっ、何やろか？」

木田は咄嗟には思い出せない。

「『海鮮市場』ってネット通販ですよね？」

「海鮮市場」と聞いて、木田はハッと気付いた。その変化を敏感に察知した検品マネージャーは、呆れかえった表情をしている。

「会長、私用で会社の資材窓口を使ったりしたら困るんですよ。業務の邪魔ですから除けて貰えますか？」

「そうやね。公私混同したらあかんね。けど変やなぁ。宛先、会社にしたかなぁ？」

木田は頭を掻いた。そこへ、玄関ホールの右奥にある施工部の扉が開いて、社長の木田拓也が出て来た。拓也は実に温和な紳士で、木田にとっては娘婿になる。数年前に木田から社長職を引き継いだ。マネージャーが拓也に概容を説明する横で、木田はバツが悪く立っていた。

説明を聞き終わった拓也は木田の顔を見た。

「お義父さん。これは一体、何の代物ですか？」

「今度、建築士会のゴルフ仲間で宴会するんやけど、その時の差し入れなんよ」

「はあ、ゴルフの……。それが、なんでまた、会社の資材に……」

「ゴメン。ワシのチョンボ。こんなに大きいって思わんかったなぁ。どないしよ？」

木田は首筋を掻きながら考え込んだ。が、あることを思い付いて、拓也達に明るい顔を向けた。そこへ検品係の一人がガラガラと台車を押して来た。

「ありがとね」木田は明るい声で礼を言うと、他の社員に笑顔を向け、「すぐ退けるからね」発泡スチロールの箱を抱えて、台車に載せた。保冷剤も入っているらしく結構重い。

「何処か当てでもあるんですか？」

素早く駆け寄って、手伝いながら拓也が聞いた。

笑顔で首を縦に振った。

「あるある。すぐ近くに」

「近く？　何処ですか？」

木田は、拓也の背後の表玄関扉を指差した。拓也は振り返り、他の皆も扉へ視線を向けた。扉のガラス戸の向こうには、斜向かいの「グレース不動産」のスチール看板が見えている。

「今日は日曜ですよ」

「今年は村岡さんとこも、夏期休暇はシフト勤務なんよ」

「そうみたいですけど、村岡さんのところで、こんなの預かって貰えるんですかね？」

拓也は台車に載せた発泡スチロールの箱をトントンと叩いた。

「今年の夏前から冷凍室を動かしてるんよ」

拓也は台車が邪魔にならないように床置きの段ボール箱をずらして壁際にスペースを作りながら木田に言った。

「はあ？　不動産会社が何でまた？　そもそも村岡さん、まだ帰ってないでしょ？」

「平気、平気。村岡さんが留守の時は全部タカさんが仕切ってるから、タカさんに話通したらOKなんよ」

拓也は台車を空いたスペースに押し込んでいる。

「タカさん？　ああ川島さんね。村岡さんが不在の時は川島さんが全社統括してることは聞いてますけど……あれ？　お義父さん？」

木田は、その時には既に玄関から出て行くところであった。

「本当、会長は変われへんわ」

「そうそう、いつまでも若いんか？　成長せぇへんのか？」

玄関扉を出た木田の背後で皆の笑い声がした。


「エー。タカさん休みなん？」

「体調を崩したって連絡があって、今日で四日目なんですよ」

京子の声のトーンが低い。

「健康体そのもののタカさんが体調不良って珍しいね。一体、どうしたんやろ？」

「そりゃ、木田さんがここ何日か朝から、どこかで浮気してるからですよ」

木田がここ二日、来なかったことを言っているのだ。

「そう言われても、次のコンペに備えてそろそろエンジン掛けなあかんねん。この歳になると長い助走が必要なんや。ホント参るわ」

木田の話しっぷりに、京子が笑った。今日は由香は来ていないが、孝之が休んでいることもあって、近くの営業所から若手の男女社員が一名ずつ応援に来ている。

「木田さんの御用って？」

「それやけど、手違いで自宅に送るはずの冷凍食材が、うちの資材に届いたんや。置き場がなくて困ってるんやけど、お宅の冷凍室で預かってくれへんかなぁって。大きさはこれぐらいの……」

木田は両手で輪を作り、

「発泡の箱なんや」と言うと、その後小声で、「二個やけど……」とつけ足した。

「でも、困ったわねぇ。冷凍室の鍵って……」

「そうやねぇ。タカさんが管理してるんやね」

「だから、今、手元にないんですよ」

京子が気の毒そうに木田を見た。

「困ったなぁ。って言っても、どうしようもないもんなぁ。だから、余計に困ったなぁ」

木田は「困った」を連呼しながら帰って行った。

その日の午後十一時、珍しく木田はまだ会社に一人で残っていた。こんな時刻まで残業することは社長職を退いてから久しくなかった。目の前には事業提案書が四部置いてある。ここ三期連続で業績が良いことに伴い、全く人手不足であった。オフショアも含めた提案が書かれている。

冷凍食材は、今は保冷箱から取り出して、二台ある社員用冷蔵庫に分散して保管してあるが、フリーザーではないので日持ちはしない。食材のことを考えると中々集中できない。

ぼんやりと会長室の大きな窓の外に広がる暗闇を見ている。外灯の周りでは蛾が飛び交い、ジジジジジジ、と蟬が木から木へ飛び移った。向かいのグレース不動産も真っ暗である。その時、バタンと窓の外側から扉を閉める音が聞こえて来た。驚いて窓際に駆け寄り、周辺の暗がりを見渡しながら耳を澄ました。

――今、確かに扉の閉まる音がしたよね。

車のドアを閉めた時の籠ったような音ではなかった。そのまま身を固くして耳を澄ましていると、今度は、ガチャと金属製の扉が開く音が響いた後、しばらくしてバタンと聞こえた。誰かが、出入りしている。音源は確かにグレース不動産の方角である。

よく見るとグレース不動産社屋前駐車場に車が一台停まっている。

――こんな時間に一体誰やろう？

木田は目を凝らして、車種を見極めようとしたが、よく見えない。営業車ではなさそうである。

木田は閃いた。

「あっ、タカさんや」

思わず声に出した。

――きっと、そうや。タカさんや。

木田は知っている。孝之は休日でも猛暑の日は前栽の散水のためだけに出勤したり、暴風雨の翌日はいつもより二、三時間早く出勤して、一人で自社の敷地内から周辺まで掃除するのが常だった。

――四日も休むと会社のことが気になって、居ても立ってもいられへんわけや。タカさんらしいわ。

　木田は急いで帰り支度をした。手ぶらで会長室から出ると、社屋の戸締りをして外に出た。人気のない企業団地の歩道から車道を直線に横切る。グレース不動産社屋前駐車場に停まっていたのは見覚えのない白のセダンであった。駐車場を抜け、建屋横の裏に通じる通路に向かった。外灯は消えているが、裏手の倉庫の室内照明が漏れて通路は明るい。途中、フェンスの扉の南京錠も開錠した状態で柵に引っ掛けてある。木田は倉庫のスチールドアを開けた。

「こんばんは」

　ドアを開けたが、中には入らず顔だけ覗かせて声を掛けた。倉庫の中は煌々と天井の照明が点いている。返事はない。

「こんばんはぁ」

　声を張り上げたが、やはり返事はなかった。木田は内部に入り、背後で扉を閉めた。広い倉庫は閑散としているが、レストラン営業当時の、季節毎に取り替えるテーブルクロスや食器や、店内の調度品が段ボール箱に入れられた状態で積まれている。

「こんばんはぁ。向かいの木田なんやけど、タカさんいるんやろ？」

　今度も返事はなかった。木田が辺りを見渡すと、倉庫の冷凍室に目が留まった。冷凍室内部からも灯りが漏れている。

　——冷凍室で何か片付けでもやってるんやろか？

冷凍室に近付いた時に内部から、

――シャカ、シャカ、シャカ、シャカ……。

何か擦るような音がする。木田は耳を澄ましてよく聞き取ろうとした。すると、水を流す音がした。そして、シャカ、シャカ、シャカ、シャカ……、と再び擦る音がする。

――冷凍室かぁ。タカさんから、危険やから近寄るな言われてるんやけどなぁ……。

木田は思い切って、冷凍室のドアのレバーハンドルに手を掛けた。内部の冷気が金属製ハンドルを通して伝わり、木田の右手が張り付きそうだ。手前に引くと、ガチャリ、甲高い金属音がしてドアが開いた。そこは大人二名が入れるほどの予備室になっていて、壁には胸までのゴム長など耐寒用作業着が掛かっている。この空間が外気と冷凍室との緩衝帯になっている。木田は外気に比べて十度ほど温度が低い予備室に入り、外の扉を閉めた。目の前には、さらにハッチのような扉がある。

相変わらず内側から、シャカ、シャカ、シャカと、音が聞こえる。

孝之に怒られたら、素直に謝って、それでも敢えて、冷凍食材を預かってくれるよう頼むつもりでいる。少し躊躇っていたが、思い切って冷凍室のドアを叩いた。

「タカさん。木田なんやけど。夜分に驚かしてすまんね。ちょっと、お願いがあるんやけど……」

途端に音がピタリと止んだ。木田は返事を期待して黙った。五秒待った。さらに十秒待ったが返事がない。

「ねぇ、タカさん、木田なんやけど……」

冷凍室は静まり返っている。

――えっ、いてないの？

そんなはずはなかった。音は止まっている。木田は反応がないことに迷っていたが、意を決して冷凍室の取手を握った。予備室のハンドル以上に痛いくらい冷たい。

取手を引きながら、

「すまんね。開けるで」

すまなそうな顔を作って、分厚い扉を開けた。内部は広く明るい。中央にステンレス製の作業台があり、壁には同じくステンレス製の棚が並んでいる。部屋の天井から棚の前には冷気の流れをコントロールするビニル製カーテンが何枚も吊ってある。左から右へ視線を向けたが、木田の視界に人影は映らなかった。

「木田なんやけど、おらへんの？」

木田は白い息を吐きながら冷凍室内に入った。改めて左右を見渡し、二か所ほどカーテンを捲ってみたが、人気はなかった。

――変やな、さっきの音は何やったんやろう？

作業台の上には大型クーラーボックスと、これも大きなボストンバッグが置いてある。床には氷を切った時の切粉が散乱し、排水口辺りが濡れている。先ほどの擦るような音は、床の切粉をデッキブラシか何かで排水口に掃き溜めて、水で溶かして流していたようだ。木田はボストンバッグのファスナーが開いていることに気付いた。その中を覗くと、ハンドソーや大型のこぎり、電動のチェーンソーや手斧までが入っている。

——物騒な代物や。冷凍肉の塊でも切ってたんかいな。

しかし、バッグへの詰め方やオイルの沁みたウェスで拭いた跡を見ると、それらの道具を片付けている最中にも見える。バッグから視線を上げると、棚の上に眼鏡が置いてあるのが見えた。白く霜が付着しているが、手に取ると見覚えのある焦げ茶色の男性物だ。

——これ、村岡さんの眼鏡……お気に入りのブランドで……そうそう、トムフォードの眼鏡や。

村岡は視力が弱く、コンタクトはしないので眼鏡を絶対に手放せないことを木田は知っている。霜が付いたその眼鏡は長い間、その場所に放置されていたことになる。木田は眼鏡を棚に戻したが、不吉な思いが、作業台のクーラーボックスの上蓋を開けさせた。中には何かの塊を包んだ二個の半透明のビニル袋が入っている。袋の表面が白く曇って中がよく見えない。木田は手を伸ばして、冷気でゴワゴワと固く盛り上がっているビニルを押さえ、中の塊に密着させた。中身は、くの字形の丸太のようだったが、何か黒い帯が巻き付いている。上体を屈め、ビニル越しに匂いを嗅ぐくらい顔を近付けジッと見た。時計の文字盤が見えた。

――ダイバーウォッチ？

あっ、と短い叫びを上げて上体を起こし、後ずさった。

――う、腕や。

冷気を一気に肺に吸い込み咽返った。肩の付け根から切断された人間の腕がビニル袋に入っていた。咽返りながらもう一つの塊のビニル袋の端を摑んだ。相当な重さを感じながら震える手で持ち上げると、中の塊はゴロンと向きを変え、海草のような繊維状の束が袋の内側にへばり着いた。木田が持ち上げた拳をひねると、袋はグルリと向きを変えた。そこには上へテンションの掛かったビニルの内側に顔をくっつけ、軽く目を閉じ、首から下を喪失した初老の男の頭部が、木田の方を向いている。

木田は咄嗟に手の平を広げた。頭部の入ったビニル袋は台の上にドンと落ち、少し転がってゴチンと硬い衝突音を響かせて床に落ちると、カサカサと音を立てながら壁際まで転がって止まった。木田の脳裏には滝水海岸沖で人骨が見つかった事件のテロップが流れた。はっ、と棚のトムフォードの眼鏡に目を向ける。人骨となった被害者の顔が浮かんだ。そして、ぎこちなく首を回し、台の上のボストンバッグを見た。目には恐怖が宿り、そのボストンバッグを提げた人物の姿も浮かんでいた。

その背後で音もなくビニル製カーテンが捲り上げられ、フードを深く被った人物が入って来た。木田はショックで気付かない。その人物は手に持った肉切り包丁を振り上げると、木田の頭へ振り下ろした。ガン、と短く乾いた音がすると同時に、木田は真下に崩れ落ちた。首の骨も折れ、四肢の痙攣もなく即死した。その人物は倒れた木田を跨いで扉まで行き内側から閉め、ボストンバッグからチェーンソーを取り出した。

翌日、由香は午前中に本社にやって来た。

「えっ、タカさん、今日もお休み？」

「そうなのよ。まだ体調悪いって。だから、私が昨日も今日も出勤」

京子はファイルの資料に目を落としたまま答えた。

「電話の声、どんな様子？」

「電話やなくてメールよ」

「そう……」

京子は由香と孝之が二人で食事に行ったのを知っている。その翌日から由香は本社に行っていなかったが、二人に何かあったことを勘付いているようだ。

孝之の机の電話が鳴った。素早く由香が出ると、所長の津山だった。由香は京子にも聞こえるようにスピーカーに切り替えた。

「正木君？　もう本社？」

津山は先ほどまで営業所に居た由香が本社の孝之の電話に出たので驚いているようだ。

「ええ、道が空いてたので」

「盆明けの週初めの五十日に？」

電話の向こうで津山と、背後で京子が笑っている。

――シマッタ。一番混む日よね。

由香は舌を出して京子にウィンクした。

「川島さんは？」

「今日もお休みされてます」

津山は返事をしなかった。傍に誰かいる様子で、その人物へ話している会話が聞こえる。

「お休みでした。五日目ですね。携帯も留守電なんで、私が自宅を見てきます」

そこで由香と通話途中だと気付いたようだ。

「あっ、ゴメン。切るわ」

津山は慌てた口調で切った。由香は受話器を置くと京子の視線に気付いたが、二人は黙って仕事を続けた。


昼休み直前、玄関の扉が開いて、五十歳くらいの大柄な男性が入って来た。

「こんにちは」

木田の娘婿の拓也だった。由香は、拓也とは木田の工務店で内装関係の広告の打ち合わせを行った時、同席したことがある。

「あら、若社長？」

京子の明るく、甲高い声が響いた。

拓也は若社長と呼ばれて、照れた表情をした。

「若、とかじゃなくて、俄か、の方ですけどね」

洒落を言いながらも、顔は笑っていない。

「暇な会長やなくて、お忙しい社長が何の御用ですの？」

――ちょっ、ちょっと京子さん、失礼じゃない？

由香はほとんど拓也とは面識がなく、京子の無遠慮な物言いにヒヤリとした。

拓也は京子の言葉を気にする風もない。

「その暇な会長を、お忙しい社長が捜してるんですよ。うちの会長、今日は顔出してませんよね？」

京子は怪訝そうな表情を浮かべた。

「今日は来られてませんよ。昨日は昼前に来られて、すぐ帰られましたけど」

拓也は、やはりそうですか……と、言いながら事務所内を見渡している。

「昨日は自宅に帰ってないようなんですよ」

京子と由香は顔を見合わせた。拓也の話では、先ほど木田の自宅に行って来たが、誰もいなかったそうだ。由香は、年甲斐もなく御茶目な木田が私生活では相当な苦労人だということを知っている。木田は早くに、村岡同様妻を亡くしている。一人娘は妻の死後再婚もせずに男手ひとつで育て上げた。しかもその間に、今の会社を興して成長させて来たのだ。その娘が拓也と結婚して別宅を構えてからは自宅で一人暮らしをしている。

「会長が昨日来た時に何か言ってませんでした?」

「そうねぇ……」

京子は真剣に思い起こそうとしている。

「うちの冷凍室を使わせて欲しいって。確か、冷凍食品を保管するとか言ってらしたわ」

拓也は頷いている。

「そうなんですよ。冷凍食品を一度に大量に買ってね、置き場に困ってるんですよ」

「でも、冷凍室の管理者が不在なんで、そのまま帰られましたけど」

拓也は軽く溜息を吐いた。

「昨夜は遅くまで会社に残ってたらしいんですが、一応、会長室も社屋もキチンと施錠してあるんで、残業して帰宅するつもりで会社を出たのは確かなんです」

「木田さんのお車は?」

「それが、まだ駐車場に停めたままなんですよ。でも、飲んで帰る時は、いつもそうなんですけどね」

京子は眉間に皺を寄せて考え込んでいる。その後、拓也と京子は木田の立ち寄りそうな場所について話していたが、拓也は、京子から聞いた二、三の心当たりのメモを見ながら急ぎ足で帰って行った。

――二〇一八年八月二一日　午前六時

譲治は早朝に部屋を出て、再び笹本の家へ向かった。今日は、笹本の家から出て来た人物を追跡して、今、あの家に住んでいる人物の素性の手がかりを得るつもりである。笹本宅の玄関が見える自販機の前で缶コーヒーを飲みながら見張った。

――あの家には、笹本は本当にもういないのやろうか……。

譲治は不安を紛らわせるように、胸ポケットから用紙を取り出した。沖山が入手した笹本の顔写真を印刷してある。面長で、頬骨が高く、細い目の両目尻が吊り上がっている。神経質そうな印象を受ける。

二時間ほど過ぎた時、玄関の扉が開いて人が出て来た。譲治は真っ先に双眼鏡をその人物の顔にフォーカスし、ズームアップすると、男の顔が視界一杯に広がった。

――笹本や！

笹本は、前の道を駅方向へ歩いていく。黒いキャップを被り、白のオープンシャツ、ジーンズにワークブーツを履いて、小型の革製ショルダーバッグを肩に掛けている。譲治は距離を空けて後を追った。駅に着くと、京阪枚方市駅から大阪方面行きに乗り、十分ほどで降りた。

この時間は大阪や京都方面へ向かう人の方が多い。譲治が気付かれないように追うと、笹本は駅前のターミナルを抜け、オフィスビルが並ぶ区画に出て角地のビルに入って行った。そのビルは周りより低く、真新しく、窓が広く開放的で、会社としての機能より見た目を重視したようなデザインだ。譲治はビル正面の建植デザイン看板を見てハッとした。「株式会社アートテック　本社」とある。コンピューターグラフィックデザイン専門の会社で、広告代理店や番組制作会社から依頼されるCG映像制作がメインだが、ゲームのキャラクターデザイン、教育用バーチャル映像まで手掛ける、業界でも名の通った会社だ。以前、沖山が知人のCG作成システムを開発している会社から、GPUと言われる、グラフィックプロセッサーのドライバ開発を受けた時、譲治が全て担当した。そのシステムの納入先がアートテックであった。

本社一階は展示場と受付になっているようだが、笹本は横の社員用通用口からビルの中に姿を消した。譲治は通用口の前を行き過ぎながら観察したが、社員通用口も展示場も結構人の出入りが多い。オフィススペースに入る時は、社員証が認証カードになっており、壁の認証機に翳すことで、表扉の電気錠が自動開錠される仕組みになっている。

譲治はゆっくり歩いて社員通用口に向かった。時刻は午前九時を少し回っている。その時、通用口の扉が開いて男女数名が手ぶらで出て来た。恐らく通り向かいのコンビニに行くのだろう。最後の女性が出た後、閉まりかけた扉から内側に素早く身体を滑り込ませた。

フロア案内によれば、一階は自社デザインのサイネージや大型ディスプレーの映像とポスターの展示場と倉庫と駐車場になっている。開発者は特に二階に集中していて、三階は総務や経理部といくつかの会議室など個室が並んでいる。譲治は階段を使って二階に上がった。途中の廊下や階段で何人にもすれ違ったが、一切怪しまれることはなかった。こういう時は堂々としていたほうがよい。

二階は大きな居室と複数の実験室になっている。譲治は廊下の壁に埋め込まれた液晶に表示されている座席表を見たが、笹本の名前はなかった。しかし、注意深く居室を観察していると笹本を見つけた。確かに笹本はいる。笹本が座っている席の座席表の名前には商品開発部の「飯島（いいじま）」とある。

——飯島？　笹本やないのか？

「飯島」の隣の席は太枠で囲った管理職席で「大塚（おおつか）課長」となっている。

譲治は廊下からアートテックの代表番号に電話を入れ、商品開発部の飯島を呼び出して貰（もら）った。

観察していると、笹本の机の上の内線電話が鳴り、本人が受話器を取った。

「はい、飯島。え？　枚方市役所から？　心当たりないけど、まぁ、繋（つな）いでみてよ」

外線に笹本が出た。

「こちら、枚方市役所の徴税課ですけど、飯島武夫（たけお）さんですか？」

「いいえ、俺は飯島俊介（しゅんすけ）なんだけど」

「えっ、俊介？　飯島武夫さんでなくて？　あっ、間違えました。失礼しました」

譲治は電話を切った。

「もしもし、もしもし。ちぇっ」

笹本は忌々しそうに受話器を置いた。

隣の大塚課長が笹本に笑い掛けた。

「飯島、間違い電話か？」

「地元の市役所からですけど、飯島違いですよ。俺の税金で仕事してるのに間違えますかねぇ？　脱税する奴の気持ちがよく分かりますね」

譲治は、そっとその場を離れた。

通用口から外に出ると、通りを挟んでハンバーガーショップがある。ショップに入り、Mサイズのアイスコーヒーを買い、二階の窓際に座った。ここからだと、通用口がよく見える。笹本が退勤するまで粘るつもりだ。譲治はデイパックからノートPCを取り出し、開発用シミュレーターを起動し、沖山から請け負っている仕事を始めた。この間の打ち合わせで決まった改造を行うのだ。一応どこでも仕事できるようにノートPCにはBIOSパスワード付きで環境一式を整えてある。ホームページによれば、アートテックは完全フレックス制なので午前十時から午後三時のコアタイムだけ在社すれば、出退勤は自由であるようだ。それまで沖山の仕事を進めようと思うのだが、気付くと、通用口を見ながら考え込んでいる。

——偽名で仕事してる理由は想像できる。東邦システムを解雇された経歴はどう考えても再就職には都合が悪い。でも、どんな方法を使って飯島になれた？　結婚歴のない笹本と同居してる女は？

ほとんど仕事が進まないうちに、時刻は午後三時になっている。社員が通用口から退出しだした。三時十五分、笹本が通用口から出て来た。肩にはショルダーバッグを掛けていることから、このまま帰宅することが分かった。譲治はテーブルを片づけ、ディパックを肩に提げて、走って店外に出た。笹本は丁度、先の四ツ角を駅方向に曲がる所であった。軽く駆け足で曲がり角まで行き、二十メートルほど先に笹本の背中を見つけると、一定の間隔で朝と同じルートを逆に駅に向かった。

笹本は改札を抜け、下りホームから普通電車に乗った。譲治も同じ車両の別の扉から乗り込んだ。笹本は乗るとすぐ俯(うつむ)いて頻(しき)りにスマートフォンを操作し出した。

恐らくゲームだろう。電車が枚方市駅に到着したが、笹本は顔も上げずにスマートフォンの画面をタップしている。降りないのか？　譲治は気が気でない。

「間もなく発車します」

アナウンスに気付き笹本は顔を上げ、サッとホームに降り立った。譲治も慌てて電車から降りると同時にその背後で扉が閉まった。笹本のキャップが下りエスカレーターに消えて行く。譲治もエスカレーターに乗ると、二人挟んで眼下に笹本がいる。手摺(てす)りに寄り掛かり、まだ頻りにスマートフォンを操作している。上からハッキリと画面が見える。やはりゲームであった。譲治は何故か無性に腹が立ったが、笹本の人間性の底が見えた気がする。

笹本は改札を出て、駅前の繁華街を通り抜け、自宅の方向へフラフラと歩いて行く。真直ぐ自宅に帰るようだ。譲治は決めた。

——人通りの少ない川沿いの道路で笹本に直接接触してやる。

住宅街を過ぎると川に沿った細い道路に出た。左手が土手の斜面になり、所々に土手へ上る階段がある。土手の上は遊歩道のため、時々自転車が通る。恐らく、遊歩道から川に向かって下ると河川敷になっているのだろう。

譲治は歩を速め、笹本の背後数メートルに近寄った。

「笹本」

譲治の声に反応して、笹本は立ち止まり、振り向きかけたが、目の端に譲治を捉えたのか、前に向き直って歩調を速めた。

「笹本！」

譲治はより強く、大きく呼びかける。

聞こえていないはずはないが、笹本は振り向こうともせず、歩調も変えずにそのまま逃げて行く。譲治は笹本のすぐ背後まで駆け寄った。駆け寄る譲治の足音に弾かれるように笹本は走り出そうとした。

譲治はその背中に向かって言い放った。

「笹本やなくて、飯島って呼べばわかるか？」

ピタリと笹本の足が止まった。

「だ、誰なんだ」

振り返った笹本の頬やこめかみに汗が流れ、目が泳いでいる。

譲治は答えず笹本を見ている。

「名刺を置いて帰った男か？　相本なんて知らん。用は何だ？」

近くで見ると上背は百七十ほどで、譲治より数センチは低く、痩せて体重は六十キロないだろう。顔も肩幅も狭く、全体に尖った印象だが、鋭さよりも貧相な感じを受ける。

西に傾いた太陽が土手の傾斜に二人の影を作っている。川の流れとは逆に吹く風が辺りの木々を揺らし、人も車も通らない。

「まぁ、落ち着け。質問するだけや」

譲治はゆっくりと近付き、笹本を見下ろす位置で立ち止まった。

「あんたの連れの田代恭介について聞かせて欲しいんや」

「たっ、たしろ……」

笹本は田代の名を聞いて俯き、息が詰まったような声を出したが、視線は上目遣いに譲治の顔色を窺っている。

「アートテックの大塚課長は飯島の本名が笹本ってことは知ってるんか？」

笹本は譲治がアートテックの名前を口に出した途端、視線を背けてオドオドと辺りを見回し、荒い息をしている。

「呼吸困難にならんでも。あんたをどうこうする気はない」

譲治は笹本の荒い呼吸音を聞きながら、左手の土手に向かって歩いて行き、階段の手摺りに寄り掛かった。目で笹本を促すと笹本は素直に従い、譲治の足元の階段に腰掛け、田代のことを話しだした。笹本の話では、田代はキャリア採用で東邦システムに中途入社した。入社直後からプロジェクトを任されるなど会社からの評価も高かったようだ。

「見た目はスマートでイケメンだから、ライトな女子社員からは評判は良かったんじゃないの」

田代を冷笑する口調は、笹本の嫉妬の裏返しだ。

「あんたは不正発注で東邦システムをクビになってるな。田代と共謀したのは分かってる。どんな手口や？」

笹本はまた、ビクッと譲治を見上げた。

「お宅、警察か？　それとも調査会社か？」

「そんなにビクつくな。正直に田代とのことを話せ。あんたに累は及ばん」

笹本はバッグの外ポケットから煙草とライターを取り出し、薄い唇に挟み込むと、竹細工のような細い指で火を点けた。煙草を挟んだ指が小刻みに震えている。深く吸い込んだ煙を鼻と口から吐き出し、前屈みで煙草の先端を見ている。

「不正発注ってのは……」

笹本は言い掛けて黙った。譲治が強い口調で言葉を継ぎ足してやった。

「架空発注やな？　相手は知り合いの会社か、それかあんた自身の会社や。その発注費用をキックバックさせたか、着服したんやろ？」

笹本は顔を上げ譲治を見た。

「そっ、そうだ。分かってるじゃん。発注先は従兄が経営するソフトウェア会社だ」

「で？　あんたの方の仕組みは？」

「東邦システムは、百万までなら現場リーダーの裁量で稟議なしに、開発予算から外部発注できるんだよ。その裁量範囲でそのソフトウェア会社に発注したんだ」

「以前も何度かやってるな？」

「ああ、十数回はやったな」

「十数回？　架空やのによくバレなかったな」

「まぁ、上手くやったんだよ」

「上手く？」

「大型システムじゃ大抵、ほとんど使わない機能があるんだよ」

「どんな機能や？」

どのような機能か譲治には想像がつくが、自分の不正を自慢気に話し出した笹本をおだてるように敢えて聞いた。

「素人には分かんないだろうが、事故でシステムダウンした時、その時のメモリダンプを自動生成するとか、そのデータを印刷したり、担当者に自動でメール配信したり、色々とあるんだよ」

「それをどうした？」

「その機能をサブシステムって形で、わざと外部に発注するだけさ」

「その発注先からバックを受けたんやな？　けど成果物がないと受け入れ試験や検収で露見するのと違うか？」

「そんなのわけない。設計書やレビュー記録や試験結果なんかのドキュメントが揃ってりゃ、大抵パスするね」

「ふーん。ドキュメント作るのも工数いるやろ？」

「ドキュメントの内容なんてデタラメさ。過去実際に作ったシステムの設計書やテスト結果を引っ張り出して、タイトルや目次を変えるだけで十分なんだよ。チェックする方も高々百万程度の納品物件の受け入れや監査に、時間も人も掛けられないしな。だから、現場裁量の金額内で抑えて、回数で稼いだんだよ」

「なら、なんでバレたんや？」

　みるみる笹本の眉の両端が怒りで吊り上がった。

「あの野郎！」

「田代のことか？」

　笹本は前を見たまま黙って頷いた。

「奴が入社してすぐに俺に代わってプロジェクトリーダーになりやがった。俺はサブリーダーに格下げさ。会社側の説明は、中途採用でも奴の方が年長だし、それなりに経験も積んでるからだってさ。やってられんよ。年齢と経験年数で上下関係決めるって完全な年功序列じゃん」

笹本の本音だろう、譲治は黙って喋らせた。

「サブリーダーじゃ発注権限がないから今までみたいに行かなくなったんだよ」

「それで田代を抱き込んだのか？」

「抱き込む？　お互いの合意だって」

譲治は鼻で笑った。

「けど、田代がそんな不正によく加担したな？」

その時、先ほどまでオドオドしていた笹本が、ふっ、と笑った。

「架空発注を手伝えったって、はい分かりました、なんて具合に行くわけないじゃん。奴が大人しくなるネタを探ったんだ。そうしたらさ、ふふふふ、あったよ。ネタが」

先ほどは眉間に皺を寄せていた笹本だが、余程可笑しいのか、今にも高笑いしそうに声が上ずっている。

「何を見つけたんだ？」

「ふふふふ、お宅、田代が奴の本名だと思うか？」

笹本の言葉に譲治は驚かない。

「そのことか。田代が本名やないのは承知の上や」

逆に、笹本が驚きを見せた。

「えっ、なんだ、知ってたのか……」

　譲治は黙って頷いた。笹本は先ほどの高笑いしそうな興奮と打って変わって恨めしそうに譲治を見ている。

「でも、そのことを田代に言ってやった時、一瞬だけどさ、確実にビビッてやがった」

　笹本は田代が狼狽えた瞬間を思い出したのか、また楽しそうに笑った。

　──コイツの人格は完全に破綻してるわ。けど、知能は高そうや、だから自爆するような大それた犯罪を起こしてないんやろう。

「どうやって、田代が本名でないって気付いた？」

「奴の経歴が、大阪の地元の高校を出て、大学は横浜工科大学工学部出身ってなってるんだ。けど、奴の言葉に関西訛りが一切ないんだ。横浜に十年以上住んでるからって、高卒まで関西で暮らしてて大阪で働く奴に訛りが一切ないってのはどうも納得できない。それで色々調べたよ。確かに横浜工大出身者に田代恭介ってのはいるんだ。それで田代と同じゼミだった人物を見つけてさ、そいつに会った。田代が写ってるゼミの写真を持ってるっていうから、頼み込んで見せて貰ったんだが、田代には全く似てない。そいつに他のゼミ生も紹介して貰ってね、逆に東邦システムの田代の社員証の顔写真を見せたら、皆口を揃えて別人だと言うんだ。その上奇妙なことに、実際の田代恭介は行方不明なんだよ」

「それをネタに田代を強請ったってことか？」

「ユスりなんてやってない。奴には紳士的に話したね。従兄の会社に発注してくれるだけでいいって。後はこちらで処理するし、何なら、何パーセントか渡してもいい、この秘密を暴露しても俺には何の得にもならない、って感じで、証拠が残らないように言葉で伝えたよ」

「田代の本名は分かったのか？」

「いいや。本人が言わん限り、そんなの分かるわけないだろ。それに、発注さえしてくれれば、俺には誰だっていいんだよ」

「田代は発注したのか？」

「ああ、奴が俺から掠め取ってリーダーになった最初のプロジェクトで九十万の発注があった。だが……」

言葉を区切った笹本の表情が再び険しくなった。

「次のプロジェクトでも八十万の発注をする手はずが、プロジェクトが始まってしばらくして、奴が消えたんだ」

「消えた？」

「そう。何の連絡もなく、パッタリと会社に来なくなった。奴は一週間ほど出張したんだが、出張から戻ったって会社に連絡があって、それっきりだね。音沙汰がなくなった」

譲治は目の前に笹本が居ることも忘れて考えた。

──田代恭介。お前はどこの誰なんや？　姉親子を一体どうしたんや？

「……悪いぜ」

譲治は我に返った。笹本が何か言っている。

「ん？　何や？」

「顔色悪いぜ。黙りこくってさ」

譲治は返事をしなかった。

「けど、前代未聞さ。プロジェクトリーダーがいきなり会社に来なくなるって。無断欠勤が続いた挙句、奴の端末や残ってた資料を調査されて全てバレたんだよ。俺がクビ切られるまで二週間掛からなかったね。それで、ジ・エンド」

「それだけか？　会社はお宅らを訴えなかったな」

「そんなもんだろ？　納品物を胡麻化したけどさ、検収が通って客からは金貰ってるんだ。わざわざ、客に洗いざらい告白しても、誰も得しないんじゃないの？　保守契約を結んでるから、保守点検のついでに黙って正規のアプリと入れ替えてんだろう」

「あんたこそアートテックの飯島って身分はどうしたんや？　田代から聞き出したんか？」

「ああ」

「紳士的に聞いたんやな？」

「そう、紳士的に」

「どうやって名前を変えた？　買うのか？」

「ああ、アルカメンタルヘルスのサイトだ」

「何や？　会社か？」

「アロマやリラックスグッズをネット通販してるが、そんなのは表向きで、裏はニンベンさ」

「ニンベン？」

聞き返すと笹本は馬鹿にしたような薄笑いを浮かべた。

「何やそれ？　きちんと説明しろ」

譲治が睨み付けると、笹本は視線を逸らす。強く出れば怖じ気づき、弱みを見せればつけあがる。嫌な奴。こんな奴でも一緒に住もうって女がいることが不思議だ。

「知らないのか？　ニンベンのこと。身分証の偽造屋さ。偽造の偽がニンベンだからだろ？」

アルカメンタルヘルスのサイトで会員登録し、その通信欄に「リセット希望」と入力しておくと、数日後に登録した住所に封書が届く。封書には手付金の金額と振り込み先が書いてあり、振り込みを済ませると、今度は登録したメールアドレスにニンベンからメールが届き、偽造を希望する証明書、免許証、資格を伝えることになる。内容によって金額が異なるらしいが、言い値で払うしかないだろう。ニンベンの提示金額に了承すると、現住所に偽造した免許証や資格証や卒業証明などの希望した書類と金の受け渡し方を書いた用紙が入った封筒が届く流れだ。

「金は後払いか？」

譲治は思わず聞き返した。

「俺の場合はそうだった。ただ、連中に金を払わないとその偽造書類を無効にされたり、警察に通報されたり、ニンベンから報復されるって田代が言ってたな」

「アルカメンタルヘルスのURLは？」

「ネットで検索したらすぐ見つかるさ」

「念のためや。俺の名刺持ってるやろ。そのメアドに送れ」

「名刺って、これだろ？」

笹本はバッグの外ポケットから相本の名刺を取り出して目の前で振った。バッグに直接入れていたところを見ると、いきなり自宅を訪問されたことが気になっていたようだ。

笹本は名刺をシャツのポケットに入れた。

「今は分からん。後からするよ」

――笹本が、田代が偽名や、いうことを会社に告発してない理由がよう分かったわ。

笹本自身が次の身分を買えんようになるからや。

譲治が不機嫌に黙っていることに不安を感じたのだろう。

「このことは警察に……」

「言わんよ。それよりあんた、田代の顔写真を他人に見せたって言ってたな。貰おうか」

「奴の写真？　そんなもの捨てたよ」

「捨てた？　なんで？」

「田代の社員証の顔写真なんか持ってるのが会社に分かったら、どうやって入手した？　持ってる理由は？　となる。いずれにしても持ってること自体がヤバイんだよ……なぁ、もう、いいだろ？」

口調が哀願になり、笹本の目が訴えるように必死に譲治を見ている。その姿は嘘を吐く余裕もなさそうである。写真を破棄したことは事実だろう。譲治は無言で頷いた。笹本は譲治へ視線を貼り付けたまま、ゆっくり後ずさりして距離を空けると、身を翻して走り去って行った。

――二〇一八年八月二三日　午後二時

津山は村岡宅前のフロントポーチに営業車を停めた。助手席から降りた由香は、津山に続いて玄関前の石段を上って行く。由香が下から見上げると、津山は大きな岩の塊に見える。津山は、学生時代はラガーマンだったから今の体格は十分納得できるのだが、一方で生化学を専攻していて、前職は化学工学系企業の研究員だったと村岡から聞いた時は、それはそれで納得できた。日頃の津山が話す内容の論理性や仕事の進め方、支店の統率力を見ていて、知力の高さを実感していたからだ。

――それにしても、こんな人がなぜ、不動産会社の営業マンに？

それこそ、村岡の心眼なのだろう。

津山は巨漢を軽々と運んで、玄関扉の鍵を開けた。村岡は洋子の発病後、非常時に備えて、自宅の合鍵を会社役員に預けているらしい。津山は玄関前で扉を開けて由香を待っている。それに気付いた由香は一段飛ばしで駆け上がった。

今日の訪問目的は、会社の保管庫から紛失した書類の捜索である。その中に社員の履歴書をまとめたファイルもある。会社の事業に影響があるような機密書類ではないが、紛失したまま放置することはできない。村岡が何かの事情で自宅に持ち帰った可能性も考えて、社を代表して津山が捜しに来ることになった。その手伝いのため、村岡の自宅に上司の洋子を見舞ったことのある由香が同行した。

今週初め、欠勤が続く孝之の自宅を津山が訪問し、その報告を会社役員に電話しているのを聞いた。津山は、営業所の自分の席で声を殺して掛けているのだが、どうしても聞いてしまう。

「はい。誰も居ませんでした……神戸市北区です……最寄駅？　そうですねぇ、神戸電鉄の『山の街』かなぁ……はあ？　大きな一戸建てでしたよ……いえ、川島さんの持ち家じゃないです……ええ、知人の家の『離れ』を借りてたのは私も知ってるんですが……同棲？　知人の性別も知らないですよ……そうです。川島さんは自分の私生活の話しない人なんで……だ、か、らぁ、その知人も、川島さんも、誰もいないんですって……留守とかじゃないんです。家は無人なんですよ。玄関先は掃除してないし、庭も荒れてるし……郵便物の溜まり具合からすると、一週間くらいかなぁ……表札も何もないんで……番地は確かです。間違えたりしませんよ。私も不動産屋ですから……え？ そんなの、近所に聞いて回るわけにはいかんでしょう……そうですねぇ、そろそろ法的措置を執る時期だと思いますよ……」

孝之の欠勤と同時に、休暇中でもメールの送受信や、オンライン決裁処理を行っていた村岡との連絡も完全に途絶してしまっている。社として事態を重く受け止めて、対応を始めている。

由香は先に家に上がって上履きを履くと、津山の上履きもサッと揃えて出して、スタスタと廊下を歩いて行く。途中で立ち止まり、洋子の病室だった部屋の前で黙禱した。今は布団も衣類も医療器具もなくなって、空のベッドがあるだけで閑散としている。洋子はこの部屋で療養し、そして、息を引き取った。家探しすることの許可を洋子に求めたのかもしれない。

由香が顔を上げた。

「いいか？」

後ろからやって来た津山が声を掛けた。

「はい」

「正木君は社長の書斎を見てくれ。僕は、他の部屋を見て回る」

「ファイル三冊ですよね？」

「そう。ファイルごとあれば目に付くけど、書類だけ外してる場合は厄介だな。まあ三十分を目途に捜して、ないならないで撤収しよう」

由香が津山に敬礼すると、津山は笑いながら、三部屋ある二階に向かった。由香は村岡の書斎に入ったが、ここも雰囲気は変わっていない。

――ファイルのままならいいんだけど……。

由香はまず書棚を捜した。部屋中央に大きな両袖机（りょうそでづくえ）があり、その背後が窓で、他の三面は書棚で囲まれている。床から天井までの書棚にビッシリと書籍と書類が詰まっている。指で指しながら見て回ったが、書棚にはない。次に机に積んである書類を手に取って見ると、マンション、テナントビル、貸店舗など不動産関係の情報ばかりであった。机の両袖の引き出しにも書類の類（たぐい）はなかった。

――なさそうねぇ……。

由香はデスクチェアに座り、伸びをするように、両手両足を伸ばしてグルッと回った。窓は南向きで日当たりがよく、家具や扉も全て濃い木目調で揃えてある。この書斎はとても落ち着く。頭を反らして、もう一周グルッと回った。

流れる視界の中で、ふと褐色の物が目に入った。由香はチェアの回転を止め、立ち上がってよく見ると、高い書棚と天井との隙間に褐色のバッグが横向けに置かれている。書棚の近くでは死角になり、離れていても書棚と同系色のため目立たない。書棚用の脚立を持って来て、脚立の上でさらに背伸びしてバッグを下ろした。埃（ほこり）が降って来ないところを見ると、何年も放置されているのではなさそうだ。革製の通勤カバンである。サイドテーブルに置き、ファスナーを開けると、中身は資料、雑誌、新聞の切り抜きで、二、三百枚はあるだろう。

由香はサッと目を通した。一枚、二枚、三枚、四枚、と見るうちに、

――何よ、これ。

慌てて残りの資料をパラパラとめくってタイトルだけを読み取ると、由香の目に入るのは「失踪」「経歴詐称」「偽造免許」といった言葉ばかりだった。資料の日付からすると、村岡は今年になってから、身分、経歴を詐称したり、免許を偽造する事件を過去数年に遡って調べている。自社に疑わしい社員がいるのか、村岡が詐欺にあったのか、理由は分からない。

由香がさらにバッグの中を調べると、内ポケットに定形の封筒が入っていた。送り主は大阪府内の男性だ。封書は村岡宛の私信の体であるが、同封されているのは明らかに調査会社からの報告書で、中間報告となっている。村岡は「アルカメンタルヘルス」という会社の調査を依頼したらしいが、通常の取引先の信用調査とは依頼先も調査内容も違っている。由香は緊張した面持ちで報告書に目を通した。

「アルカメンタルヘルス社は登記上本業としている事業での売上があるのは事実ですが、以外に巨額の出所不明の収入があるのも明らかです。その実態について調査中で、現時点では確たる証拠は得ていません」

「アルカメンタルヘルス社従業員には『有印公文書偽造』『偽造私文書行使』『有価証券偽造』『詐欺』の前科がある人物が二名在籍しております」

他、意図的に複雑なネットワーク構成にしてアルカメンタルヘルス社の本拠地を隠蔽（いんぺい）しており、実体がどこにあるのか不明であるが、一か所だけ中継しているサーバーを特定したことが書いてあった。

しかし、中間報告に続く報告を探したが見つからなかった。

そこへ津山が書斎に入って来た。

「こっちはなかったけど、どう、見つかった？」

由香の表情は緊張したままである。

「いいえ、ここにもなかったんですけど、こんな物が……」

由香は褐色のバッグを持ち上げた。

「何？　それ」

津山はバッグを差し出した由香の緊張感がうつったように、真剣な面持ちで受け取ると、書類を引っ張り出し、息をするのも忘れたように読んだ。読み終わると、

「うーん、どうしたものかな？」

津山は調査会社の報告書を手に持って、しばらく考え込んだ。

「ここにある資料によると、社長が個人的に調べてるだけだね」

「そうです」

「役員連中には知らせておくから、コピーしておいて」

由香は書斎のコピー機で資料を二部複写し、一部を自分のバッグに収めた。

――二〇一八年八月二五日　午後三時

「お疲れさん」

沖山は帰り仕度をしている譲治の机にドリンク剤の瓶を置いた。

「ん？」

譲治は疲れ切った顔を沖山に向けた。

「徹夜の後やから、帰る途中で行き倒れにならんように、親心や」

譲治は久しぶりに笑って、アルミの蓋を勢いよく回し、強いカフェインの味のする液体を一気に流し込んだ。

四日前、笹本と別れて枚方市駅に戻る途中にスマートフォンが鳴った。見ると、沖山からだ。

「おっ先生、すぐ出たな」

――先生？

沖山が譲治を先生呼ばわりする時は、仕事で無理を頼む時である。

その時、ゴロゴロと雷鳴が聞こえて来た。譲治は暗い空を見上げながら言った。

「何や、トラブルか？」

譲治の頭にポツンと冷たい感触があった。

「トラブルっちゃ、トラブルや」

沖山が進めているプロジェクトの納期が急遽、三週間前倒しになったため、沖山が複数の企業や個人に分割発注していたソフトウェアを急ぎ組み上げることになった。

「客も無理を承知で何とかならんか、ということなんや。同時に次案件の話もしよってなぁ。ニンジンブラ下げられたら、仕方ないわ。譲治、すまん。今から事務所に来てくれへんか？　他の連中も招集かけてる最中なんや」

譲治は自宅に戻らずにそのまま沖山の江坂事務所に向かった。事務所に着く頃には、その界隈は激しい雨が降りだしていた。事務所には、既に二十ほどレンタルの机や椅子が搬入されており、八名の技術者が自分の端末を睨んでいた。八名のうち四名は顔見知りだが、他は知らない。このフロアはまだ人数が増えるはずだが、奥のパーテーションの向こうは別世界のようにひっそり静まり、時折、カタカタとハッカーがキーを打つ音が聞こえる。

「おー譲治。急に降って来たなぁ。雨の中すまん。突貫工事は不本意なんやが、今後のこともあるから、断られへんかったんや。そんなで、まず譲治担当のドライバ部分を最優先でポーティングするから、皆にインターフェースの説明頼むわ」

沖山の様子は普段と全く変わらない。日頃の明るさが演技ではないことが、このような緊急時の言動で判る。

「皆、集まってや。こちらはドライバ担当のうちの相本や」

沖山は皆を譲治の席の周りに集めた。相本とは、譲治が沖山の仕事をする時に使っているビジネスネームで、沖山と相談して決めた。相本以外にも数種類のビジネスネームを使い分けている。孫請けまで落ちて来た仕事をする際に、幾つかの名前を使い分ける方が諸事都合が良い。

「今から五日でドライバをミドルに組み込んで、その後アプリを載せながら、載ったところから結合試験を始めまっせ。ほな、相本からドライバインターフェースに関係する説明があるよって、よー聞いてや」

譲治の説明が終わると同時に沖山が本領を発揮し出した。各自に作業を割り振り、一、二時間毎に進捗を確認し、遅延者にはサポートを付け、想定外のエラー発生には対策を考え、八面六臂にフル稼働しながら全体をコントロールする手腕は実に見事である。その上、決して怒らないから、このような状況でも悲愴感がない。作業者にプレッシャーを与えて追い込んで生産性を上げる方法は、性に合わないらしい。

その日から四日間、譲治も他の八名も事務所に泊り込んでドライバをミドルウェアに組み込んだ。最初の二日は徹夜になった。五日目の朝、譲治は自分の担当分の作業を終えた。その頃には、さらに人数が増えて二十名近い人間が事務所で賑やかに突貫作業を行っている。この後、結合試験が始まり、二十名が引き続き一か月間ほど缶詰状態になるのだ。

譲治は事務所を出る前に、笹本と会った時のことを沖山に話すつもりだったが、沖山は窓際のミーティングコーナーで他の数名と打ち合わせを始めたばかりで、丁度沖山がホワイトボードにタスク間シーケンスを描いてた。

——まぁ、時間に余裕ができた時でええやろ。

そのまま事務所を出て、自宅マンションに帰り着いた時は午後四時を回っていた。

譲治がエレベーターを降り、エレベーターホールから廊下に出ようとした時、自分の部屋の前に二人の男が立っているのが見えた。譲治は咄嗟に一歩下がって、エレベーターホールに留まり、身を固くした。チラッと見た限りでは一人は若く華奢な身体つきで、もう一人は、五十歳くらいで短髪に白髪が交じっているが、大柄でガッシリしている。二人ともスーツ姿であるが、手ぶらであることからセールスマンではなさそうだ。若い方の男には見覚えがあった。寝不足で頭痛のする頭で必死に記憶を捲った。

——そう。確か、大阪府警サイバー犯罪対策課の刑事で、名前は？　にし、西尾。そうそう、西尾刑事や。

以前、沖山のグループが、ある企業のサーバーをハッキングした容疑で捜査された時、譲治も事情を聴かれたことがある。その時の担当刑事が西尾であった。西尾の年齢は譲治と同じくらいで、元はIT企業のエンジニアだったが、転職してサイバー犯罪捜査官になったと本人から聞いている。サイバー犯罪捜査官はどこの警察でも専門知識が必要なことから、元ＩＴ技術者の中途採用が盛んだ。

刑事の訪問を受ける理由として、思い当たることは、アートテック社への侵入くらいである。譲治は意を決し、エレベーターホールから廊下に出て、男二人に向かって歩いた。譲治に気付いた年配の男が西尾に短く何か言うと、西尾と年配の男は譲治の方を向く。先に西尾が頭を下げた。

「相川さんですね。大阪府警の西尾です。覚えてらっしゃいますか？」

譲治も頭を下げながら、明るい声を出した。

「ああ、西尾さん。久しぶりです。けど、何かご用です？」

同時に背後に立つ年配の男を見ると、男の方も準備していたように上着の内ポケットから警察手帳を取り出した。

「枚方署刑事課の門田です」

譲治は地元警察ではないことが気になった。身分提示が済んだ途端、手帳を仕舞った門田が聞いて来た。

「相川さんにお聞きしたいことがあるんですけど、ちょっと時間よろしいやろか？」

「いいですよ」

譲治がショルダーバッグから部屋の鍵を出すと、ドアの前に立っていた西尾が譲るように下がった。

「まあ、入って下さい」

譲治は先に入り、スイッチを入れると、目の前の廊下が暖色の照明で照らし出された。リビングの照明も点け、ベランダのガラス戸を全開にして、留守中の淀んだ空気を換気した。作業台に使っている大型のテーブルがリビング中央にある。テーブルの上にショルダーバッグを置くと、ベランダを背に椅子に座った。

譲治は二人に椅子を勧めた。

「今日はお仕事の帰りですか？」

西尾は椅子に座りながら部屋の中をゆっくり見回している。

「そうです。あっ、何か飲まれます？」

「いえ、お構いなく」

門田が言いながら、カッターシャツの胸ポケットに指を入れて、視線はテーブルの端にある灰皿に向いている。譲治は吸わないが、喫煙者の沖山用に灰皿を置いている。

「どうぞ」

譲治は灰皿を門田の前に滑らせた。

「こりゃ、どうも」

門田は煙草を一本抜き出して火を点けると、今度は咥え煙草で上体を左に倒しながら上着の右ポケットから茶色の手帳を取り出し、譲治に向かって開いた。

「ところで、この人物はご存じですかな？」

開いた頁には写真が挟んであった。縦横三センチ程度の小さな証明写真である。写っている顔は笹本であった。譲治は内心動揺したが、腹筋に力を入れて押し殺した。表情にも出ていないはずだ。

知っている、と正直に言えば良いのだが、即答せず、写真を見つめて沈黙した。

「手に取ってどうぞ」

門田は写真を譲治の前に置いた。

「どうも、見覚えないですね」

今度はスマートフォンの画面を繰っていた西尾がスマートフォンの画像を見せた。譲治の名刺の画像である。

「会社の住所が住之江区で、氏名は相本和明ってなってますが、これは相川さんですね」

「相本は僕が仕事で使っているビジネスネームですよ」

相本名の名刺に載っている会社は沖山が会社登記し実在する。事務所も無人だが大阪市住之江区にあり、そこへの連絡は全て沖山の江坂事務所に転送される。

門田が、ふーんと唸った。

「あんた、偽名で仕事しとるんですか?」

「偽名っちゃ偽名ですけど、仕事では複数の名前を使ってますよ」

「なんで、また?」

門田が呆れたような声を出した。

「主な理由は、お客さん同士が市場で競合している場合、僕らの仕事は製品の機密に関係することが多いから、同じ人間が両方とも担当するのはマズイんですよ。それでも仕事は欲しいから、名前を変えて一担当が一メーカー専属を装って、競合両社の仕事を請け負ったりすることがあるんです」

沖山も調査会社の仕事をする時は、住之江区の会社と偽名を使っている。以前西尾から聴取された時も相本名での仕事の時だった。

門田は煙をフーと吹き出した。

「はぁ、そんなもんですか」

と、言いながら自分の手帳を繰った。

「四日前の八月二十一日の午後十時から十一時ってどこに居てはりました？」

「四日前って、夜間に大雨が降った日ですね。午後十一時なら会社ですよ」

遅くまで大変ですなぁ、と言いながら、門田は咥えていた煙草を消し、核心を突いて来た。

「その日、会社出たのは何時頃でしたやろ？」

「いや、その日は帰ってないんです。その日だけやなくて、二十一日から今日まで、会社に缶詰状態で、帰宅したのは四日ぶりなんですよ」

門田と西尾は顔を見合わせた。

「その間、どなたか一緒でしたんやろか？」

「一緒に徹夜したのは八人でした」

譲治は具体的な人数を言った。

「その徹夜した会社の住所はどこですか？　名刺の住之江区ですかな？」

譲治は一瞬迷ったが、いいえ違います、と答えた。

譲治は沖山の江坂事務所の記載がある名刺を差し出した。

「その名刺の住所ですよ。西尾さんは、以前お話ししたんでご存じですよね……徹夜もそこです」

門田が手に持った名刺を西尾が横から覗き込んだ。西尾は納得したように頷いている。

一方、門田はその話には興味はないようだ。

「ところで、先の名刺、最近、誰に渡したか教えて貰えます？」

譲治は顔を上に向け、実際に配った枚数を思い起こした。

「そうですねぇ、今のプロジェクト関係者でしょ。それと先週行ったセキュリティアプリ展示会でも名刺交換しましたね」

「渡した相手は何人くらいですかな？」

「枚数にして二十枚くらいかなぁ」

そうですかぁ、二十枚ですか、門田は口に出しながら手帳に控えている。

「ところで飯島、という人物はご存じですかな？」

――やはり、あの名刺は笹本に渡したヤツか。

「いいじま？　うーん、今仕事しているメンバーの中にはいませんね」

「ご存じない……か」

門田は言いながら目はまた雑多なメモで埋まった手帳を追っている。西尾は黙ったまだ。専ら門田が質問していることからすると刑事課の事案のようだ。

「事情がさっぱり分からないんですけど。何の捜査なんですか？」

「そうですな。ここ数日、会社に缶詰やったら報道は見てはらへんと思いますが、さっきの写真の男性は飯島俊介さんといいまして、今月二十一日に自宅近くの路上で刃物で刺されて亡くなったんですわ。殺人事件と断定されてたんで、うちに捜査本部が置かれまして、その聞き込みですねん」

譲治の思考が停止した。枚方市の刑事が遠征してまで聞き込みに来た理由がやっと分かった。

「先の名刺が被害者の胸ポケットに入ってたんですわ。普通、名刺しまうのは名刺入れですやろ。わざわざ胸ポケットに入れとくのは普通やない理由がありましたんやろな」

「普通やないって？」

「まぁ、刺される直前に会うか、連絡したか、そのつもりやったのかもしれませんなぁ」

門田は譲治の顔をジッと見ている。譲治の表情の変化を観察しているのかもしれない。

「もう一度尋ねますが、被害者の飯島さんとは面識ありませんか？」

「いや、ないです」

「何で被害者がお宅さんの名刺を胸ポケットに入れてたんやろか？　お宅さんが被害者

と直接の接点がなくても、仕事の伝手か、友人関係で飯島さんに連絡するような人物の心当たりはありませんかな？」

「うーん、そう言われてもなぁ。本当に分かりませんわ」

その後も門田は質問したが、譲治の答えは同じだった。結局、刑事二人は三十分ほど居たが、思い出したことがあれば連絡くれますやろか、と言って帰って行った。

捜査が進めば飯島が偽名であることや、東邦システムの不正や田代のことも明るみに出るだろう。そうなれば、また門田が来るかもしれないが、その時は姉のことから全て正直に話そう。ただし沖山の了解は必要だ。

二人が帰ってすぐにスマートフォンで飯島の事件を調べると、ポータルサイトに出ている。

「八月二十一日午後十時頃、大阪府枚方市池上町の市道で男性が胸から血を流して倒れているのを、通りかかった近くの住人が発見。救急に通報し、病院に搬送されたが、午後十一時に搬送先の病院で死亡が確認された。死亡した男性は所持していた運転免許証から同市同町の会社員、飯島俊介さん（三十三）と判明した。飯島さんには背中から胸に達するほどの刺し傷があり、その傷による出血多量が死因とみられる。病院から連絡を受けた警察は、飯島さんが何者かに背後から刃渡り三十センチ近い鋭利な刃物で刺されたものと判断し、殺人事件と断定。周辺の聞き込みを行っている。内縁と思われる三十歳くらいの女性と五歳くらいの女児と同居していたとの情報もあるが、現在その二人の行方が分からなくなっており、飯島さんの死亡に関する何らかの事情を知っていると思われ、警察で行方を追っている」

譲治は記事を読み終わってもしばらく画面を見つめていた。

――ここも母子共に行方知れずか……。

譲治の脳裏に、笹本の自宅を訪問した時に応対に出た女性の様子が浮かんだ。髪の毛とマスクと眼帯で顔がほとんど隠れた姿と、低く陰鬱な声から、とても幸せそうには見えなかった。女性の傷は恐らくDVだろう。顔に傷が集中していること以外に、笹本の人柄がそう思わせる。強者に怯え、弱者に居丈高になる。きっと会社で怯えた鬱憤は家庭で発散するのだろう。結局、笹本からメールは来なかった。殺されていたのだから当然だ。まさか田代に殺されたのだろうか。

譲治が「アルカメンタルヘルス」のサイトを検索すると、笹本の言葉通り、すぐに見つかった。

「あなたのメンタルリフレッシュからマインドリセットまでお世話します」が、サイトの謳い文句である。サイトに表示されているアクセスカウントは数十万件になるが、当てにはならない。

サイトは自然色の洗練されたデザインで、製品紹介には3Dモーションや水平スクロールスナップなどの高度な技術を多用している。譲治は「マインドリセット」という言葉に引き込まれた。

――マインドリセット……自分の過去を全て捨てて、新しい人生をやり直すこともできるのか？　今まで何人がリセットしたんやろか？

気付くと、譲治は「アルカメンタルヘルス」のサイトに見入っていた。このサイトに魅力を感じる人の気持ちが分かる気がした。ただ、自分には姉親子を捜す目的がある。

譲治は技術者の目で冷静にサイトを分析した。サイトに載っている情報は予想通り、メールアドレス、サイト通信欄、支払い方法だけで、自社の所在地、電話番号は掲載されていなかった。

「アルカメンタルヘルス」の契約プロバイダーは業界でも大手で、過去に沖山達がハッキングして情報を入手したことがある。その時の侵入経路を使って「アルカメンタルヘルス」の本体サーバーを調査したが、意図的に複雑なネットワーク経路を構築しており、どうしても最終到達点が掴めなかった。ただ、大阪府豊中市緑地公園付近の一台のネットワーク機を経由していることは判明した。このネットワーク機は、笹本が言っていた「ニンベン」の中継サーバーに間違いない。「アルカメンタルヘルス」のサイトの通信欄に登録会員が「リセット希望」と書くと、ここに転送される仕組みになっているのだろう。

譲治は迷った。客を装ってもニンベンと物理的な接触はできない。しかし死人が出てしまった以上、非合法な方法を使ってでもニンベンのアジトを突き止める決心をしていた。

――二〇一八年八月二六日　午後四時

神戸元町通南の栄町通をさらに海側に下ると洋物雑貨店や洋装店が約東西二キロにわたって軒を連ねる通りがある。その東の外れにある古い雑居ビルの三階。扉の磨りガラスには「大迫医院」と、黒色の毛筆書体で書かれているが、何科の医院なのか分からない。内部は中央が診察室、左手奥に手術室、反対側の右手には病室が二部屋ある長細い造りで、壁際に並んだ棚や床には雑然と医薬品の箱が並び、通路や窓際には洗濯ロープが無秩序に張られ、包帯やタオルが部屋干しされている。看護師などいない。

男は診察室の寝台に腰掛け、室内にもかかわらずワンレンズタイプのこめかみ辺りまで隠れそうなスポーツサングラスを掛け、上を向いて顎を上げている。その横顔を覗き込むように、白髪交じりのバサバサの髪の毛に、無精髭を生やした初老の医師が咥え煙草でピンセットと鋏を動かしている。その白衣は前ボタンを留めずに袖を通しただけで、形がヨレヨレに崩れ、血かヨード液の濃い茶色の染みが点々と付き、ポケットからは折り畳んだ競馬新聞が覗いている。煙草の灰が落ちそうになった時、男の顎の抜糸を終えた。吸い殻が林立した灰皿に、咥えていた煙草を突き刺すように消すと、縫合痕に直角に医療テープを貼った。

「じきに、痕は見えんようになるわ」

医師はかれた声を出し、次に慎重な手付きで男のサングラスの両端を持った。

「こっち見せて貰うわな」

男が閉じた瞼の上を軽く触り、何か所かゆっくりと圧しながら安心したように頷いた。

「目の方は完全に腫れが引いてるわ。顔の輪郭と目にちょっと手を入れるだけで、印象は随分と変わるもんや」

男は医師からサングラスを受け取るとすぐに掛け直した。医師は肘掛付きの椅子に腰かけ、指に煙草を挟む仕草をした。

「あるか？」

男はゆっくりと首を横に振った。

医師は、灰皿に突っ込むように立てて消してある吸い殻の中から、比較的長い一本を選んで、使い捨てライターで火を点けた。一服吸い込んで吐き出しながら、立ち上がると、棚から透明のプラスチックケースを机の上に降ろした。

「痛み止めと消炎剤、二週間分出しとくな」

ケースにギッシリ詰まった様々の薬シートから二種類のシートを引っ張り出し、乱雑な机の上にあったコンビニの空き袋に詰めた。男はその様子を見ながら、上着の内ポケットから封筒を取り出し、医師の袋と交換した。

医師は受け取った手で封筒の厚みを確かめるように指を動かした。

「ほな、改めさせて貰うで」

封筒には札が入っていた。医師は手際よく札を数えだした。その様子をサングラスの向こうから男はジッと見ている。医師は数え終わった。

「確かに」

両手で札束を持って軽く一礼し、また封筒に戻したが、ふと思い出したように封筒から五枚の紙幣を抜いた。

「お宅、お得意さんやからサービスや」

男に差し出した。男は無言で受け取り、五枚の束ごと二つに折ると無造作に胸ポケットに入れ、寝台から立ち上がった。

医師は用件が済んだらサッサと帰ろうとする男の気配に少し慌てて、男に渡した薬の袋を指した。

「あっ、それとな……」

男が聞いていることを確認するため、少し間を取った。

「カプセルが消炎剤や。食後に一錠ずつ飲んで、二週間分は飲み切ってや。緑のシートは鎮痛剤や。頓服やから、痛んだ時だけ飲むようにしてや。それから、これ……」

医師は、先ほど縫合痕に貼った医療テープを手に取ると、下手で投げる。男は片手でキャッチした。

「そのテープを今みたいに、縫合痕に貼って両側の皮を寄せるんや。三か月は……」

その時、医師の話を遮るように、かすれた隙間風のような声がした。

「おーい。せんせい……」

続いて、背後の病室から弱々しい呻き声が聞こえている。

「はいよー。すぐ行くわ」

医師は病室の方へ大声で返事をし、男の方に向き直りながら、続きを説明しかけた。

「三か月は続けた方が……」

その時には、男は扉から出て行く所であった。

「おいっ、ちょっと……」

医師はしばらく男の背中を見ていたが、

「まあ、初めてちゃうし、分かってるやろ」

医師は小刻みに顔を縦に振り納得すると、背後の病室に向かった。

——二〇一八年八月二七日　午後一時

譲治がニンベンの中継サーバーの住所に行ってみると、そこは緑地公園北側の古い住宅街の外れに朽ちたように建っている、築三十年は経っていそうな賃貸マンション二階の一室であった。マンションの入り口は扉もなく、壁に「ミドリハイツ」と書かれたステンレス看板がある。入って正面に二階への階段があり、左手には洞窟のような暗く湿気た廊下が口を開けており、廊下に沿って扉が五室分並んでいる。階段はコンクリートが剥き出しの状態で、放置されたままのヒビ割れを見ると、年季が入っているというより、建物自体が病んで疲れ切った感じがする。階段を上って、部屋の前まで行ってみたが、分厚く何度も緑色のペンキが重ね塗りされた鉄の扉は固く閉じられ、室内に人の気配はなさそうだった。

ニンベンと接触すれば、田代について何か分かるかもしれないが、正面から接触してまともな情報が得られるとは思えない。この部屋のサーバー機もニンベンの本体サーバーまで何か所か中継している、一拠点に過ぎない。

譲治は「アルカメンタルヘルス」のサイトを調査した時以来考えていたことを、実行に移すことにした。表扉の鍵（かぎ）は縦穴のディスクシリンダーと呼ばれる、古いタイプのシリンダー錠である。古く空室の多いマンションとは言え、二階の他の部屋に住人がいないわけではないため、グズグズできない。

上着の内ポケットから円筒形のペンケースを抜き出した。中には、バーベキューの金串（かなぐし）などを使って自作したテンションレンチやフックピックなどピッキングツールが入っている。錠前だけを買って来て、自宅で解錠、施錠の練習をしたものだ。

譲治は指紋が付かないように手術用手袋をはめ、素早く解錠した。扉を開けて入る前に、室内に監視カメラが設置されている可能性もあるので、目出し帽を被（かぶ）った。２ＤＫの室内には一切の家具はなく、板の間の床に直接ミドルタワータイプのＰＣ、液晶モニタ、キーボード、マウスが無造作に置かれている。壁から天井、照明器具まで確認し、カメラで監視されていることはなかったが、目出し帽は被ったままにした。床に置かれたキーボードのキーを叩いてみると、PCは低く唸り、同じく床に置かれた液晶モニタがパッと明るくなった。予想通りモニタにはロック画面が表示され、パスワードを入力しない限り次の操作に進めない。ここでパスワードを突破してPC内部の設定を見れば、次の接続先が分かるだろうが、二重三重にパスワードが設定されていたり、設定ファイルが暗号化されていたり、数か所転送されているととても追い切れるものではない。譲治はPCから手繰る方法は諦めた。

次の方法はいささか荒っぽい。譲治はPCの背後に回ると電源コードを握り、一気にコンセントから引き抜いた。モニタの画面が真っ暗になり、ヒューンという音とともにPCのファンが停止した。譲治はPCをセットごと表通りのガラス戸の方へ一メートルほど移動させた。ガラス戸の外は鉄柵で囲われた狭いベランダになっており、斜め向かいのテナントビルが見える。

その後、部屋を出て鍵を施錠すると、目出し帽を脱ぎミドリハイツを出た。入ってから出るまで十分ほどである。マンション前の北行き一方通行の道路を渡り、予め目をつけていた北側の四階建てテナントビルに入った。小さな会社が各フロアに一社ずつ看板を上げているが、その四階にテナント募集の看板が出ている。譲治は足音を忍ばせて狭い階段を四階に上がるとドアの鍵を見た。ドアノブに鍵穴のある円筒錠だ。これも開けるのに手間は掛からなかった。

部屋は三十平米ほどの長方形で、沖山の江坂事務所と同じ構造である。道路に面した窓には据え付け型のクリーム色のブラインドが降りている。目の高さのスラットを指で下げ、外を覗くと、南斜向かいにミドリハイツが位置し、丁度ニンベンの部屋が見下ろせた。先ほど移動させたPCも見える。ニンベンは設置した各サーバー機をリモート監視しているはずである。PCの電源を切ったことで、中継PCの一台がダウンしていることをニンベンは検知しているだろう。PCが一台ダウンしてもバイパスしている可能性はあるだろうが、そのまま放置するとは思えない。

――絶対メンテナンスに来る。

譲治は確信している。現れたらその後を尾行するつもりでいるが、一人で張り込むのは限界があるので、四十八時間経ってもニンベンが現れない時は沖山に応援を頼んでいる。

ただ、ニンベンを張り込むことを告げた時の沖山は明らかにいつもと違っていた。

「ニンベンかぁ……」

沖山は一瞬黙った。

「どうした?」

「ん? いや、ヤバイんや。ニンベンは」

「ヤバイのは承知の上や」

「いや、譲治の承知してるのと、ちょっとヤバイのレベルが違うんや」

「レベル? どう違う?」

「それはやな、海外の元諜報機関の連中がやってることが多いんや」

「日本国内でか？」

「聞くところでは、二通りあるらしい。拠点やサーバーが本国にあって、本国の人間だけで運営する場合と、日本は出先で、出先毎に拠点やサーバーがあって、本国からの指示で出先の人間が運営する場合があるみたいや」

「今回のニンベンはどっち？」

「恐らく、本国と出先のパターンや」

「分かった。けど、今更引く気ないで」

「当然や。ニンベンくらいで尻尾巻いて逃げるわけにはいかん。そやけど、ホンマ、ヤバイんや」

その時は、ヤバイを連呼していた。

譲治は腰の高さから天井まである窓の端に置かれているスチール製の棚の上に座り、ブラインドの隙間から見張った。この位置からだと、ニンベンが車で来た場合はナンバープレートも十分に見極めることができ、相手が部屋に入ってPCを操作すれば、その姿も観察できる。

この界隈は本当に住人がいるのか、疑いたくなるほど人通りが少ない。このビル自体も階下には三社ほど会社があるのだが、営業していないのか、人の出入りもなければ、物音もしない。前の通りは三十分に一台車が通る程度である。

ミドリハイツの人の出入りは、この四時間で三度だけだ。七十代位の男性が普段着にサンダルで出て行き、三十分ほどしてスーパーのレジ袋を提げて戻って来た。次は郵便配達員が通りにバイクを停め、エンジンを掛けたままミドリハイツに走って入って行き、ものの十秒ほどで出て来て、バイクに飛び乗って走り去った。三度目はグレーのパンツスーツ姿の若い女が地図を片手に、前の道路を行ったり来たりした後ミドリハイツに入って行き、数分して出て来ると、駅の方へ去って行った。

午後六時になると一気に辺りが暗くなった。余計にこの町に寂寞が煙のように漂う。兎に角、町全体が暗いのだ。街灯以外に、部屋の灯りが漏れる家がほとんど見えない。ミドリハイツも高齢者ばかりが住んでいるようで、急な階段以外にエレベーターなしでは敬遠されるのだろう、三階以上の部屋は全て真っ暗である。譲治のいるこのテナントビルも、看板によれば階下は化粧品会社と生保会社の営業所となっているのだが、物音ひとつしない。この町が元気だった頃に営業所を開設したものの、現在は事業としては撤退し、賃貸契約期間切れまで無人の事務所だけが残っているのだろう。

前の道路を時折通る車は、幹線道路から幹線道路への抜け道になっているのか、脇目も振らない様子で、猛スピードで走り抜けて行く。

打ち捨てられた町とその住人を見ていると、大学時代の講義を思い出した。確かシステム工学だったと思う。担当の若い講師は吠えるように言った。

「民主主義は手間の掛かるモンなんだ。少数派を無視できないから、多数派が少数派を説得して、最終的に全員一致の結論が出るのが理想なんだが、中々そうはいかない。主義や意見の相違ならば議論を続ければ転向することも可能だろうが、年齢、収入、国籍、学歴なんかは簡単に変えられない。少数派も多数派も同じく皆平等になるシステムを作り出すのは至難の業だ。それは民主主義は非効率ということを意味する。効率を高めるとどうしても少数派は切り捨てられる。デジタルでいう、閾値(しきいち)外の誤差範囲ということだ」

既に身の回りの家電製品はデジタル化され、高性能、軽量、コンパクトになっていたが、次に企業経営におけるデジタル化が加速している時期であった。

講師は、くれぐれも、と前置きして学生に結論を言った。

「デジタル化の流れは効率化を追求する技術の発達に伴う当然の帰結だ。しかし、世の中には効率化が必要な場合と、必要のない場合があることは知っておかなくてはならない」

翌年、この若い講師の名前はカリキュラムになかった。効率化の中で自分自身が淘汰(とうた)されてしまったのかもしれない。譲治はこの若い講師の名前も忘れてしまった。が、彼の教えは譲治の中に根を張っている。

ゆっくりと時間が流れ、時計は午後三時を指した。この町に来て二十四時間が過ぎたが、緊張のせいか、不思議と睡魔も空腹感もなく、ミドリハイツに何の変化もない。不安になりかけた時だった。一台のワインレッドの車が南側からやって来て、ミドリハイツの前を通り過ぎ、譲治の眼下で左に寄せて停まった。降りて来たのは若い女だった。同乗者はいない。ジーンズとスニーカーに黒革のジャンパーという、まるで男子大学生の装いだが、ボブカットと、長い脚の柔らかそうな肉感は明らかに女である。それに、この女に見覚えがある。昨日、同じ時間帯にミドリハイツを訪ねて来た女だ。その時はパンツスーツ姿であったが、間違いなく同一人物だ。大阪ナンバー、車種は一目でホンダシビックのフォードアハッチバックだと分かる。車から降りたその女はミドリハイツには入らず、前の道路脇に立ったまま下からニンベンの部屋を見上げている。

——何してるんや？

譲治は双眼鏡のフォーカスを女に当て、ズームアップした。引き締まった頰から鋭い顎の線が影を造り、形の良い鼻を上に向けて二階の部屋を観察する横顔には、獲物を狙っている精悍さがあり、思わず見とれた。

女は何かを見極めた様子で、自分の周囲をグルリと見回した後、入り口に向かって歩き出した。が、いきなり入り口横の部屋のベランダ柵に手を掛け、柵の上に立った。実に身のこなしが軽く、運動神経は相当良い。柵の上でバランスを取りながら、数歩歩き、壁に手をついた。

譲治は女の意外な行動に見入ってしまい、気付くと双眼鏡を固く握っていた。女は壁樋の取付金具に右足を掛け右手で樋を摑むと、左足で柵を蹴った。青竹が撓って弾かれるように女の身体は上に伸びる。左手が二階の部屋のベランダ柵を摑むと同時に、壁樋を摑んでいた右手も上体の反動に吊られて、左手の隣の柵を摑んだ。後は垂直懸垂の要領で身体を持ち上げ、二階のベランダに乗り込んだ。

女はベランダから中の様子を覗いていたが、ドアガラスの中央サッシの所で屈み込んで、何かゴソゴソとやり出した。譲治が双眼鏡のデジタルズームの倍率を上げて女の手元を見ると、ビニルテープをサッシのクレセント錠辺りの窓ガラスにベタベタと貼っている。数本貼ると、ジャンパーの内ポケットからドライバーを取り出し、クレセント部のガラスとパッキングの隙間にドライバーを滑り込ませた。サッシのパッキングとガラスの間に薄い金具を入れて抉るだけで簡単にガラスが割れるのだ。テープは割れた破片が落ちて大きな音を立てるのを防ぐためだろう。

サッシのガラスが割れたようだ。女はガラスの破片が付着したテープを剝がすと、割れた隙間から手を差し入れ、クレセント錠を外し、ガラス戸をゆっくり開けて部屋に侵入した。

――この女、一体何者？

部屋に入った女は、どうもサーバー機の筐体を開けているようだが、ここからではよく見えない。十分ほど過ぎた時、また、一台の車が視界に入って来た。グレーの大型セダンである。譲治が双眼鏡を向けると、三本槍のエンブレムが目に飛び込んで来た。言わずと知れたイタリアの高級車である。マセラティはミドリハイツの手前で速度を落とすと、ゆっくりと女の車の数メートル南側後方に停車し、二人の男が降りて来た。助手席から降りたのは、二十代の若い男で、マッシュ系パーマヘアに派手な柄の長袖シャツの裾を外に出し、手にアタッシェケースを提げている。運転席から降りた男は、オールバックにサングラスを掛けて四十代後半に見える。ダークスーツからノータイの白シャツが覗き、小柄だがガッシリとした体形をしている。一見して堅気ではない。恐らくニンベンだろう。

譲治は女の方へ双眼鏡を戻した。女は車に気付かずに、懸命に作業に没頭している。

譲治はまた、男達の方へ双眼鏡を向けた。マセラティの横で二人並んで、二階のベランダを見上げ、何か話している。会話の内容までは聞こえないが、窓ガラスが破られていることに気付いた様子だ。柄シャツが、女の車に近付き中を覗き込んだが、すぐスーツに向かって首を横に振った。二人は揃ってミドリハイツに入って行った。

譲治は女の方へ双眼鏡を向けた。女の素性は分からないながらも、心の中で、あかん、逃げろ、と叫ぶ。座り込んで懸命に作業していた女が、急に顔を上げ立ち上がり、窓側へ後ずさりしている。そこへ、先ほどの男二人が女を左右から挟み込むように近付いていた。

譲治は息をするのも忘れていた。柄シャツが女の背後から両方の二の腕を摑んだ。スーツが女に向かって何か言っている。女は後ろから腕を摑まれているので前のめりになっている。突然、スーツが女の頰を平手で叩いた。さらに女の髪の毛を摑み、また平手で叩いた。しっかりと男の手の平が女の頰にヒットし、此処まで重たい音が聞こえそうだ。女の上体が叩かれた方向へ揺らいでも、柄シャツは女の腕を摑んでいる。二人は人間をいたぶるのに慣れている。

譲治は双眼鏡を下げた。このまま女が無事に解放されるとは思えない。意を決して窓際を離れると二十四時間以上居た部屋を出た。音を殺して扉を閉め、階段を素早く下りると、女の車の横を通り過ぎ、マセラティの左後輪の辺りに身を潜めた。

どうしようか？　譲治は迷っている。部屋に踏み込んで女を助けられるほど自分が強くないことは分かっている。

譲治の屈んだ場所から二、三メートル南側の電柱の傍らに、乗って来たバイクが停めてある。男達が出て来た後、マセラティを尾けるのが良さそうだ。

そう決めてバイクの方へ移動し、ヘルメットロックからフルフェイスを取り外そうとした時、ミドリハイツの階段を人が下りて来た。譲治は咄嗟に身を屈めた。

柄シャツが先に表に出て、ミドリハイツの入り口付近で立ち止まる。人気のないことを確認し、階段の上に向かって手招きすると、口にガムテープを貼られ、両手を身体の前でテープで縛られた女と、その背後にピッタリ身体を付けたスーツが降りて来た。

柄シャツが車の後部座席の扉を開けてスーツに頷くと、スーツは背後から女の耳元で何ごとか囁いた。車に乗れ、とでも言ったのだろうが、女は動こうとしなかった。今度は、スーツが女の背中を、ドンと強く押した。女がその場で踏ん張って抵抗すると、スーツは女の腕を掴んで乱暴に引っ張って行こうとした。女はよろけ、前のめりに転んで左膝を突いた。女の腕を掴んでいたスーツは女に引き摺られるように前にバランスを崩した。

その時である。転んだと思った女が右足を横にピンと伸ばした。スーツはその足に躓いて、わっ、と声を上げて倒れ込んだ。女は素早く立ち上がると両足でジャンプし、倒れたスーツの頭めがけて尻から落下した。段ボール箱を踏み潰したような鈍い音が聞こえて来た。女は仰向けのまま爪先が頭の上に来るまで両腿を顔に近付け、両足を勢いよく振り下ろすと、その反動でスッと起き上がった。

譲治は先ほどから観察している女の身体能力に呆気にとられている。女は自分の車の方角へ反転して走り出した。柄シャツも目の前の事態に一瞬茫然として固まっていたが、逃げる女に気付き、追いかけた。

次の瞬間、譲治は物陰から柄シャツ目掛けて飛び出してしまった。理屈も何もなかった。身体が勝手に反応したのだ。飛び出してから我に返ったが、遅かった。柄シャツが譲治に気付いて身構えたところへ、譲治は構わず跳び、柄シャツの太股にタックルした。柄シャツは、あぁ、と短く叫んで仰向けに倒れ、その上に譲治がうつ伏せに被さった。その向こうでスーツが頭から血を流して倒れている。

女は突然現れた譲治に驚いたのか、地面に転がった譲治と柄シャツを見て突っ立っている。顔を上げた譲治と女の目が合った。

った。

「逃げろ！」

譲治の声に、女は縛られた両手を激しく揺すり、テープを外しながら車に向かって走った。

柄シャツが上半身を起こそうと、顔だけをもたげた。朦朧とした表情をしている。ここで覚醒されると厄介だ。譲治はその顔めがけて、ヘッドバットを喰らわした。本来は髪の毛の生え際辺りで打撃するのが効果的なのだろうが、頭頂部が相手の目と目の間に激突した。柄シャツは再び仰向けに倒れて意識を失った。だが、譲治も頭蓋骨の天辺から背筋に掛け熱い鉄棒を突き刺されたような衝撃が走り、意識が飛んで柄シャツの胸の上にうつ伏せに折り重なった。

次に意識が戻ったのは、首筋の後ろから襟を掴まれ、乱暴に引き起こされた時だ。上に引っ張られたため、留めてあるシャツのボタンで喉が圧迫され呼吸が詰まり、目が覚めた。

譲治は引き起こされるままに両足で立ち上がったが、今度は肩の辺りを掴まれ反転させられる。向き直った譲治の目の前には、額から血を流したスーツの彫りの深い顔があった。砕けたサングラスが路上に散乱し、流血が頬を伝って襟首からスーツに垂れている。額と眉間の深い皺に怒りが表れている。スーツの背丈は、譲治より数センチ低く、譲治は見下ろしているにもかかわらず、スーツの厚い胸板や太い腕の筋肉量が掴まれた肩から伝わり、その威圧感に抵抗する気力は萎えている。スーツの右拳が男の顔の横に並んだ次の瞬間、譲治は左頬に熱い衝撃を受け膝から崩れ落ちそうになったが、スーツの左手に肩を摑まれているため、倒れることすらできない。

その背後で、エンジンのかかる音がした。

スーツが振り返り、譲治が顔を上げた視線の先で、女のシビックが急発進し、猛スピードで北側の三叉路を右折して、住宅地方面に消えて行った。

スーツは舌打ちすると、向き直りざま譲治の腹にボディブローを打ち込んだ。譲治が思わず身体を二つ折りにするのを、肩を摑んだまま引き起こし、譲治の顔をジッと観察した。

「おんどれ、どこのモンや」

太くしゃがれた声だ。

譲治は無表情にスーツを見返す。その表情を見て、スーツは目を一層険しくし、拳を譲治の顔面と胸に二発立て続けに叩き込み、左の脇腹に一発めり込ませ、支えていた左手を離した。支えを失った譲治は、前のめりに両手両膝を突いて倒れ込んだ。その胸をスーツが蹴り上げて来た。譲治は男の振り上げる足の甲に沿って仰向けに反り返り、辛うじて蹴りの衝撃を逃れ、今度は逆に尻もちをついた。

口の中に湧き出した血は錆のような鉄と塩気が混じった味がする。スーツが座り込んだ譲治に跨るように立ち、左の上腕を摑んで引き起こした時、譲治の背後から車のエンジン音が聞こえて来た。女が走り去ったのと逆の南方向からだ。譲治は焦った。

——ニンベンの仲間の車なら厄介や。

譲治の左尻ポケットに二十センチの結束バンドが輪にした状態で入っている。スーツの身体の一部でも強く結束すれば相手は激痛で動けない。その間に、十秒ほどで背後のバイクに飛び乗れば逃げられるが、スーツに摑まれた左腕が動かせない。

相当な速度を出していることが分かる甲高いエンジン音が徐々に大きく響いて来た。スーツの視線がチラッと音の方向へ向けられた瞬間、譲治はスラックスの右脛の内側に鞘ごと縫いつけてある、切先の長いアイスピックを右手の肘から先だけの動きで引き抜き、下からスーツの喉の付け根に突き付けた。

「怪我するで」

譲治の低く呻く声に反応して、スーツは切先から逃れようと頭を反らせたが、譲治はピタリと切先をスーツの喉に突き付けたまま正確にコントロールした。スーツの身体は固まった。

その間も益々迫って来る車のエンジン音に追い立てられるように、譲治はふと、アイスピックをスーツの太腿に突き刺して逃げようか？　と考えた。その時、スーツがゴクリと唾液を飲み込んだ。喉仏の上下動で切先が二ミリほど皮膚を裂き、ツーッと細い血の筋が流れる。血を見た途端、譲治のアイスピックを持つ手が動かなくなった。

車の騒音が譲治のすぐ背後に迫ったと同時に、空気を切り裂くような甲高いスキール音が響き、ワインレッドの車が二人の横に急停止し、助手席のドアが開いた。

「乗って！」

先に逃がした女が譲治を助けに戻って来たのだ。驚いたスーツが譲治の左腕を離すと同時に、譲治は左手で結束バンドを尻ポケットから抜き出し、スーツの右手先から輪を通して、右手首を思い切り縛り上げた。「うわっ！」と、悲鳴を上げてスーツは手首を掴んで地面に倒れ込んだ。

その隙に、譲治は引っ張られるように頭から助手席に飛び込んだ。シビックはドアを開けたまま、甲高くホイルスピンしながら急発進した。譲治は身体を起こすとドアのアームレストに手を掛け、一気に閉めた。

女は三叉路を先ほどとは逆の左コーナー側にステアリングを切ると、フットブレーキで前輪をロックしドリフトしながらタイヤを鳴かせてコーナリングした。その間、FF車でドリフトしているためか、小刻みに右へステアリングを切り戻し、サイドブレーキを引いたり離したりしている。譲治はドアとシートに手を突っ張って姿勢を保ったが、ズキッズキッと胸と背中が痛む。コーナーを抜け、女は長い直線道路をすっ飛ばして行く。譲治はずっと背後を見つめていたが、男たちは追って来ない。そのまま住宅地に入り、一般車に交じると、速度を落とし、交通量の多い国道に行き当たった。

――ひとまず安全や。

譲治は肺に溜まっていた空気を吐き出した。緊張が緩むと意識が朦朧として来る。殴られた箇所は痛みよりも皮膚が分厚くなったように麻痺し、昨夜からの不眠も手伝って瞼(まぶた)が落ちて来た。女とはまだ一言も言葉を交わさないうちに、そのまま意識が飛んでしまった。

次に記憶があるのは、車がどこかのビルの中で停止した時だ。助手席に寝転んだ姿勢でフロントグラスの上部から、配管が剝(む)き出しになった天井と薄暗い照明が見えた。女は車から降りて、どこかへ行ってしまったが、遠くへ行ったのではないことは分かった。車のすぐ外でカチャカチャと金属音が聞こえていたからだ。音を聞きながらまた意識が遠のいた。

再度意識が戻ったのは、助手席のドアが開いた時だ。

女が手に白い板を持っていたのを覚えている。

──偽造ナンバープレートか……。

女がなぜそんな技を持っているのか、ボンヤリと疑問に思った。

「しっかり、摑まって」

抱き起こされ、女の肩に手を回して、支えられながら歩き出す。地下駐車場のようだ。女から漂う香りが心地よかった。

意識が完全に戻った時、最初に目にしたのは白い天井であった。譲治はロングソファに仰向けで寝かされ、柔らかい毛布が掛けてある。眼球だけ動かした。足の方向には床までの長いカーテンが閉じていて、外は明るいようだ。右手の壁際には、五十インチのテレビとブルーレイレコーダーがある。手の届く距離にローテーブルがあり、その上に譲治の持ち物が置かれている。免許証、キーホルダー、スマートフォン、双眼鏡、アイスピック、丸いペンケース、名刺やクレジットカードを入れたカードホルダー。

視界に入る部屋の中の物はそれだけで、壁にはポスターや額どころか、時計すらなかった。この部屋を見て思い付く単語は、殺風景、簡素・簡潔といったところだ。

譲治は顎を上げ、仰け反るように頭の方を見た。木目の扉と太い格子状の桟が入った磨りガラスの扉が並んでいる。磨りガラスの向こう側に人影が見え、先ほどから、カタカタと物音がしている。

譲治は舌で口内を探った。切れていた箇所は肉が盛り上がり、凹んだ部分はまだ血の味がする。

殴られた頬には冷湿布が絆創膏で留めてあった。左手でソファの背凭れを摑んで、上半身を起こそうとした。

背中が少し浮いた時、右肩甲骨内側に肉が割れたような激痛が走り、顔が歪んだ。譲治は固く目を瞑り、しばらくその体勢で静止する。痛みが和らいだ瞬間を見計らい、上体を起こし、伸ばした足をソファに降ろそうとしたが、また同じ痛みで思わず呻き声が出た。

「目が覚めた？」

首だけ振り向くと、背後のガラス戸が開いており、譲治が助けた女が心配そうな表情で立っていた。

「うん」

譲治は顔を歪めながら身体の向きを変えようとした。女は素早くソファの脇に屈み込むと、譲治の両足を右手で抱え、左手で背中を支えて、手際よくソファに座らせてくれた。

両足を床に置き背中を背凭れに預けると、傷ついた背筋をソファが包み込んでくれる。やっと人心地着くと、また意識が遠のきそうになった。

「あの……」

女の声に譲治は、はっと目を開けた。

「痛むの？」

女の口調には怪我の具合と譲治がまだほとんど喋らないことへの不安がにじんでいた。

「骨折れたり、靭帯切ったりはないみたい。元々、肩甲骨の内側は何度か痛めてる箇所なんや」

譲治の言葉に、女が安堵の表情を浮かべた。

「危ないところを助けてくれてありがとう。怪我させてしまって」

女が頭を下げた。顔を上げる時に前髪が顔半分に掛かったのを片手でかき上げた。

「ん？　別に……ええよ」

間欠的に襲って来る疼痛で固く目を閉じたまま答えた。

女は少し沈黙した。会話の糸口を探っている様子である。

「私、正木由香って言います」

譲治は目を開けた。冒険を共にした女を初めて間近に見た。女の目が真直ぐ譲治を見つめている。こんな近くから異性の視線を受けることに慣れていない。

──困ったな。

「俺は……」

「相川譲治さんね」

由香はローテーブルの免許証に視線を向けた。

「ここは？」

「私の部屋。マンションの二階よ」

だんだん意識がハッキリして来た。

部屋の殺風景具合から、由香に裏表のない人柄を感じている。

──真正面から聞けば正直に答えるんちゃうやろか？

「正木さん」

名字で呼ばれて由香は笑っている。

「そんなに年変わらないんだから、由香でいいわよ」

「なら、由香さん。あそこで何してたん？」

由香は笑顔のまま黙って譲治を見ている。

「見てたの？」

「ああ、昨日から」

「昨日？」

「由香さんがスーツ姿で下見に来たのも知ってる」

「あら、そうなんだ」

唇を尖らせた由香の様子は悪戯を見つかった子供のようだ。

「仕事中やったの？」

「そうね。宝塚市の客先に行ったついでに寄ったのよ」

由香はロングソファと直角になるように置かれた一人掛けソファに座った。化粧気のない肌は色が浅黒いために目立たないが、スーツに叩かれた頰が僅かに腫れている。

由香は柔らかそうなコットンパンツに包まれた長い脚を組んだ。その足元は素足で、テーブルスプーンのように形の整った長い指とスクウェアカットに手入れされた長い爪に清潔さを感じる。

「私の周りで急に何人か居なくなってるの」

唐突な話で譲治は驚いたが、姉親子と関係があるかもしれない、と思いつつ由香の顔を見つめた。

「今年の夏前からなんだけど……」

語る由香の唇の向こうに真っ白な歯が見え隠れする。

「うちの会社が委託している設備業者の作業員や取引先の工務店の会長、それに、うちの社長も七月から休暇をとって旅行に行ったまま、未(いま)だに全く連絡が取れないのよ。最近では私の同僚の川島さんっていう男性社員」

川島の名を出した時、一瞬由香の表情が曇った。

「四人も？　警察は？」

「行方不明者届を出しただけ。でも、どう考えても変なのよ」

「どう変なん？」

由香は四人の経緯を話してくれた。四人ともある日を境に突然居なくなった。家族も仕事も全てそのままで消滅したということだった。

譲治は気になることがあった。

「川島さんと最後に会ったのは由香さんなんやね？」

由香の表情が再び曇った。

「最後に会った日の川島さんの様子はどうやった？」

「そう……私」

「……どうって……」

由香は譲治から視線を外し、黙った。譲治は先ほどから、川島の名を告げた時の由香の反応が他とは違うことに気付いている。今の由香は生気が抜けたように、ボンヤリ壁を見ている。譲治は、由香の様子と、姉の行方が分からないまま帰りの電車の窓から夜景を眺めていた自分を重ね、由香にとって川島の存在が大きいことは十分想像がついた。

これ以上川島の話題はやめておこう、と決めた。

「由香さん」

由香は、驚いたように譲治を見た。

「私、川島さんの……」

言いかけた由香を、譲治は穏やかな笑みを浮かべて、手で制した。

「事情はよく分かった……それで、いなくなった人を捜す過程で、あのマンションに行き着いたということ？」

由香の顔に生気が戻っている。

「そう……そうなのよ」

間をおいて、話を続けた。

「最近、会社の書庫から社員の履歴書とかいくつか書類がなくなっていることが分かったの」

「履歴書？」

由香は頷(うなず)くと、おもむろに脚を組みかえた。

「うちの社員の履歴書は原紙に直筆で書き込んで、証明写真を貼ってるんだけど、その原紙がファイルごとなくなっていることが分かって、本社も各営業所も捜したんだけど見つからないのよ」

譲治は背筋を反らせた。冷湿布がジンジンと患部を冷やしているのが伝わって来る。

由香と話している間に痛みが和らいでいることに気付いた。

——由香さんは相手の苦痛を自分のことのように感じとってくれるような雰囲気を持っているな。

「社長が休暇前に何かの理由で自宅に持ち帰ったかもしれないってことで、社長宅も捜しに行ったのよ。結局、ファイルは出て来なかったけど、書斎から別の物が見つかったの。パスポートや免許証の偽造に関する資料がたくさんで、ビックリしたわ。特に、アルカメンタルヘルスって会社を執拗に調べてて、それも調査会社まで使ってるのよね」

由香が話す調査会社の報告は譲治が笹本から聞いた内容と同じだが、ニンベンは既にサイトも拠点も変えているだろう。突き止めるのは不可能だ。

「社長はどうも社員の一人の経歴を疑っていたみたい」

「調査会社使ってまで？　余程特別な社員やな……誰か心当たりあるの？」

由香が眉間に皺を寄せて目を閉じた。

——あるんやな。

それ以上聞くのが可哀想なほど苦し気な表情だ。

「ところで由香さん。あんな大胆に侵入して、一体どうするつもりやったん？」

「あの部屋が無人なのは分かってたから、ハードディスクだけ頂くつもりで機体をバラしてたのよ。相手は非合法な連中なんだから、こちらも少々ルール違反しないと何も分かんないわよ」

譲治は呆れた、というより、由香という人間が少しずつ分かってきたからだろうか、感心してしまっている。

「持ち帰ってどうする気？」

「解析」

「解析って、どうやって？」

「解析できる人がいるのよ、あなたと同じ分野の人」

由香はローテーブルの上に出してある譲治の名刺を指でトントンと叩いたが、何かを思い出した様子である。

「私が部屋に入った時、サーバーの電源が落ちていたのよ」

譲治の顔を覗き込むように見ている。

「俺が切った」

「でも、どこから入ったの？　簡単に入れそうになかったけど」

由香は不思議そうな表情をした。

「ちゃんと玄関から」

「表ドアからって、それこそどうやって？」

由香は驚いている。

「まあ、人には色々と特技があるんや」

譲治はローテーブルに出してある円筒形のペンケースを取ろうとして痛みに顔をしか

める。由香が素早く手に取って、ファスナーを開け、中のピッキングツールの一つを手に持った。

「ふーん。映画なんかで見たことあるけど……」

珍しそうに眺めている。

「履歴書に書けない特技ね」

声が笑っていたが、由香の顔から笑顔が消え、真剣な表情になった。

「あなたも不法侵入してサーバーの電源を切ったり、見張ったり、相当深刻だと思うんだけど……事情を聞いていい？」

「姉親子がいなくなったんや」

と、言いながら、譲治は痛みで目を閉じて腰を浮かせ、ソファに座り直した。

「お子さんも？」

「ああ、九歳の姪と六歳の甥っ子」

「旦那さんは？」

「いや、母子家庭。ただ、男と同居していたらしいけど、その男も行方が分からん」

譲治は、男が田代というＩＴ企業の社員だったが、以前は高見と名乗って製材所で働いていたこと、恐らく、今はまた別の名を名乗り、どこかで生活している筈だということを話した。

「その田代や高見の身分偽造もアルカメンタルヘルスってわけ？」

「そう。調べた限りでは」

怪我を負ってまで由香を救ったからだろうか、全く譲治を疑っていないようだ。

「これが、姉親子」

譲治がテーブルからスマホを手に取り、画像を見せた。

「へぇ、お姉さん、綺麗な人ね……その田代って人の写真見せて」

「いいや、それが一切ないんや」

由香は何かに気付いたように、目を見開いたまま譲治を見た。

「どうかした？」

「そういえば……川島さんの写真も一枚もないわ……」

「それって、履歴書も、やね？」

由香はゆっくりと頷いた。その後、暫く、真剣な表情で黙っていたが、由香はさらに聞いた。

「ねぇ、サーバーの電源を切ったのは何かの作戦？」

「まぁな。中継サーバーは大抵、遠隔監視しているから、電源が落ちると、絶対に見に来るんや。連中を誘き出す手段やね。連中が来たら尾行してアジトを突き止めるつもりやった」

「えっ、じゃあ、私があなたの作戦を邪魔したってこと？」

「俺の段取りからすると、そういうこと」

由香が唇の前で合掌するように両手を合わせた。

「ごめんなさい。私……」

由香に真剣に謝られて、逆に譲治が慌てた。

「そんな、ええよ。こっちの勝手な都合で、由香さんには由香さんの都合があって、偶然バッティングしただけやん。どちらに優先権があるわけやないんやし」

譲治は思いつくままに喋ったが、一応理屈は通っている。

由香は申し訳なさそうな顔をしている。

「私、まだ分かんないんだけど、なぜ助けてくれたの？」

由香の大きな瞳が瞬きもせず、譲治を見つめている。

――そんな真剣に見られてもなぁ……。

「うーん、なんでかなぁ。自分でもよく分からんなぁ。勝手に身体が反応したんや。それに、助けになってないしな。格好悪いなぁ。ほんま、なんでやろ……」

譲治は首をひねった。

由香はその姿を見て、クスリと笑うと、その後は次々と譲治個人のことを聞いて来た。

「え？　そんないい大学を出て、大手に勤めてた人がなんでまたハッカーなの？」

「いいや。ハッカーやないって。そりゃ、ハッカーまがいの仕事もやることあるけど、フリーのソフトウェア技術者なんやて」

「でも、沖山って人からのヤバい仕事で、警察に目を付けられてるんでしょ？」

譲治は気付けば由香相手にそんなことまで喋っている。

「個人事業は営業が大変なんや。仕事を継続的にくれる沖山から頼まれると断りにくいんや。それがハッキングの仕事でも……」

譲治は由香の反応を見ながら、独り言のように言葉を継いだ。

「まぁ、由香さんには実感ないやろな」

由香は顔を左右に振り、沈んだ声で言った。

「いいえ。私にも分かるわ」

口にしてから、由香は淀んだ空気を吹き飛ばすように弾んだ声を出した。

「ところでさぁ、あなた、バイクだったの？」

ローテーブルに置かれた譲治の持ち物の中からキーホルダーを手に取った。

譲治は、由香が川島のことを聞かれて一瞬、茫然自失となってから、懸命に自分の憂鬱を払いのけようとしているのを感じている。

——由香さんは川島という社員と付き合ってたのかもしれんな。

「そうや。いつでも出せるようにミドリハイツ前の路上に停めてるんやけど」

「私で良ければ取って来てあげるわよ」

「四百やで」

「大型持ってるわよ」

「えっ、あっ、そう……、けど、ニンベンが停めっぱのバイクを怪しんで、監視してるかもしれんからなぁ」

「だったら、あなたのバイクのナンバーこそ、身元割れたりしたらマズくない？」

「その心配はないわ。調査関係の仕事用に会社がリースしたバイクなんや。沖山が懇意のリース会社やから、融通がきくんや。そこに頼んで、引き取りに行って貰うのが無難かなって思ってる」

　譲治は言いながら、先ほどから思っていたことを聞いた。

「由香さんなぁ、あの運転どこで覚えたん？　それに、大型二輪免許持ってたり」

「ああ、兄が交機の隊員なのよ」

　由香は交通機動隊に所属する兄から四輪、二輪の運転から車輛のメンテナンス、逮捕術まで仕込まれた話をした。

「なるほどなぁ。けど、大阪ナンバーの偽造プレートはマズイやろ？」

　由香は、アハッと短く笑い、

「そうね、確かに公道走るとアウトね」

　と、言いながらソファの後ろから、車のナンバープレートを取り出し、譲治に手渡した。

「それよ。パロディのオモチャなの。よく見て」

　譲治が見ると、「大阪」でなく「阪大」となったアルミ製の偽物で、裏に両面テープが貼ってあった。

「はんだいナンバーかぁ。やられたな。なら、取り外したハードディスクの解析も、警察関係者に頼むつもりやったん？」

「さすがにそれは無理ね。兄のツーリング仲間で、サイバーセキュリティのコンサルタントをやってる人が横浜にいるのよ。さっき言った、あなたと同じ分野の人。その人に頼むつもりだったわ」

由香は日常会話のように語ったが、あまりの内容の際どさに、譲治は呆気にとられた。

――沖山もそうやけど、由香さんにも別の物差しがいるわ。

「どうしたの？　キョトンとして」

「いや。もう慣れた」

「慣れた？　えっ、何、何？」

由香が笑っている。

その後、二人は一時間ほど話し込んだ。

「私、明日仕事だから、そろそろ休むわ。あなたは、ここで寝てね」

由香は言いながらソファを指差し、リビングに二つある扉の一方から出て行った。寝室に使っている部屋のようだ。譲治は両足をソファに乗せ、仰向けに身体を伸ばした。由香との会話で気持ちが和んでいる。すると扉が開いてグレーの綿パジャマに着替えた由香が入って来た。クッションと毛布を両手で抱き抱えている。

どうするつもりか、譲治が目で追っていると、譲治の寝ているソファの足元のカーペットに直接寝転び、クッションを枕に毛布を被った。

「まだ身体が不自由でしょ。ここで寝るから、用があったら起こして」

譲治は呆気にとられ、

「ああ、スマン」

ぎこちなく返事をした。

由香はリモコンで天井のLED照明を淡い常夜灯に変えるとそのまま寝てしまった。

譲治は知り合って間もない男の横で平然と寝て、既に規則正しくゆっくりとした寝息をたてている由香の顔を見下ろしていたが、間もなく引き込まれるように眠ってしまった。

翌朝、譲治は顔を撫でる温かい感触で目覚めた。目を開けると、由香が蒸らした温タオルで顔を拭いてくれていた。

由香は既にグレーに黒のストライプのスラックスに白シャツを着て、出勤用意を整えている。

顔や首筋を拭き終わると、譲治の背中の湿布を取り替えてくれた。

由香の頬の腫れは既に目立たない。体質なのかもしれない。

「もう仕事に出ちゃうけど、部屋は自由に使っててていいわよ。出て行く時は、これ」

部屋の合鍵をテーブルの上に置いた。

「外から施錠して、郵便受けに入れといて」

譲治はまだ残る背中の痛みに顔を歪めながら、座り直した。

「冷蔵庫の食材も自由に食べて。口の中の傷が痛むだろうから、昨日、スープ作って冷やしてあるわよ」

由香の言葉を聞くと、元々、食の細い譲治も猛烈に空腹を感じた。二十四時間以上何も胃に入れていない。

「有り難く」

譲治は両手を両腿に置いてペコリと頭を下げた。

由香は笑みを浮かべながら、颯爽と出て行った。

譲治は由香を見送った姿勢のままソファに座っている。由香の残り香が鼻孔を刺激し、鮮明に由香の姿を脳裏に蘇らせる。

今朝は、化粧気のない浅黒い肌に真っ白なイヤリングが女性らしさを際立たせていた。

――ピアスは開けてなさそうや。ピアスは由香さんには似合わんな。

漠然と思いを巡らせる。由香が時々見せる、暗い表情の原因は男女間のことだろうと感じている。

――川島か……どんな男なんやろ？

ボンヤリと由香のことを考える譲治の目の端に、小さな緑色の光が入って来た。ローテーブル上のスマートフォンのLEDが点滅している。

「そうやった。オキや」

この二、三日は常識的な感覚が麻痺(まひ)している。

譲治がスマートフォンの着信履歴を見ると、昨日からメール、音声通話の着信が十件ほどある。全て、沖山からだ。

譲治は渋い顔をして沖山に電話を掛けた。

呼出し音が鳴った途端に沖山が出た。

「譲治、譲治やな？」

声が大きい。

「ああ、俺や」

沖山につられて譲治の声も大きくなる。

「連絡できんほどの状況やったんか？」

「スマン、スマン。ちょっとマズいことになったが、とりあえず無事や」

「マズいこと？　何があったんや？」

譲治はサーバーに仕掛けをして見張ったところまでは、沖山との段取り通りだったと話した。

「見張ってたら、若い女が連中の部屋に窓から侵入したんや」

沖山は一呼吸置いた。

「ほう」

「その女が部屋にいる時に連中が来よったんや」

「そのタイミングはザ・ワーストや」

「そう」

「それで、どうしたんや？　まさか、イチビッて女を助けに行って、連中からカウンター喰(く)ろうたってことないやろな？」

思わず譲治は口籠(くちご)もった。沖山は見掛けに寄らず頭の回転が速いため、話を先読みして口に出してしまう。

――そんな言い方されたら、話しにくいやないか。

「まあ、そのまさかや」

「さよかぁ、女を助けに行ったんか。まぁ、行かなかった後悔より、行ってやられた方が、気が楽やろ。かなりやられたんか？」

「怪我の具合はアチコチ打撲やな。まあ女の車で何とか逃げて、今はその女のマンションに俺一人でいる」

「女の車のナンバー、連中に見られたのと違うか？」

「いや、オモチャのナンバープレート貼り付けてたみたい」

「オモチャのプレート？　その女の運転のテクはどうやった？　相当あるんとちゃうか？」

「そう言われると、コーナー曲がる時逆ハン切ったり、サイド引いたりしたような……」

譲治は二輪は詳しいが四輪は街乗りの運転くらいしか経験がない。

「その女、なんでそんな危ない橋渡ったんや？」

沖山には由香から聞いた、身辺の失踪者を捜すうちに、譲治と同じマンションに行き着いた、という事情を話した。

ふーん、という沖山の声は、頭の中で女の正体について色々と頭のカタログを繰っている様子だ。

「一体、その女何もんやねん？」

「会社員らしいけど」

「ほんまかいな。どこの？」

「神戸のグレース不動産って会社の社員らしい」

沖山が黙った。今度は、沖山の頭の会社一覧を検索している。

「おお、聞いたことあるわ」

沖山のカタログにヒットしたようだ。

「神戸のグレース不動産ってリゾートマンションや別荘扱って、羽振りのええ会社や。顧客は法人相手やったと思う。結構堅い商売やな」

「嘘吐くような女やなさそうやけど」

「そりゃそうや。化けの皮被る奴はグレース不動産なんて地味な会社名出さんわ。シュールや」

譲治には、何がシュールなのか、分からない。

「ところで、そこの住所はどこなんや？」

沖山に聞かれて、自分がどこの町に居るのか知らないことに気付いた。

「ちょっと、待ってくれ」

グルリと部屋を見渡すと、テレビラックの端に郵便物が置いてある。傷の痛みに耐えながらソファから立ち上がった。二本足で立ったのは久し振りのような気がする。

郵便物は、銀行、車ディーラー、保険会社からの由香宛の封書である。宛先を見た。

「住所は芦屋市岩園町ってなってるな」

「えっ、芦屋の山手かいな。めっちゃええ所や。六麓荘の少し南や。ところでどうしましょ？　車で迎えに行こか？」

——このまま、置手紙して撤退する方がええやろか？

譲治は少し考えた。

「いや……まだ、動くのが辛いんや」

沖山は、ふーん、と鼻白んだような声を出した。

「別嬪か？」

笑いをふくんだ声だ。

「何のことや？」

「その部屋の主はお美しいおなごはんですか？　って聞いてるんや」

ちっ、内心を見透かされたのが悔しい。

「まぁ、そうや」

譲治は開き直って憮然としている。

「松竹梅のどれや？」

こういう話になると沖山は露骨に乗って来る。

「松や」

「松の上中下のどれや？」

——コイツ、本気で聞いてるわ。

「上や」

こう答えたら沖山も喜ぶ。

「松の上かいな。ほんなら迎えに行かへんから、そこでゆっくり養生させて貰いや。まぁ、張り込み失敗やったけど、お土産ありということや」

またゆっくり拝ませて貰うわ、沖山は電話を切ろうとした。

「ちょっと待って、待って」

譲治は沖山を引き留め、マセラティのナンバーを調べるように伝えた。

「テンプラナンバーっぽいけど、まあ調べとくわ」

返事と同時に「ほんじゃねぇ」と四十男とは思えない軽々しさで電話を切った。

沖山との会話が終わって、譲治は自分の顔が笑っていることに気付いた。いつものことながら、沖山の軽薄とも言える無邪気さと優しさに癒される。

結局、由香のマンションには三日間居候し、四日目の夜に由香の車で譲治の部屋まで送って貰った。

車を降りた所で、一人で歩けるからここでええよ、と譲治が言うのも聞こえなかったように由香も車を降りて、譲治の隣に立った。

「さぁ、私の肩を摑んで」

譲治の手首を摑んで自分の肩に乗せた。

「ええの？　甘えるけど」

もう既に由香のペースに従う習慣が付いてしまっている。

久し振りに自室に戻り、馴染んだ椅子に腰掛けると予想もしなかったくらい、安堵感が胸に広がった。由香の部屋では、無意識のうちに緊張していたのだろう。由香は譲治を介添えしながら部屋の中に上がり込んでいる。

譲治を座らせると無遠慮に部屋を見回した。

「女ッ気どころか、家具もほとんどないのね」

譲治は吹き出しそうになった。

――あんたが言えた義理か？

譲治がニヤニヤした笑いの意味を感じたのか、

「身の周りが簡素なのはお互いよね」

そう言いながら、冷蔵庫を開けた。

「空っぽじゃない。食事どうするのよ？」

「ピザの配達くらいかな？　後、一週間もしたら、自分で買い物もできるやろうし、何とかなるわ」

「その一週間で、それ以上痩せたら死んじゃうわよ。ちょっと待ってて」

言い残して、由香は部屋を出て行った。時刻は午後の八時を回っている。

――ちょっと、ってこんな時間に？

由香を気にしながら、譲治は久し振りにPCを立ち上げ、メールをチェックした。留守中に数十件のメールが入っていた。過去手掛けた案件への技術的な問い合わせがほとんどであるが、沖山から今日の昼に一件入っていた。例のマセラティのナンバー調査であったが、既に廃車されているナンバーであった。これでニンベンのルートを辿る見込みがなくなってしまった。気を取り直して、技術的な問い合わせに返事を打ち出した。

玄関の扉の開く音が聞こえ、「遅くなってごめん」由香が帰ってきた。

時計を見ると、九時前だ。返事を打っているうちに没頭してしまった。由香も小一時間ほど買い物していたことになる。由香が肩でリビングのドアを開けて入って来た。

両手には、ここから車で数分の深夜まで営業している大型スーパーの買い物袋を提げている。機転が利く由香のことだから、譲治を送る途中に気付いていたのかもしれない。

「それは？」

譲治が両手の袋を指差した。

「差し入れよ」

「そんなの悪いわ。なんぼ？　払うわ」

「いいって」

由香は既に、買って来た食料を冷蔵庫に移している。

手際よく移し終えると、スーパーとは別の袋を手に持って作業台の椅子に座り、袋から中身を出した。

「冷湿布と絆創膏ね。それと、このチューブが経皮消炎剤。これ効くわよ」

ドラッグストアにも寄って、薬品を買っていた。

「軟膏？　背中は手が届かんなぁ」

「じゃあ、私が来てあげるわよ。会社の帰りに寄るわ」

言いながら立ち上がり冷蔵庫の扉を開け、先ほど詰め込んだ食品を手に取っている。

「口の中は大分良さそうだけど、今夜は何にする？　パスタとクリームシチューでいいかしら？　冷凍品だけど」

その夜は二人で食事をして、由香は十二時前に帰って行った。

ニンベンとの接点は切れてしまったが、譲治の由香との新しい接点が繋がった。

——二〇一八年九月三日　午後二時

電車の車窓に昼下がりの瀟洒な住宅街の風景が広がっている。由香は車両両側の長いベンチシートの中央に腰掛けている。

乗客はまばらで、向かいのシートに座る乗客の間も一人以上の間隔が空いている。

今日は宝塚市の建設会社に、その会社が建てたデザイナーズマンションの代理販売の件で打ち合わせに行く途中である。

由香は組んだ脚の上にショルダーバッグを置き、クリアケースに挟んだプリントを取り出した。今日の昼前、急遽全社員に配布された社内通知である。目を通そうとするが背後の窓から差し込む強烈な光が紙面で真っ白に反射し、上部のタイトルは読めるが、本文の文字は見えない。由香はそのまま視線を上げ、向かいの窓をボンヤリ眺めた。線路沿いの木々は桜が多い。春先は淡いピンクの空間を走り抜けるのだろう。

しばらく景色を眺めた後、由香は社内通知に目を戻し、日差しを避けるように少し立て、文面を読んだ。

今日の本社には早朝から役員や部長クラス数名が集まり、緊急会議を行っていた。社長の親族から行方不明者届が出されたことで、役員二名が行方不明であると断定し、不明の役員の持ち株や役員人事などについて顧問弁護士を交えて会社として法的措置が明日、話し合われることに決まった。本社に社長代理の役員が常駐し、孝之の業務代行として由香を含めて二名が本社に異動になった。

そのことがA4サイズの用紙一枚に簡潔に書かれている。

読むまでもなく、内容は頭に入っているのに、どうしても文字を追ってしまう。

「村岡代表取締役と川島執行役員が行方不明となり、当社としては……」

――川島執行役員が行方不明……。

由香にとって孝之が突然失踪した事実は、真っ白な壁に付いた一点の黒ペンキと同じで、些細なきっかけで、あの夜のことをどうしても思い起こしてしまう。

岬の公園で思わず孝之を拒絶してしまった。あの夜以来、顔を合わせることがないまま孝之は消えた。そのことを考えるたび、心臓をギュッと摑まれた気持ちになる。

由香はゆっくりと吐息をつくと、また視線を上げた。

この電車は各駅に停車する。今停車した駅で幼子を抱いた若い母親と、この残暑の中、ピシッと上下スーツを着込んだ会社員風の男性が乗って来た。

乗って来る乗客は火照った顔で、熱気の塊から逃げるように入って来る。きっと、車両内の冷気を期待して乗り込んでいるのだろうが、あいにく各駅で停車する都度冷気は逃げ、変わりに外気が入り込み車内はそれほど冷えない。

扉が閉まって発車した。

若い母親は自分の汗も拭かずに子供の顔にガーゼを当てている。

一方、会社員は由香の丁度向かいに座り、顔を歪めハンカチで汗を拭いている。由香は何気なく観察した。髪型と真新しい革靴からして、

――きっとサラリーマンの新人君ね。

汗を拭きながら、自分の脇に置いた手提げカバンから本を取り出し、読み出した。新人君の読んでいる本の背表紙には「人間関係を円滑にする会話術」とある。

由香は人間関係の作り方までがマニュアル本になり、またそれを必要とする人が存在することがどうも納得できない。

眉間に皺を寄せてマニュアル本を睨む新人君をぼんやり眺めていると、頭の奥の方で孝之との会話が聞こえて来る。孝之の会話は洗練されていた。相手の気持ちを汲み取り、感情が先走ることがなく、滑舌も良い上、話す内容には必ず合理性があった。それは、会話が想定されているかの如く。

――想定……か。

想定という単語から連想が始まり、由香の耳に孝之の声に代わって譲治の関西弁が聞こえて来た。

「デジタル考課というやつは、扱うデータは全て想定範囲内のデジタル値なんや。人事考課をデジタル処理するには、会社中、マニュアルや手順書で溢れることになるんや」

譲治を自宅に送って以来毎日、仕事帰りに譲治の部屋に寄っては、洗濯し、掃除し、夕食を作り、二人で食事し、他愛ない会話をしては、深夜に自分のマンションに戻って

いる。譲治が回復するまでのつもりだったが、かなりよくなった今でも続いている。昨夜も遅くまで話し込んでしまった。

「なぜそんな沢山のマニュアルや手順書が要るの？」

昨夜は由香が以前から疑問に思っていた、なぜ譲治が会社を辞めたのか、から夜話が始まった。

「会社が人事考課に、デジタル考課システムを採用したからなんやけど……。デジタル考課に適合できる人達と、俺自身が相容れなかったともいえるかな？　まぁ、アホな上司が劣悪な性能の頭で考課するより、高性能なコンピューターに任せた方がええのかもな……」

譲治が他人事のように話す様子には、無力感が滲んでいる。

——きっと譲治さんは会社の方針に抵抗したんだわ。そして、諦めたのね。

実は由香もデジタル考課の仕組みは知っている。孝之が全社のオンライン化に続いて導入しようとしたのが、デジタル考課システムであった。その是非について、社員の間でも賛否両論あり、推進派は勉強会を開いてはデジタル考課の長所をアピールしたのだが、村岡や津山等の猛反対があって、結局導入は見送りになった。

導入見送りが決まった後も、孝之は特に残念がる様子もなく、啓蒙を兼ねて考課の一部でもデジタル化してスモールスタートから再提案しないとね、と屈託なく笑っていた。

「考課をコンピューターで行うには、データを全てデジタル化する必要があるんやけど、作成する資料の種類毎にどうしても作成ツールが分かれてしまうんや。そのツール経由でないと社内文書一つ作れないことになるわけ。ま、当然マニュアルや手順書が増えることになるな」

「デジタル考課には反対なのね」

譲治の口調から由香は感じたままを言ったのだが、譲治の反応は違った。

「うーん、そういうわけでもない」

由香は、譲治の考えが理解できないように首を傾げた。

「要は考課性能次第かな？」

「考課性能？」

「そう、性能。コンピューターが全ての分野で正確な考課をしてくれるんやったら問題ないんやけど、コンピューターも得手不得手があるんや」

「だったら、コンピューターが不得手な分野は、人がフォローすればいいじゃない？」

「その通りや。それができたら、なんやけど」

「駄目なの？」

「考課は全てコンピューターがリアルタイムに行って、社員はその結果から逐次改善するんや。人が介在するようなボトルネックは作るわけにはいかんやろなぁ」

「ふーん。そんなものかしら？」

譲治は由香が納得していないことを感じ取ったようで、申し訳なさそうに少し微笑んで窓の外に視線を向けた。その横顔を由香が見つめている。

――なぜそんなに悲し気なの？

視線の先に退職当時の辛い思い出が映っているのだろうか？　いや、違う。譲治が時々漂わせる悲哀は、会社を辞めたことを譲治の姉がとても悲しんだこと、そして、その姉が行方不明になったことに対してだろう。田代と高見の先に彼の姉親子が居るはずだ。

譲治は口には出さないが、その確信が揺らいでいる。由香は自分の胸までもが息苦しくなった。それほど、譲治が由香の内側で大きくなっている。

列車が大きく揺れ、由香は我に返った。目の前では、相変わらず青年がマニュアルを読んでいる。譲治のことを考えたからだろう。目の前の新人君に心の中で優しく語り掛けた。

――君がその本を読み終わる頃、マニュアルでは円滑な会話はできないことが分かるわ。でもいいのよ。マニュアルを読んでまで、人と会話したい気持ちがあれば、きっとできるから。

――二〇一九年一月二八日　午後一時

十七階から一望する京都市郊外の街並みはプラモデルだ。

緑の木々の間からグレーや白い角材のようなビルが垣間見える。東西に延びる線路、それに並行する国道は不自然なほど真直ぐである。

行き来する人の姿は小さな点に過ぎず、性別、服装、身長の差異は誤差でしかない。

男は窓際に立って飽くことなく眺めていたが、我に返ると席に着き、ネクタイの結びを直すと背筋を伸ばした。

日本でも有数のロボットメーカーである安浦電機は、その発祥の地である福岡県以外に京都市南郊の広大な敷地に事業本部ビルと工場を構えている。

男は安浦電機のキャリア募集に応募し、今日はその二次面接であった。

案内されたのは十七階の会議室であるが、一次面接の小部屋と違って、重役が使う会議室のようだ。

長方形の会議室中央に木目調の会議机があり、入り口側右手と奥の左手側に十名分のレザー張りの椅子が配置されている。男は扉に近い右手の席に腰掛けている。

コンコン、と扉がノックされた。

「お待たせしました」

頭を下げながら、五十代の男性が入って来た。人事部長の白川である。一次面接で面識がある。その背後に、女性一名、男性三名が続いた。二次面接はこの五名で行うようだ。

男も起立して礼をした。

白川から、面接官をそれぞれ紹介された。いずれも、技術系の管理職、開発リーダークラスの現役技術者達で、実務面から査定する意図だろう。

「お座り下さい」

白川が男に左手中央の席をすすめ、面接が始まった。

着席するなり女性が口を開いた。特機開発部長という肩書きから、オーダーメイドロボットの開発を行う部署の部門長だと分かる。

質問内容は、

「水泳をされるんですか？」

男は技術的な質問を予想していたのだが、あっさり外れ、内心苦笑した。女性の目が男のバッグからのぞいているストラップを見ている。スイミング用具メーカーの製品だ。

「そうですね。ジムで週二回は泳いでます……」

一次面接でも同じことを聞かれたことなどおくびにも出さず、練習した通り、軽く顎(あご)のガーゼを押さえながら羞恥(しゅうち)の表情を作った。

「まぁ、週二回も。スポーツマンでいらっしゃるんですね」

その話し方がまるで子供の保護者会に来た親同士の会話のようであった。

面接官は全員、男の経歴や業務実績を要約した資料を持っている。白川が資料を捲(めく)りながら言った。

「確か、土居邦彦(どいくにひこ)さんは……」

　──そうそう僕は「土居邦彦」だったな。どい、って響きは中々慣れないなぁ。

「運動部で水泳部に入っておられたのですね？」

「高校までです。大学では実験が忙しくて、体育会には入りませんでした」

　実験という言葉に、規格品ロボット開発の技術部長が興味を示した。

「土居さんの専攻は？」

　資料を捲っている。

「工学部電子工学科です」

「学位論文のテーマなど、よければ教えて頂けますか？」

「卒論ですが、デジタル信号処理です。アルゴリズムとＤＳＰ回路ばかり研究してました」

「ほう、アルゴリズムと回路ですか……ソフト、ハード両方ですな……」

　技術部長は本当に感心したのだろう。独り言のようで声が小さい。

「ちょっとよろしいですか？」

　入り口近くに座っている一番若手の男性だ。確か、電機設計を担当していると紹介されたが、痩身に縁なし眼鏡を掛けた、いかにも切れ者という感じがする。

「二次面接に進んだ方々の中で、土居さんの職歴が秀逸なんですよね。それに、業務実績に関しては、マイコン制御から始められて、シーケンス制御まで経験されているんですが、これほど幅広い分野をご経験されるのは、その時、お勤めだった会社方針かご自身の意図があったのですか？」

他の面接官も同じ思いらしく、興味深く聞いている。

技術面に関しては、作り話でなく、本当のことを言えば良い。

「自分の意思です。シーケンサと言っても内部はマイコンですから、言語としてラダーをマスターするだけです。電気図面も電子回路が基礎ですので、思い切って実務を経験するか、しないか、の選択でした」

「なるほど、その意思を社としても業務として認めた、ということですね」

「そうです。当然、社に対して責任も負うことになりますが……」

痩身の男性は満足した様子だ。

学歴、職歴に関しては、全く心配していない。最初のハードルで躓かないように、今回の経歴には大枚をはたいている。男は自分の技術力には相当に自信を持っている。実際、実力がなければ雇用されて実務を始めた途端にボロが出て破綻する。それくらいの覚悟でないと、他人の経歴を買ったりはしない。

――ふん。たかが紙切れじゃないか。学歴と実力は比例しないんだよ。その紙切れに、本当らしく裏付けするなんてデジタル世界では金さえ積めば簡単にできるのさ。

男は薄っすら笑みを浮かべている。

安浦電機クラスの企業で、それもキャリア採用となると、相当高学歴でハイレベルな実務経験が必要である。

そうでなければ一次面接にも行きつかない。いくら実力があっても書類審査の段階で弾かれるのが常である。その後、面接官達は個々に技術的な質問をして来たが、男は相手の立場と専門に合わせて回答をした。技術レベルでは、男の方が面接官達より相当高いと、双方感じ取っていた。

面接の最後には一番年配の無人化工場推進部長から、実は今、英国製CPUコアを使って開発した新規基板のブートが安定しないのだが、解決策は知らないか？　と、現実の業務について相談されてしまった。

「ははは、どこでも同じ問題を抱えてるんですね。私も以前、同じCPUコアのブート障害で悩みましたよ。私の場合は、コンパイラは費用面からGCCを使っていましたが、英国から取り寄せた純正コンパイラに変更することで解決できました」

「なるほどねぇ……純正コンパイラか。それは、まだ試してないなぁ。費用はどれくらいでした？」

何でも知ってることを話して知識をひけらかすのは得策ではない。特にコンプライアンスに関係しそうな内容はハッキリと断った。

「残念ながら仕切りまでは申せませんが、定価で数十万です」

当の部長は自身の手帳に書き留めている。

気付くと、面接時間は予定を大幅に超過していた。その頃には、面接というより仕事の談話状態で、皆和やかな表情で話している。

——採用、決まったな。

男は確信しながらも、

——土居邦彦。土居邦彦。土居邦彦。

自分に言い聞かせるように念じた。

——二〇一九年八月一〇日　午後二時

「ママぁ、見て見てぇ」

真奈美がブランコの吊りチェーンから両手を離している。

「駄目！　駄目よ。マナちゃん手を離しちゃ」

明子は思わず叫んだ。

「邦彦さん、あまり強く押さないで」

真奈美の背後で、邦彦が親指を立てた右手を上げた。

「おじちゃん。もっと、高くしてぇ」

真奈美の声が甲高い。

——マナったらあんなに興奮して。

ほとんど水平になるくらいブランコが前後に揺れている。

男性でないとあそこまでブランコを揺らすことは難しい。仮に何か事故があっても、俊敏な邦彦なら身を挺して真奈美を庇ってくれるだろう。

「ははは、マナちゃんはチャレンジャーだなぁ。でもねぇママが心配してるから、これより高くは駄目だよ」

「えー？　つまんなぁい。じゃぁシーソーしよ！」

真奈美がブランコの揺れに沿って飛んだ。

――ああ、そんな危ないこと。

明子は声にならない声を上げた。

明子の心配を他所に真奈美は器用に着地すると、ブランコ周囲の柵を潜って、シーソーに向かって走り出した。

邦彦が軽々と柵を飛び越え後を追う。

過去のどの男と比べても、ここまで真奈美が懐いたのは邦彦が初めてだった。

――彼と一緒に暮らしてから、益々、マナは活発になるわ。

明子は楽しそうにシーソーに跨る二人を見ている。邦彦に出会って、やっと自分に巡って来た幸せに身を委ねたいのだが、ふと、過去の繰り返しになる不安が過る。

明子が邦彦と出会ったのは、今年の春先のことである。毎週水曜日は仕事の帰りにスーパーに寄って食材、雑貨の買い物をする。その日も、いつも通り買い物を済ませ、駐車場に停めている車に戻ろうと自動扉を出たら、あいにく外は雨が降っていた。トートバッグには折り畳み傘を常備している。片手を突っ込んで手探りしたが傘が手に触れない。

――あら？

バッグを覗き込んだが、見当たらない。職場に忘れて来たのかもしれない。諦めて、雨の中を車まで走ったらどの程度濡れるか、雨を観察した。俄雨らしく、滝のようにボタボタと水の塊が路面に当たっているのを見て一瞬躊躇したが、保育所で明子の迎えを待っている真奈美の心細そうな顔が、雨の中を車まで走る気持ちにさせた。

明子は雨の中に踏み出した。が、一歩、二歩進んでも、雨が当たらず、頭上でバンバンと雨音がしている。振り向くと、背後から背の高い男性が傘を差し掛けてくれていた。それが明子と邦彦との最初の接点である。見上げて男性の横顔を見た時、その男性を知っていることに明子は気付いた。

男性は一か月ほど前から、毎週水曜日の仕事帰りの同じ時間帯にこのスーパーで見掛けるようになった。長身、細身、端整な顔立ちで軽そうなイタリアンスーツを着て、買い物カゴを下げていると、嫌でも目立つ。年齢は三十代半ばに見える。

明子は男漁りをしているわけではないが、どうしても独身らしい男性をつい観察してしまう。その男性は気になる存在であった。

今、明子の内心を見透かされたように唐突に男性の方から接近して来たのだ。

「あの……」

「気にしないで。で、どの車です？」

——えっ？　どうして、車で来てるって分かるの？

明子は怪訝に思ったが、買い物袋を持つ手に、車のキーホルダーを握っていることを思い出した。

「あの入り口の白い車です」

指差しただけで、右手の肘から先がすぐにぐっしょり濡れるほどの雨だ。

男性と一つの傘に入るのは何年ぶりだろうか？　明子は心拍が速くなるのを感じた。

傘は腰から上は雨を防げても、足元が濡れるのはどうしようもなく、明子は俯いて路面を見ながら歩いた。

「ふふふふ」

不意に男性が笑った。

「えっ、何か？」

明子は驚いて、男性を見上げた。

「ああ、ごめんごめん。いや、何ていうか、あなたが足元を気にしてるのを見てね。傘だけは中世から原理も形も進化してないんだなって」

「はあ……言われると、そうですよね……傘が普及したのは中世なんですか？」

「畳める和傘は安土桃山時代だったかなぁ。火星に探査機を飛ばしても、傘の進化がほとんどないっていうギャップが面白いんですよ」

——変わった人。

しかし、下心もなしでそんなことを真剣に考えていた無邪気さに新鮮味を感じる。

明子は後部座席に買い物袋を置き、運転席に乗り込んだ。その間も男性は明子の動きに合わせて付いて来てくれる。

「ありがとうございました。助かりました」

運転席の窓を雨が吹き込まない程度に開けて礼を言いながら、男性の顔をよく見ようとした。が、男性は既に明子に背を見せ、出口に向かって歩き出していた。

「それじゃ」

背中越しに声が聞こえる。

——これっきりでいいの？

自問するが、次の行動に移すだけの勇気がない。習慣的にエンジンを掛け、遠ざかる男性の背中を見送っていると、あることに気付いた。男性の傘を持つ右手と反対側の左半分が黒く雨で濡れていた。瞬間、明子には分かった。

明子に傘を差し掛けたために、自分が濡れたのだ。明子は、そんなことに思いも至らず、自分の足元だけを気にしていたのだ。

明子は、カッと胸が熱くなると同時に車を発進させ、徐行しながら男性の横に寄せると、雨の吹き込むのも構わず運転席の窓を下まで下げた。

「乗って行きません？」

明子に振り向けた男性の驚いた表情を見ると、明子が誘うことなど想像もしていなかったようだ。

「いえ、大丈夫ですよ」

歩を止めずに柔らかい笑顔を返して来た。

「白石町の託児所まで娘を迎えに行くんですけど。どちらまで？」

男性が立ち止まった。

「白石町？　じゃあ、娘さんは『つばめ保育園』？」

「ご存じ？」

「そっかぁ。僕のマンション、その近くなんですよ。じゃあ、甘えようかな」

「先に娘を迎えに行きますけど」

それには男性は笑顔で頷いた。

明子はドアロックを解除し、さり気なく男性を観察していたが、男性は当然のように後部座席の左側に乗り込んだ。この男性は明子のチェックリストに次々と合格している。

明子は満足して車を出した。時刻は午後六時三十分を少し回っている。

ルームミラーに映る男性は、静かに外の景色を見ている。明子は車の運転という作業があるため、黙ってそれに専念するのが自然なのだが、この男性に好意を抱いて良いのかを確認したいという欲求が喉のすぐ下に湧き上がっている。

「単身赴任ですか？」

明子は唐突に聞いてしまった。男性は外の景色に目を向けたままだ。

「いいえ。僕、独り者なんですよ。最近こちらに引越して来たばっかりで地元のことも知らないんです」

「お独りなんですか。私てっきり……」

　妻帯者だと思ってました、とまでは言わなかった。

――いくつなのだろう？　三十五歳くらいかしら。だったら、私と同い年なんだけど。

明子の理想は、同い年か、二、三歳上であった。見透かしたように男性が名乗った。

「あっ、僕、土居邦彦って言います。若く見られるんですが、三十八です」

――やだ。心の声が聞こえたわけじゃないわよね。

「私、ヤマツキです。ヤマツキアキコ」

「ヤマツキ？　どんな字を書くんです？」

「珍しいでしょ。でも、単純に山のお月さん。その明るい子の明子です」

邦彦はしばらく、下を向いて考えごとをした様子だった。

「山月（やまつき）さん、ご主人が電機メーカーにお勤めってことないですか？」

「どうして？」

「電機業界誌の会員に山月って男性会員がいるんですよ。名簿には読み仮名がないから、どう読むんだろうって気になってて。サンゲツかな？　なんて」

明子は思わず吹き出しそうになった。

「サンゲツ？　どうして？」

「中島敦（なかじまあつし）って小説家に『山月記（さんげつき）』って作品があるんですけど、氏名で音読みは珍しいし、もしかしてって」

傘の話や、苗字（みょうじ）の話にしても、端々に教養とこの男性の純粋な人柄が垣間（かいま）見える。

「うちは母子家庭です」

明子は時々、チラッとルームミラーで土居を見ていたが、母子家庭、と聞いた瞬間に土居が顔を上げ、ミラーごしに明子と目が合った。狭い車内で二人の心の距離が一気に縮まった。

お互い独身だと分かった途端、明子は自分でコントロールできないくらい、堰（せき）を切ったように、質問していた。関西訛（なま）りがないけど、御出身は？　電機業界誌を読まれているということは、お仕事は技術職ですか？　転勤でなくて、こちらに越してこられた理由は？

「ヘッドハントとかじゃなくて、転職を？」

「そう。四十を前にして冒険だったけど思い切って安浦電機のキャリア募集に応じてね」

「えっ、安浦電機？　一流企業じゃないですか。エリートなんですね。転職の理由、聞いてもいいですか？」

「ロボットはやりたい分野だったから」

邦彦の返事は素っ気ないくらいに単純であったが、明子は、それだけ邦彦が純粋に技術者であると感じた。

子供の保育園までの二十分で、次に会うきっかけが欲しかった。

「コンピューターが専門なんですね」

「大学は電子工学でしたけど」

「じゃあ、ワイファイなんかも詳しいんですか？」

「無線LANは仕事で使ってますから。何かお困りですか？」

「知り合いから、ワイファイの何かの装置を貰ったんです。それを使うと一々ノートパソコンにケーブルを繋がなくても、ネットに繋がるって。でも、装置だけ貰って、マニュアルも何もなしなんで、設定が分かんなくて……」

「ワイファイルーターですね。メーカーはどこですか？」

「頭文字がB何とか、だったような……日本製です」

「ああ、『BUFFALO』ね。PC周辺機器の専門メーカーですよ。じゃぁ、物は安心だな」

そこまで言って邦彦は黙った。明子も黙って運転しているが、内心焦れていた。

――ねぇ、お願い。うちに来て、装置のセッティングしましょうか？　って言って。

赤信号で停まった。次の信号を左折した所が、娘の保育園である。邦彦が切り出さなければ、自分から、自宅に来るように仕向ける覚悟である。

信号が変わった。車を発進させる。左折する交差点が近付く。明子は意を決して、

――お時間のある時に、うちへ来てセッティングして貰えません？　お礼に夕食を一

緒にいかがです？」

と、言おうとした時、先に邦彦が話し出した。

「よければ、僕がお宅に行ってルーターの設定しましょうか？」

こんなことってあるだろうか？　初対面なのに、邦彦は明子の要望を次々叶えてくれる。

「いいんですか？」

「ここに、名刺を置いておきますね。都合の良い日時が分かったら、会社に連絡下さい。電話なら僕の部署直通なんで、『土居』で呼び出して貰えれば」

邦彦は後部座席から手を伸ばして、助手席シートに名刺を置いた。

「私用メールや電話ってマズくないですか？」

「かかって来る分には全然オーケーです」

明子は左手で名刺を拾い上げるとバッグに仕舞いながら、邦彦が連絡先に個人携帯番号でなく、会社の名刺を差し出したことで邦彦の会話が全て真実だと確信した。

「次の日曜日にお願いしようと思います。メールか電話させて貰いますね」

明子は忘れかけていた胸の高鳴りを感じていた。


その日の午後七時三十分。

邦彦はキッチンテーブルの上にスーパーの買い物袋を置いた。袋に付いた雨粒が飛び散り、テーブルの上に水玉が転がった。木製の椅子にドスンと腰掛け、脚を組み背凭れに上半身を預けた。椅子がギシギシと悲鳴のように軋む。すぐに止むだろうと思っていた雨は益々強くなり、窓を通して雨音が聞こえて来る。雨音は気分を憂鬱にする。邦彦はスマートフォンを操作し、スタン・ゲッツのボサノバを再生した。

雨に濡れたスラックスが不快であったが、しばらくその姿勢でサックスの音色を聞きながら、通勤バッグのファスナーを開け、中から折り畳み傘を取り出し、手に取ってゆっくりと眺めた。オレンジ色の女性物であった。

——今日は全て上手く行った。

邦彦はまるで幾何の証明問題が解けたような達成感を感じていた。今日は自分の想定通りことが運んだ。傘はその戦利品である。二か月前に安浦電機の採用が決まり、この単身者用マンションに入居すると同時に、SNSで知り合った元生保会社の社員だったという女から顧客情報を購入し、近隣の母子家庭を調べ出した。そこから絞り込み、全ての条件に合致したのが山月母子である。山月母子の自宅は、隣町の一戸建てで、ここから一キロも離れていない。

母親の明子が臨床検査技師として地元の総合病院に常勤し、毎週水曜日、自宅と病院の途中にある大型スーパーで買い物をすることも、マイカー通勤し、車は白のハイブリッド車であることも調べてある。邦彦は何とか明子と接触する機会を狙って、水曜日はスーパーに行っていた。

今日、邦彦は仕事を終えて、明子が現れる時刻の三十分前にはスーパーに到着し、明子を待った。スーパーに入る直前、重たく湿気の多い風を頰に受けて雨の気配を感じた。

今日のキーワードは、

――雨、傘、車。

明子を待つ間、邦彦は買い物カゴを提げて店内を歩き回りながら、今日の条件に合うキーワードを組み合わせて明子と接触するシナリオを考えた。待つほどもなく、いつも通り明子が入って来た。

黒縁の眼鏡、肩には通勤用のトートバッグを掛け、白のゆったりしたブラウスに暖かそうなチャコールグレーの上着を羽織り、濃紺のタイトスカートからは膝下(ひざした)がすらりと伸び、足元の黒いヒールが全体を引き締めている。

隙のない服装だ。邦彦の観察によれば、明子も邦彦を意識しているはずだった。今日も明子は店内に入るなり、カートを押しながら周囲をキョロキョロと見渡している。その視線は商品の吟味でなく、人捜しである。邦彦を見つけたことで安心したのか、明子の視線は落ち着いた。

一方、邦彦は明子を観察していることを決して気付かせないように、明子を直視することや、接点を求めて深追いすることは避けている。いつも、視界の片隅に明子を捕捉している。

邦彦が今回演じる人柄は、仕事以外にはこだわりのない、純真な技術者を予定している。赤の他人である明子を目で追って、ましてや視線が合うことは避ける必要があった。

邦彦は買い物をする振りをしながら、明子の数メートル後方を歩いた。店内はかなり混んでいて、もう少し接近しても気付かれることはないが、きっかけを作ることは難しい。

今、明子は精肉売り場で牛肉のトレーを手に取っている。人目も多く、ここでは接近できない。牛肉のトレーをカートに入れると、陳列棚に挟まれた通路に入って行った。邦彦は足早に後を追った。通路の端まで行くと、そこは調味料売り場である。明子は屈(かが)み込むようにして低い棚に並べてあるオリーブオイルのボトルを手に取っている。通路には明子一人であった。邦彦は液体調味料の向かいの棚に並べられた香辛料を見ながら目の隅で観察していると、明子が屈むことでトートバッグの口が拡がり、バッグから赤っぽい物体が今にも落ちそうになった。それが折り畳み傘だと気付いた時、邦彦は閃(ひらめ)いた。

邦彦はコショウやバジルの小瓶を見ながら、明子にさり気なく近付いた。

「失礼」

明子の背後を通り抜ける時、明子のバッグから素早く傘を抜き取り、自分の買い物カゴの底に滑り込ませた。明子は気付かず、オリーブオイルの沈殿具合を真剣に見ている。邦彦の表情は平静そのものであるが、口から心臓が飛び出そうなくらい鼓動が激しい。そのまま通路を抜けると、レジで支払いを済ませ店外に出た。屋内では気付かなかったが、外は雨が降り出していた。シナリオ通り！　邦彦は思わず高笑いしそうになった。明子の車が見える場所で雨を避けながら明子を待った。


同じ日の深夜。

明子は自宅二階の居間で邦彦の名刺を手に取って見ている。隣の部屋では、畳に敷いた二組の布団の一方で娘の真奈美がスヤスヤと寝入っている。

明子はパジャマ姿で絨毯に座り、ローテーブルに肘を突いて顎を支え、もう一方の手で名刺を持って、今日の邦彦との出会いを思い起こしていた。

今まで、何人かの男と生活を共にして来たが、どの男も酷かった。ギャンブル、酒、薬、そして、ＤＶ。

――母親に似て男を見る目がないのかしら……。

男に警戒感を強く持っていたところへ現れた邦彦は、明子にとって申し分なかった。今もその時の動悸が治まらず、寝付けない。夢かもしれない。不安に駆られて気付けば、邦彦の名刺を取り出して眺めている。名刺という実体を手に取ることで、自分に訪れた幸福を実感できた。次の休みには絶対に自宅に招くつもりでいる。

明子の気持ちが落ち着いた時、窓を雨の塊が叩いた。風雨共に強くなっている。明子は窓の外の真っ暗な空間をジッと見つめた。

少女はブランコに乗っている。年齢は七、八歳だろうか。白のポロシャツ、グレーの両肩紐スカートに素足にズック靴を履いている。全て安い既製品で、よく見ると縫い目は綻び、染みや汚れでみすぼらしい。ブランコを漕ぐでもなく、ただ座ってブラブラ揺れている。

北九州の工場地帯。周囲は川の堤防から一段下がった広い土地で、公営の格安平屋の戸建てが十数軒立ち並んだ集落である。家々の間の道は未舗装で風の日は土埃が舞い、雨が降れば泥濘になる。まだトイレが水洗化されていないため臭気抜き用の煙突が各家に立っている。

その集落の空き地にブランコだけがあった。

少女の家は空き地の向かいの一軒屋で、母親と二人で暮らしている。父親は少女が物心ついた時にはいなかった。顔も知らない。以来、母親には何人もの男の出入りがある。今も男が家にやって来ている。男の着ている服からこの川の下流にある工場地帯のどこかの作業員のようだが、どこの工場かは少女には分からない。昨日は、別の服を着た男が来ていた。男が来ると少女は黙って家を出て、このブランコに乗り、男が出て行くのを待つ。

少女がブランコで揺られていると、ポツリと雨粒が腕に落ちて来た。大人しそうな少女がその時だけ、キッと空を見上げて睨んだ。少女にとってブランコに揺られている時に降る雨は空の嫌がらせ以外の何物でもなかったが、そんな少女の気持ちを無視して、一気にザーと降り出した。

少女はずぶ濡れになっても雨の中で、ジッとブランコに揺られている。風も出て来た。そろそろ秋も深まろうかという夕暮れ時、まだ乳歯の残っている小さな歯がカチカチ鳴り出した。辺りが暗くなっても、部屋の電灯は点かない。母は男と寝入ってしまっているのかもしれない。

その時、背後でピチャピチャと水溜まりを踏む音が聞こえた。

「まあまあ、雨ん中でこげん濡れて。たいやな寒かったい」

空き地の反対側に住む中年の婦人が傘を差し掛けていた。少女は真っ青な唇を震わせながら見上げたが、何も語らない。

「また、男ば連れ込んどっとね」

少女は無言で頷いた。

「おばちゃんとこへ来んね？　こげん所に居りよっと、風邪ば引くばい」

少女は首を横に振った。「さあ、来んね？」少女は再び首を横に振った。熊本訛りのこの婦人は、雨の中で濡れる少女を黙って見過ごせないようだが、意外とあっさりと諦めた様子だ。今まで何度か少女にお節介を焼く度に、少女の母親と揉めた。少女の母親にとって、自分の子供に他人がお節介を焼くことは、自分が非難されていることになるからだ。

「よかたい。ちょっと待っとりなせ」

婦人は傘を少女に渡すと、自分は濡れながら自宅に入ってすぐに戻って来た。

「ほれ、これ着なせ」

ビニルの雨合羽を着せてくれ、手に傘を持たせた。

「ほん、可哀想か。いつまでも家に入れんとなら、いつでんおばちゃんの家に来なせ。表の鍵掛けんけん」

婦人が去ると、また少女はいつまでも灯りの点かない部屋を見つめてブランコに揺られていた。

――二〇一九年八月一一日　午前一時

明子の目はベッドに入ってからも冴えていた。横では、先に寝室に行った邦彦が明子に背を向けて規則正しい寝息を立てている。

――本当に眠ってるのかしら……。

さっき、あのことがあってから、胸に不安が広がり、寝付けない。明子は目を開けたまま、そっと邦彦に背を向けた。

邦彦と暮らし始めて、今まで使うことのなかった一階の部屋を二人の寝室にしてダブルのベッドを買った。真奈美は独立心を養うため、相変わらず二階で、今は一人で寝ている。最初は寂しがって、気付くと明子と邦彦の間に潜り込んでいることもあったが、今は平気のようである。

夏休みに入ってから、真奈美が部屋で一人きりで遊ぶ日があった。

「どうしたの？　お友達は？」

真奈美は遊んでいるパズルから顔を上げない。

「おじいちゃんとおばあちゃん家だよ」

明子は冷水を浴びせられたような思いがした。一人で黙々と遊ぶ真奈美を見ながら胸が痛んだ。明子は一人っ子で、両親は既に死亡している。親戚と交流もない。明子には帰るべき実家がなかった。そのような境遇を考えると真奈美が不憫だった。夏休みに真奈美の友達は皆両親の実家に里帰りし、祖父母に可愛がって貰える。まして母子家庭では、よその父親が子供と遊ぶ光景は真奈美だけでなく明子にも残酷に映ることがある。

だから時折、近くに住む親友の沙織を誘って、真奈美と三人で食事やショッピングに出かける。沙織とは、あることがきっかけで知り合ったのだが、明子とは年齢も近く、独身のためか気軽に付き合ってくれ、真奈美もよくなついている。あるとき、三人で川遊びに行った帰り、疲れ切った真奈美を抱いた沙織が、運転する明子に不意に言った。

「真奈美ちゃんたら、ぐっすりよ。やっぱり、男親が必要かもね。機会があったら明子も考えたら？」

明子にとって邦彦と出会ったことで、今までの苦労が一気に報われた。邦彦と結婚して邦彦の故郷へ真奈美を連れて行けば、嫁の連れ子であっても、邦彦の両親はきっと可愛がってくれるはずだ。沙織には真っ先に邦彦を紹介した。沙織は大喜びであった。

しかし、明子が邦彦の両親のことを聞くと、途端に邦彦の態度が曖昧になってしまうのだ。そんな時の明子は一気に不安になるのだが、邦彦はそれを汲み取るように結婚について、はっきりと意思表示をしてくれている。

「明子、結婚しよう。二人だけのことじゃないよ。僕は真奈美の父親になる覚悟もしているんだ」

この言葉を聞いた時、うれしさのあまり明子は泣き出してしまった。

「でも、少し待って欲しい。僕も転職したばかりで、自分の立場を確立するので必死なんだ」

「ううん。いいの。待ちます」

明子も十分納得している。

「でも、少しでも早くご両親に挨拶したいの。初婚じゃないし、子連れの私を受け入れてくださるか、心配なの」

この時の邦彦も、明らかにいつもの邦彦ではなかった。

「大丈夫に決まってるから心配はいらないよ」

「だったらいいんだけど……ねえ、ご両親は今どこにお住まい？」

「九州なんだけど、僕も両親も忙しくてね。中々、時間が合わないんだ」

明子には邦彦の言葉にいつもの論理性がないことが気になる。

ただ、この時は折角結婚の約束をしてくれた邦彦の感情を害したくないから、それ以上話題にしなかった。

明子の隣で、邦彦は寝たふりをしながら、夕食時のことを思い起こしていた。公園から帰ってから、真奈美の相手をしていると、明子の呼ぶ声が聞こえた。

「さあ、夕食できたわよ」

「わあい。おじちゃん、いこ。いこ」

真奈美は邦彦の手を引っ張って食卓に向かった。

家族団欒、食卓は賑やかだった。

「で、二人で何の話してたの？」

「マナちゃんは将来宇宙飛行士になりたいんだって。そうだよね」

「マナはロケットに乗るんだよ」

邦彦はNASAの宇宙飛行士になった日本人女性の物語の絵本を真奈美に買い与えていた。

「だったら、お勉強たくさんしないとダメよ」

「うん。おじちゃんもたくさんお勉強したんだよね。マナもお勉強するよ」

「そうだね。マナちゃんは頑張り屋さんだよね」

「ねぇねぇ、おじちゃんどこの学校？」

「ダイガク？　先生がダイガクに行く前にいいコウコウに行きなさいって。マナも行くよ。ねぇ、どこのコウコウ？」

「東京の大学だよ」

「地元の高校だよ」

「そうね。邦彦さんなら地元の超進学校に行ってたんじゃないの？」

「超ってわけじゃないよ。まあ地元の学区ではトップの高校だったけど……」

明子は何気なく聞いた。

「邦彦さんの高校時代の地元って、北九州だったっけ？」

その瞬間、邦彦の頭に不安が過った。

「そうだよ。でも大学からずっと東京だから、方言も出なくなったけどね」

邦彦は不安のため声が小さくなっている。何とか、話題を変えたかった。

「マナもおじちゃんと同じコウコウ行くよ。何てコウコウ？」

真奈美は無邪気に聞いているが、明子は黙って邦彦を見ている。

「大倉高校っていうんだよ」

「オオクラコウコウ？　じゃ、マナもオオクラコウコウに行く」

邦彦は、大倉高校と聞いた瞬間、明子の表情が微妙に曇ったのを見逃がさなかった。

今回、戸籍謄本と大学の卒業証明書は買ったが、小学校から高校までの卒業証明書は再就職で要求されることはないので揃えていない。ただ、買った本籍の福岡県北九州市周辺で、卒業した学校をどこにするかは調べておいた。卒業高校は学区内で一番偏差値が高い大倉高校にしている。

明子の態度がよそよそしいまま食事を終えた。

「さぁ、ごちそうさまね。お片付けするわ」

明子はさっさと立ち上がると、真奈美は両手を邦彦に伸ばした。

「おじちゃん。お風呂入ろ」

「はい、おいで」

邦彦は真奈美を抱き上げて、風呂場に連れて行った。

「先に入ってて、着替え取って来るから」

真奈美を先に風呂に入らせて、すかさずスマートフォンで大倉高校を検索した。

「福岡県北九州市に位置する、県内有数の進学校。創立は昭和初期で伝統校だと分かる。男女共学で……」

と、予め調べておいた通りである。邦彦は画面をスクロールさせて沿革を読んでいたが、突然「あっ」と小さく叫んだ。

沿革をよく見ると、一九九五年から十年間は県立の女子高となり男子の入学がなかったが、少子化の影響で生徒数が減少したため、複数の高校を合併して再び共学に戻っていると書いてあった。丁度、邦彦が地元高校に通っているとした期間は女子高だったことになる。

——県立の女子高なんて、そんなのあるのか……。

邦彦は唇を強く噛み締めた。しかし、

——明子は静岡県浜松市出身のはずだ。北九州の高校のことなど知るわけない。

明子が邦彦の経歴の嘘に気付いたと疑うのは、取り越し苦労だと自分に言い聞かせた。

真奈美を寝かしつけ、邦彦は先にベッドに入ったが、寝付けない。明子が遅れて寝室に入って来た。咄嗟に邦彦は寝たふりをした。意識してゆっくりと呼吸し、邦彦は背後の明子に神経を集中させている。

明子は身動きしないが、眠らずに、考えごとをしている様子だ。

——やはり経歴の嘘に気付いたのだろうか……。

邦彦と明子はその夜、疑心暗鬼の中、お互い寝たふりを続けた。

——二〇一九年八月一五日　午後二時

島本は人垣の間から、ビーグル犬のショーケースを見た。今飼っているシベリアンハスキー以外にもう一匹、日本犬を飼いたいと思っている。

今年のドッグイベントは盛況で、早朝に姫路の自宅を出て高速で大阪南港の会場に着いた時には、既に周辺道路は渋滞していたため、駐車場に入れるまで二十分近く掛かった。徐行する前の車のブレーキランプを見つめながら、昨夜の両親との会話を思い起こした。

「あんた、また犬の展示会で大阪まで行くって。犬と結婚するわけやないんやから、たまには彼女くらい連れて来たら？」

「俺、こう見えてめっちゃモテるんやで」

「そうしたら、なおさらや、何人か彼女を見繕って連れて来てワシや母さんを安心させてや」

まだ実家住まいの身分故、両親の小言を聞く義務がある。文句をいう割には夫婦二人での犬の散歩が日課で、母のSNSには毎日その光景がアップされている。

数日前、両親がペット番組を観ていた。出演していた俳優が飼っているのが甲斐犬だった。

「お父さん見て見て。子熊みたいな犬やわ。ふっとい足で、ちっちゃい目して不愛想な顔」

「甲斐犬やろ。あれは狩猟犬で、頭がいいんやで。それに飼い主に従順なんや」

テレビは、庭に紛れ込んだ蝮を甲斐犬が太い足で踏み付け、飼い主を守ったシーンを映していた。

「お父さん、日本犬もいいわね」

「そうやな。日本犬の素朴さに東山文化の侘、寂を感じるなぁ」

それは日本犬を飼う許可が出たということだ。

プードル、チワワ、ポメラニアンなどを見た後、日本犬ブースに向かった。ブースとブースの間には、ドリンクや軽食のスタンドが出店していて、そこにも多くの人が行き来している。

島本が交差する人を避けるように歩いている時、目の前を親子連れの三人が横切った。

島本は立ち止まってやり過ごし、ふと三人のうちの男性を見た時、身体が固まった。

スラリとした長身のその男性は、真ん中を歩く女児の手を引き、女児と母親らしい女性に笑顔で語りながら歩いていた。

島本は男性に見覚えがあった。

「高見さん」

思わず声を掛けていた。

三人は気付かず、遠ざかって行く。島本は三人を追い掛け、

「高見さん」

再び声を掛けた。声に反応して女児が足を止め振り向いた。女性も振り向いた。男性は前を向いたままだ。女児はキョトンと不思議そうに島本を見ていたが、男性を見上げ、男性の手をグイグイと引っ張った。

「おじちゃん。おじちゃんってば」

――おじちゃん？　親子やないの？

「高見さん。島本すよ」

島本が男性に近付こうとした時、女性がその間に島本を遮るように立った。

「失礼ですけど、私達、高見じゃないですよ。人違いじゃ？」

——えっ？　似てるけど、俺、早まった？

島本はハッキリと高見ではない、と言われ戸惑いながらも、人違いしたことを謝ろうとした。その時、男性が振り向いた。その顔を見た途端確信した。

——絶対に高見さんや。

顎(あご)が細くなり、目元の二重が深くなっているが、明らかに高見であった。

島本は男性の声を期待した。高見の高く優しい声色はよく覚えている。が、その男性は黙ったまま島本に一礼すると、女性を促し、そのまま女児の手を引き三人とも去って行った。不格好な状態で島本は置き去りにされてしまった。顔の雰囲気は変わっていたが、体格や全体の印象は高見だった。

三人が去ったのは出口の方角だ。島本はすぐ出口に向かった。駐車場の出口辺りで高見が運転する白い乗用車に女性と女児が乗っているのを見つけ、走ってすぐ後ろまで追ったが、車は出て行ってしまった。

翌日。

「メールありがとう。高見の顔が変わってたって？」

譲治はソファに座り、島本のメールを太腿(ふともも)の上で開いたノートPCで読み返しながら電話している。

「そうすね。目元と顎の線が違ってたかな？」

「痩せたとか、太ったとかやなくて？」

「体形は変わらず。あれだけ長身の細マッチョで長い手足って、日本人には滅多にいないなあ。高見さんに間違いないすよ」

島本は、身体全体の雰囲気やシルエットから、ドッグイベントで会った男が高見だと確信しているようだ。譲治は島本のその直感を信じた。

「女と子供連れかぁ。結婚してるんやろか？」

「いや、子供が高見さんのこと、『おじちゃん』って呼んでたんすよ。それに連れの女性が、うちは高見じゃないから、人違いでしょうって。でも、どう見ても男は高見さんなんですよ。俺、声掛けたのはいいけど、連れの女性に変な目で見られて、決まり悪かったすねぇ」

八月十五日に高見を見て、その日のうちにメールをくれている。

「島本さんが声掛けても、返事もなしで避けてる雰囲気やったんやね？」

「そうなんすよ。久し振りやったんで、再会を喜んでくれるかと思ったんすけど……寂しいもんすね」

素直な人柄の島本ならショックだったろう。

「でも、車のナンバー、控えてくれてありがとう」

「それで、分かるんすか？」

「車の持ち主の住所くらいまでは分かるよ」

「ふーん、IT技術って凄いんすね」

島本は頻りに感心している。譲治はお礼に、ネットでドッグフードのクーポンを送る約束をして通話を切った。

「高見が見つかったのは確かだった？」

電話を切るのを待ちかねたように由香が横に座った。

「島本さんの情報やから間違いないわ」

由香が譲治の太腿の上のノートPCを覗き込んだ。

「京都ナンバーか。でも、『わ』じゃないってことは、意外に近くに居たのね」

レンタカーなどの賃貸車輛のナンバーには「わ」が付く。島本が報せてくれたナンバーは「な」であった。

「まずはナンバーから住所特定して、今は誰になりすまして、どこに勤めてるか調べないと」

「そうやな。訪問前に、納税記録、社会保険。本丸攻める前に外堀はできるだけ埋めんと」

「沖山さんへは？」

「メールしといた。高見を訪問するのはオキの情報見てからや」

由香は納得している。一緒に行く気だ。

「ところで、お昼はどうする？」

由香は休みの日は譲治のマンションにやって来て、川島捜しを続けている。

「いや、俺あんまり……」

「食べなきゃ駄目よ。ピザトーストでいいよね？」

「えっ、ああ。でも半分でええよ」

いつものパターンだ。

その時、譲治のスマートフォンに着信があった。今の会話を盗聴していたかのように、沖山からだ。

「俺や」

「ああ」

沖山の声が明るい。

「例の姫路の兄ちゃんが高見と会うたって？」

「今、島本さんに確認したとこや」

「で？」

「間違いない。確かや」

「そうか。ナンバーから住所特定は任せとけ。今、誰を名乗って、どこで働いてるか、調べんとな」

由香と同じことを言っている。

「ところで、由香ちゃん居てる？」

昨年、ニンベン事件の後、沖山に由香を紹介してから、すっかりお気に入り、というより保護者のつもりでいる。

ニンベンとの格闘で負った傷も癒えた頃、譲治は由香を沖山の江坂事務所に連れて行った。

予め沖山には、例の女性を連れて行くことは伝えておいたのだが、事務所に入ると内装が一変していた。

カーペットを敷き直し、クロスも張り替え、殺風景だった室内にはITオフィス用のL字デスクやチェアが二十席ほど並べられ、観葉植物まで飾ってあった。すっかり小洒落たラボに変貌している。次の案件が始まるのは二か月先なので、さすがに人までは用意できなかったらしい。常駐のハッカーが二名いるだけだった。

譲治が事務所の入り口で戸惑っていると、奥のパーテーションで区切られた一画から、ダブルのスーツを着た沖山が姿を現した。由香にかしこまった顔で、社長の沖山です、と名刺を差し出した時は、譲治は思わず吹き出しそうになった。が、当の本人は大真面目である。沖山は、譲治と由香を応接セットへ招き入れた。

「うちの相川が面倒なことに巻き込まれてまして、色々と助けて下さっている旨は聞いております」

第一声に続いて、深々と頭を下げた。

譲治は目が覚める思いで沖山を見た。それまで譲治が知っていた沖山は同業者の同僚としての沖山と、兄貴分の沖山だ。その日、目の前には、父親のような包容力を感じる沖山が居た。もしかすると、また勝手にお節介を焼いて、両親のいない譲治を見守っているつもりかもしれない。

譲治はスマートフォンをスピーカーにし、由香に目で促した。

由香も分かっている。

「はい、由香です」

「あっ、由香ちゃん？　沖山です」

声のトーンからして違う。譲治は苦笑した。

――あの「社長の沖山」はどこ行ったんや？

「高見が見つかったって、譲治さんのメール読みました？」

「読んだ。読んだ。車のナンバーも分かってるから任せとき」

「了解。お任せしまーす」

由香は元気に言った。

「はいな。譲治に二、三日待って、て伝えてな。ほな」

――おいおい、そのまま切るんかい。

譲治は笑っている。

「切っちゃったよ」

由香も笑っている。

——二〇一九年八月一七日　午前九時

この日、邦彦は朝から出社した。

「休暇中なのに？」

「仕方ないよ。市場トラブルはいつも緊急なんだ」

屈託なく笑いながら出て行った。明子は邦彦の背中を見送りながら、これほどの幸せな光景は他にはないと思っている。

邦彦への疑惑さえなければ。

現実に今、大手メーカーの技術者として高額の収入を得ている事実があっても、邦彦は出身地や学歴について、会社と明子に嘘を吐いている。

そして、イベント会場で会ったあの青年は、邦彦に高見と呼び掛けた。明子には単なる他人の空似の人違いには思えなかった。

邦彦に無視され、人混みに取り残された時の青年の表情には悲しみではなく、驚きが浮かんでいた。強い確信が外れたことが意外だったのだ。明子は青年の表情を信じた。

——邦彦さんが過去に高見と名乗っていたのを隠そうとしたのは事実……。

明子は邦彦を見送った後、一階の邦彦の部屋に入った。机とタンスがあるだけで、驚くほど邦彦の身辺は単純である。

明子と同居を始めた時、邦彦は自分の部屋を引き払って来た。その時の荷物は、アルミ製のアタッシェケースだけだった。

「えっ、それだけ？」

明子も、真奈美までも目を丸くした。

「うん。これから新しい生活が始まるのに、過去は邪魔なだけ。全部現金に換えたんだ」

そう言って何十万かの現金が入った封筒を明子に手渡した。明子はどういう意味の金か理解できないまま、今も手付かずで置いている。

タンスを開けると、明子と生活しだしてから買ったスーツが三着掛かっている。タンスの奥に、邦彦の唯一の荷物だったアタッシェケースが置いてある。明子はアタッシェケースを持ち上げた。ケース自体の重量を考えても、空っぽかと思うほど軽いが、傾けると中でガサガサと音がする。

アタッシェケースを机の上に置き、上蓋(うわぶた)のロックを外そうとしたが、鍵(かぎ)が掛かっている。明子は鍵の在処(ありか)を知っている。吊(つ)ってあるスーツの真ん中の上着の内ポケットだ。ケースの上蓋を開けた。中には小さなハードカバーのノートと漆塗りの木箱が入っていた。

明子はハードカバーのノートを手に取った。B5サイズの台紙数十頁ほどの古いアルバムであった。

一頁目を開くと、台紙の中央に一枚だけ写真が貼ってある。カラー写真だが色褪せ、赤茶けている。古い木造家屋の前で、中年女性と小学生らしい少年が二人並んで写っている。何かの記念写真らしい。木々の葉が落ちていることから、季節は冬のようだ。女性は安っぽいコートを着て、子供は防寒具なしで、セーターを重ね着し、膝の抜けたズボンをはき、寒そうに肩をすぼめている。女性や少年の服装や家屋の様子から、裕福には見えなかった。

頁を繰った。二頁目も写真は一枚だけである。庭先で、季節は夏だ。ランニングシャツと短パンの少年とワンピースの女性が、柴犬らしい飼い犬と一緒に写っている。女性は装飾品を一切つけてなさそうで、伸びたパーマネントヘアが乱れている。

明子には女性の表情が疲れ切ったように見える。

——何が目的の写真かしら？

三頁目の写真は、別の家屋の玄関先で、恐らく同じ少年と女性が写っている。が、少年の身長は女性とほぼ同じになるまで成長している。一枚目の家屋は、前の道路に面して玄関引き戸があったが、この写真では、背景にどっしりとした木製の玄関扉があり、足元は石畳のアプローチになっている。季節は春先だろうか、少年は黒の制服を着て、女性は暖かそうなオーバーを羽織っている。

どの頁も数枚は貼れそうな台紙に一枚だけ写真が貼ってある。

四頁目の写真を見た。高校生らしい男性が飼い犬と写っている。広い庭で撮ったのだろう。周囲は青々とした芝生で、遠い背後に真っ白な柵が見える。季節は夏で、男性の服装は半袖の開襟シャツに学生ズボンでローファーを履いている。その男性はスラリと伸びた足で、上背があり、整った顔、黒々とした長髪をしている。明らかに二十年以上前の邦彦である。明子は頁を繰った。五頁目には写真はなかった。六頁、七頁、パラパラと最後まで見たが、写真は四枚だけである。最初の三枚も少年時代の邦彦であろう。女性は母親のようだ。父親は？　分からない。どの地方かも分からない。

たった四枚のアルバム。それが邦彦の過去の全てなのだろうか。

明子は次に所々漆が剝げた木箱を取り出した。蓋を開けると、布袋とタオルに包まれた懐中電灯ほどの大きさの物が入っている。

布袋は口紐で縛ってあり中には小物が入っている。明子は口紐を解き、中に手を入れて取り出した物を見た。

プラチナリング、ダイバーウォッチ、米国製万年筆が手に載っている。手からこぼれて机の上に落ちたのは、濃い茶色の男物眼鏡だ。何故、こんな物が……他にも入っているが、どれも邦彦の好みではない。

タオルで包まれている物を机の上に出した。丁寧に包まれた上、細い紐で強く縛ってある。明子は慎重に紐を解いて、タオルを広げた。包んであった物を見た瞬間、思わずそれを手に握り締め、同時に目に涙が溢れた。涙は次から次へ溢れ出し、手の上や机の上に滴り落ちた。わき上がる嗚咽を必死で殺した。二階では、まだ真奈美が眠っている。

明子の手に握り締められている物は、紛失したはずの折り畳み傘であった。邦彦と初めて言葉を交わした日、どこかで失くしたものと思っていた。この傘を失くしたことがきっかけで邦彦と知り合うことができたと思っていたのだが、今、邦彦のアタッシェケースから出て来た。

明子はひとしきり泣いた。

「ママ」

気付くといつの間にか、パジャマ姿の真奈美が目を擦りながら立っていた。

「泣いてるの？」

明子は顔を横に振ったが、声は出なかった。

声を出すと、泣き声になるからだ。

明子は真奈美を抱き寄せた。真奈美を抱いても、涙が止まらない。

「またお引越し？」

真奈美の意外な質問に明子は驚いた。

「どうして？」

やはり声が掠れて、嗚咽で震えている。

「だって、ママが泣くときいつもお引越しだったもん」

その日の深夜。

邦彦は仕事を終えて終電で帰宅した。市場クレームに無事対応できたことで、気分は晴れていた。明子も真奈美も寝ているようだ。キッチンには邦彦の夕食が用意してあり、ラップが掛けられて、メモが載っている。

何気なく読む邦彦の表情が、最後の一文で険しくなった。

「テーブルの夕食以外に、冷蔵庫にボイルしたチキンがあります。真奈美が寂しがるので二階で寝ます」

そっと二階に上がると、明子が真奈美を抱くようにして寝ていた。

邦彦は一階に降り、夕食には手を付けずに自室に入った。

灯（あか）りを点（つ）けて部屋の様子を見渡した。次に灯りを消すと通勤バッグからブラックライトを取り出し、ドアノブ、机の引き出し、タンスの取っ手を調べる。あることに気付いて、タンスを開けて、奥のアタッシェケースを照らした。慌てて、スーツの上着からアタッシェケースの鍵を取り出した。しばらく角度を変えて、アタッシェケースと鍵に光を当てていたが、再び部屋の灯りを点けると、アタッシェケースをタンスから出して上蓋を開いた。そして、タオルで包んだ折り畳み傘を取り出し、じっくりと手に取って観察した。やがて椅子に座ると、がっくりと首を垂れた。

邦彦が持つ折り畳み傘にはまだ湿った水滴の跡があった。

項垂（うなだ）れたままだったが、ゆっくりと顔を上げると机の引き出しからノートPCを取り出し電源を入れた。

画面一杯に表計算ソフトが立ち上がった。画面のタイトルは「山月家」となっている。左端の項目は「家族構成・妻」「家族構成・子供」「家族構成・飼い犬」や「会話」「信頼」など現在の生活を項目ごとに採点してある。邦彦は眺めていたが、何も入力せずに静かに液晶パネルを閉じた。入力する気力も失せている。やがてポツリと言った。

「リセット、しよ……」

——二〇一九年八月二七日　午前七時三〇分

その日、いつもより遅く起きた明子は、パジャマの上からカーディガンを羽織り、居間のソファで額を押さえて座っていた。

そこへスーツに白いカッターシャツ姿の邦彦が、腕時計を嵌めながら入って来た。

「辛そうだな。ん？　顔色も悪いなぁ」

明子の顔を覗き込んだ。邦彦の吐く息からデンタルリンスの香りがした。食後は必ず、歯間ブラシから歯垢取りまで使い、丁寧に歯を磨くため吐く息はいつも人工的に清々しい。

「ごめんなさい。起きられなくて……朝食は食べたの？」

「気にしなくていいよ。適当に食べたから。それより、病院に行くかい？」

邦彦は通勤カバンを床に置いて、右手の平を明子の額に当てた。

「熱は……なさそうだね」

「さっき測ったら平熱だったわ。でも夏風邪かなぁ。頭痛と寒気がするのよ」

「じゃあ、今から風邪薬飲んで休む？」

「そうね……そうしようかしら？」

「真奈美の夏期保育は僕が連れて行くよ」

「ううん、いいの。こんな時は沙織にお願いするから」

邦彦は床のカバンを肩に掛けながら立ち上がった。

「なんか、いつも沙織さんに悪いなぁ」

「沙織の通勤途中にこの家と保育園があるのよ。彼女はいつも車だから、コンビニに寄るより手間じゃないって。それに、真奈美も沙織になついちゃって。変に気が合うのよ、あの二人」

邦彦は、ははは、と楽しそうに笑った。

「三十路女と保育園児の気の合うコンビってどんなだろうね。ところで沙織さんが迎えに来るのは何時頃なの？」

「いつも八時半くらいかしら？」

「僕から遅れることを保育園に連絡しておこうか？」

「大丈夫よ。この後私から沙織と保育園に電話するわ」

「それなら、今日はフレックスで早めに退社して、帰りのお迎えは僕が保育園に寄るよ」

「そう？　じゃあ、お迎えはお願いしようかしら」

邦彦はくれぐれもゆっくり休むように念押しした上に、わざわざ風邪薬をテーブルの上に出して、出掛けて行った。

明子は邦彦を見送った後、薬を手に取った。邦彦が選んだ薬は「抗ヒスタミン薬」であった。

二十分後、邦彦は毎日通勤で使う最寄駅構内で、同じ方向へ向かう通勤客の流れの中にいた。目の前にせり上がって来るエスカレーターのステップに足を乗せ、上りホームで次の快速電車に乗り、少しの間満員電車を辛抱すれば四十分でいつも通り会社に着く。

しかし、今日の邦彦はエスカレーターに乗らなかった。エスカレーターの直前で人の流れから左に外れて、駅の通路奥にある多目的トイレに入った。

十五分後トイレから出て来た邦彦は、地元市役所土木課の職員と同じ上下青の作業着、作業帽、安全靴姿で、黒縁眼鏡を掛け、肩から精密機器用衝撃吸収バッグを提げている。

そのまま改札を出て、遠回りして自宅方向へ向かい、自宅から二百メートルほど離れた高台に九時前に着いた。目深に被った作業帽の中から流れ出る汗をタオルで拭きながら自宅方面を見下ろした。

夏の朝風による汗の気化が気分を爽快にした。新しい身分は既に購入済みで、大津市の宅配便ロッカーに配達されていることも確認した。今回は、本籍とその地元での義務教育から高校、大学まで経歴書類を揃え、さらに奈良県の高専の教授として情報工学を教えることになっている。このままこの土地から消えてもいいかな、という思いになる。

足元の傾斜に折り重なるように繁る木々では盛んに蟬が鳴き、その向こうに住宅街が広がっている。風の心地良さに目を閉じると、身体のあらゆる隙間から風と共に蟬の鳴き声が浸透して来た。しばらくの間身を任せて恍惚(こうこつ)としていたが、蟬の鳴き声で身体中が満たされた時にハッと我に返った。

風が止んでまた汗が噴き出している。再びタオルで汗を拭き、高台から自宅周辺を観察したが特に変わった様子はない。住宅街に続く坂道を下り、自宅に向かった。

その頃になると風向きが全く逆になり、夏空が一転して黒雲に覆われ出した。自宅前に着く頃には、強風が吹きパラパラと雨粒が落ち出した。降り出した雨の中、自宅周囲を一周回って観察した。寝室のカーテンが閉まり、室外機が静かに回っている。

――明子は寝ている。

八時半には真奈美を送り出し、今は「抗ヒスタミン薬」の風邪薬を飲んで一人熟睡しているに違いない。

裏口へ回り、静かに錠を開け、物音がしないように室内に入った。

普段の午前中はこの時刻になれば、屋外に溢(あふ)れる光が窓という窓から差し込み、室内照明が不要なほど明るいが、今日は太陽が分厚い雨雲で遮られ、照明の消えた室内は薄暗く、ジットリと湿気の高い熱気が籠(こも)っている。

足音を忍ばせ、寝室に近付く。暗い廊下の突き当たりにある高窓にはバチバチと強い雨が叩きつけられている。寝室の前に立ち、そっと扉を室内に向かって押すと、中から心地良い冷気が流れて来た。

薄暗い部屋の壁際のベッドでは、ガーゼ地の夏布団をほとんど頭まで被り、掛け布団の上部から黒髪がはみ出した状態で、入り口に背を向けて明子が寝ている。ベッドサイドのテーブルには、薬の空きシートと水滴の付いたグラスが置かれている。抗ヒスタミン薬は睡眠作用があり、邦彦が期待した通り、寝息も聞こえないほど熟睡している。

邦彦は部屋の入り口にバッグを静かに置き、中から真黒の重いナタを取り出し、ベッドサイドに向かった。柄の短いナタなので十分近寄る必要がある。ベッドの横で中腰になると、布団を被った頭の位置へナタを近付け、振り下ろす位置を確認した。ゆっくりと振り上げ、一瞬止め、目標を見定めた。

邦彦の想像では、ナタの刃が夏布団を切り裂き、刃の先がサクリと明子の頭部に吸い込まれ、頭蓋骨を断ち切るにつれ抵抗が大きくなり、後頭部の途中で止まる。噴き出した血は飛び散ることなく布団が吸収し、血で重くなった布団が即死した明子にまとわりつくのだ。

想像した映像の軌跡を追うように、一気にナタを振り下ろした。しかし、その光景は布団を切り裂いたところで、想像と全く違う展開になった。

ナタは大きく弾き返され、その反動で邦彦の手から剥ぎ取られるように部屋の隅に飛んでいった。ベッドの上では、掛け布団が捲れ上がり、その下から一部が裂けて中のスポンジを撒き散らしながら縦長のクッションが転がり出て壁に当たって止まり、髪の毛の塊が邦彦を目掛けて飛んで来た。邦彦は何が起こったのか、事態を理解できず、口を半開きにしたままロングヘアの束が自分の足元にパサリと落ちるのを目で追った。

「ウィッグ？」

人の作為を感じて、初めてベッドに明子がいないことに気付いた。

その時、首筋に人の吐息を感じ、全身の毛孔が収縮し驚愕の表情で振り返ろうとした。

「明子？」

左肩下に、野球帽を深く被りマスクにサングラスまでした人物が見えた。

次の瞬間、左肩甲骨辺りにチクリと痛みを感じた。

「リ・セ・ッ・ト」

その人物が低く唸ると同時に、邦彦が今まで経験したことのない圧迫感が背中から胸に突き抜け、その後から焼けるように熱く粘度の高い液体が上半身に広がった。邦彦の口からは食道を逆流した鮮血の泡が溢れ出し、大きく見開いた目には既に何も映っていなかった。暗闇から伸びた腕に頭の芯を掴まれ、そのまま底なしの闇に引き摺り込まれて、意識は消滅した。

邦彦の身体はほんの数秒、のけぞった状態で硬直して立っていたが、やがて手を離した自転車のようにそのままの姿勢で、右肩から横倒しになった。

その背中から胸にかけて、刃渡り三十センチの刺身包丁が貫通していた。

物音がしなくなった室内には、外からの雨の音だけが響いていた。


譲治は助手席で、沖山が車のナンバーを調査した結果の住所や地図のプリントアウトを見ている。

「高見が車の持ち主の女と同居してるのは間違いないと思うんやけど……」

と言うと、いきなり右手で右前方を指した。

「あっ、そこ。その黒塀の隣」

由香は、譲治の指した辺りの歩道に右側のタイヤを乗り上げて停車した。

「あの白の門柱の家ね」

「俺が行って来るからここで待ってて」

譲治はドアを開けて外に出た。

「私も行くわ」

先に歩き出した譲治の背後でドアの閉まる音がした。

午前中に降り出した雨は一旦（いったん）上がっているが、空は晴れることなく曇って、再び降り出しそうな様相だ。

時刻は午後三時近く。閑静な住宅街であるが人通りは全くない。

その家の表扉は閉ざされ、外から見ると窓も閉まっている。譲治が調べた限りでは、庭付き二階建ての借家である。平凡な幸せが一杯詰まった一戸建ての典型のような家だ。

譲治は門柱のインターフォンのコールボタンを押した。応答がない。再度押した。

やはり応答はなかった。

「裏口はどうかしら」

由香が歩き出した。譲治も後に続きながら、道路に面した小さな庭の様子を見る。庭の隅には女児用玩具と犬小屋があるが、犬はいない。裏口では由香が扉のドアノブに手を掛けていた。

どうする気や？　譲治が聞くまでもなかった。

「開いてるわよ」

由香は勝手に開けた扉の中に入って行った。

「おっ、おい」

引き止める間もなく先に行動してしまう。譲治は狭い上り口で迷ったが、既に由香のスニーカーが脱いであった。

譲治も足音を忍ばせて上がり込んだ。一歩踏み出した。

――ギシィ
フローリングの板が足元で大きく軋んだ。

譲治は奥歯を噛み締め、その場で固まった。耳を澄まして全神経を尖らせたが、住人に気付かれた様子はない。廊下を見ると、上半身をこちらへ反転させた由香が眉間に皺を寄せている。顔の前で立てた長い人差し指の向こうで唇が、シー、と言っている。

廊下の奥の部屋の扉が薄く開いて室内から灯り(あか)が漏れている。由香はその部屋を覗(のぞ)こうとしているようだ。譲治は廊下の入り口で立ち止まり、由香の後ろ姿を見守った。

由香が半開きの扉のドアノブに手を掛けた。ゆっくり扉に身体を寄せ、開いた隙間から中を覗いた。途端に、扉から飛び離れ反対側の廊下の壁に背中を打ち付けた。ドン、と大きな音が家中に響き渡った。

譲治はその音に驚いた。

「どうした！」

声は押し殺している。

由香は壁に張り付き左手で口を押さえ、右手で扉の向こうを指している。譲治は由香の様子から物音を気にしていられる事態でないことが分かった。

廊下に足音を響かせて、半開きの扉にぶつかる勢いで部屋に飛び込んだ。

そこで異様な光景を目にした。

男が床に横倒しに倒れている。男の口と胸から流れ出た血が、ベージュの絨毯(じゅうたん)に、上半身を中心とした赤黒い円形模様を描いている。背中からは血で汚れた木製の柄が生え、胸から付き出た金属の切先が、この死体を奇怪な物体に仕上げている。他に刺し傷がない所から、まさに一突きだったのだろう。

血は乾いていなかった。刺されて数時間も経っていないようだ。

譲治は屈んで、男の頸に指を当てた。脈はなかった。その時、再び部屋に入ってきた由香が譲治の背後に立った。死体を凝視している様子だ。

「死んでる」

譲治は由香に言い、真っ白な死に顔を見下ろした。半開きの目とわずかに歪んだ口元が死に際の苦悶を感じさせた。

――この男が高見であり、田代なのか。

必死で追っていた男が足元で死体になって転がっている。

――姉さん。美樹、俊樹……。

また恵美への糸が断ち切れた。譲治の胸にポッカリと空洞が出来、全身の力が呼気と共に出て行くようだ。俺、立てるやろか……。

死体の横で、力尽きて屈んだままの譲治に、背後から由香の嗚咽が聞こえてきた。

譲治が振り返った。由香が涙を流していた。由香の視線を追うと、死体の顔を凝視している。

由香が震える手で死体を指した。

「その人……川島孝之さん」

一時間後、この界隈は喧騒に包まれていた。

地元警察の多くの捜査員が出入りしている。通報した譲治と由香はパトカーの中で別々に事情聴取された後、さらに事情を聞くため、この後署まで行くことになり足止めされている。

譲治と由香は無言で二人並んでパトカーに凭(もた)れかかって、家に出入りする捜査員の様子を眺めていた。左右三十メートルほどは警察官が交通規制している。閑静な住宅街で突如起こった事件に、規制線の外側には周辺住民の黒山の人だかりができている。

由香は一言も喋(しゃべ)らない。相当なショックを受けている様子だ。譲治も無言で考え事をしている。由香も島本も視覚で、高見あるいは川島当人と認識した。目や顎(あご)を整形していたようだが、なぜ分かったのだろう？　譲治は沖山の言葉を思い出していた。

――アナログデータは、人のメモリ、いわゆる記憶に残るんや。デジタル処理では、リセットして新しいデータを処理するために、メモリを全てクリアするからなぁ。

整形したパーツ以外のアナログ的な印象や雰囲気の記憶で分かったのだろうか？　ということは、由香と島本は運よくリセットをまぬがれたのか？　それならば、姉親子はリセットされた？

譲治が憂鬱(ゆううつ)な気持ちで、右手の規制線を見ていると、遠くから人ごみを掻(か)き分けてやって来た体格の良い男が、規制している警官と話をした後、バリケードロープを潜り、譲治の方へ歩いて来る。遠目からでも門田だと分かった。

門田は譲治と由香をチラリと見ただけで、前を素通りし、もう一台のパトカーで警察無線を使っている年配の私服警官と話を始めた。私服警官には、既に事情は話して、由香の免許証も渡してある。二人が話しながら何度か譲治と由香の方を見たので、話の内容が第一発見者である自分達のことだと分かった。

数分後、私服警官と軽い挨拶をして別れた門田が譲治と由香の所へやって来た。

「相川さんと久し振りに会うのがこんな現場とはなぁ。わざわざ、こちらに連絡くれたのは善意の通報ですな」

「そうです」

「では、今日は正直に全て話して貰うから、お二人とも時間は大丈夫ですやろな」

譲治は深く頷いた。門田は由香に免許証を返しながら、

「正木由香さん？　任意ですけどご協力お願いできますやろか？」

由香も深く頷いた。

「ただ、被害者が一体誰なんかが、今のところさっぱり分からんのですわ。お宅らの話では、高見や田代や川島とか名乗ってたということやけど、身分証も何も見当たらん。近所の人の話では、何か月か前からこの家で同居してたらしいんやが……」

門田は太い腕を組み替えた。

「その上に、この家の世帯主の山月明子と連絡が付かんのですわ。娘の方も今日は保育園の登園日らしいんですが、無届で休んでて、母娘とも行方が分からん。お宅ら心当たりは？」

譲治と由香は顔を見合わせた。譲治は門田に首を横に振った。

「山月明子って人とは会ったこともないんです」

「そうですか。こっちも十分調べてるわけやないんですが、ただ職場の懇親会の写真で横顔が写ってるのが一枚だけありましてな」

門田が差し出した写真は、宴会風景を撮った写真であるが、その一番手前の横顔の女性らしい。カメラを向けられて、慌てて顔を右側へ背けたように見える。この女性には見覚えはないが、よく見ると女性の左のこめかみにボクサーが瞼(まぶた)を切った時のような深い傷跡があった。譲治の脳裏に、笹本宅を初めて訪問した時に応対した女性がよみがえる。左目に眼帯をして、大きなマスクで顔を隠した女性だった。その女性も笹本が殺されて以降、行方が分かっていない。

門田は敏感に譲治の反応を感じ取った。

「相川さん、心当たりありそうですな」

その言葉に由香が驚いて譲治を見ている。

譲治は無言で頷いた。

「その事情も聞かせて貰えますかな」

その時、黒の分厚いシートに包まれた死体が担架に乗せられて三人の前を通り過ぎようとした。

「ちょい、待ち」

門田は担架を担いでいる救急隊員を制止し、頭の方のシートをはぐって中を覗いた。

譲治と由香の位置からは頭頂の髪の毛が見える。刃物が貫通したまま運んでいるため、担架には横向けに寝かされてる。

門田は、ジッと死体の顔を見つめていた。

「いいよ」

バサッとシートを戻した。

三人は担架が救急車に積み込まれる作業を見ている。

隊員がベルトで担架をベッドに固定した。

「奴、泣いてたな」

「泣いていたって、何のことなんです？」

譲治は門田を見上げた。

「涙。涙流してたな」

隊員が観音開きの後部扉を閉めた。

「泣きながら死んだってことですか？」

「感情的に泣いたのか、死に際に涙腺（るいせん）が刺激されて単に涙が出たのかは分からんが、とにかく泣いてたな」

救急車は警官に誘導されながら野次馬を掻き分けるように、サイレンを鳴らさずに静かに規制線の向こうへ走り去って行った。

「お宅らが追ってたのはあの男ですやろ？」

門田は今更ながらのことを口にした。

譲治は、門田がそんな質問をしたくなる気持ちがよく分かった。

「高見伸一、田代恭介、川島孝之……正体は一体何者なんでしょうね？　いつ、どこで生まれて、由香さんや姉の前に現れるまで、どんな人生を送ってたんでしょうね？」

その時、風が強く吹き出したかと思うと間もなくパタパタと雨が降り出した。


明子は沙織のマンションの前に車を停め、運転席に座ったままスマートフォンで沙織に到着したことを連絡した。

待つほどもなく、沙織に連れられて真奈美がマンションのエントランスに現れ、明子を認めると満面の笑みを浮かべて車に駆け寄って来た。

「ママ、お車変えたの？」

「マナちゃん飛び出しちゃ駄目よ」

沙織が真奈美を追っ掛けて走った。

明子は運転席から上半身を倒し、助手席のドアを開け真奈美を迎え入れた。

沙織は真奈美が乗り込んだことを確かめ、助手席のドアを外から閉めると、運転席側に回り上体を屈めて運転席を覗き込んだ。

「マナちゃん、お昼ごはんまで済ませてあるから」

明子は笑顔で頷いた。

「今日は急にゴメン。沙織の仕事が休みで助かったわ」

「結構時間の自由がきくのよ」

「真奈美は我儘言わなかった？」

「お利口さんだったわよぉ。ねぇ、マナちゃん、二人でハンバーグ作ったのよねぇ」

「うん。ハンバーグシチューだよ」

「そうなの、美味しそうねぇ。沙織、手間掛けさせて悪かったわね」

「いいのよ。レトルトシチュー使っただけだし、マナちゃんが喜んでくれて良かったわ」

沙織は笑顔のまま上体を起こした。

「でも、本当に車変えたのね……」

感心しながら、前から後ろまで車を見渡した。

「ねぇ、黒のインプレッサスポーツワゴンなんて渋過ぎない？」

明子はハンドルを握ったまま黙って沙織を見上げていたが、不意に視線を逸らし、静かに言った。

「突然だけど……リセットして、遠くに行くことになったの」

沙織の顔から笑顔が消え、しばらくの間沈黙して無表情に明子を見つめ返した。

「……そう。急ね。仲良さそうだったのに……」

「落ち着いたら、連絡するわ」

沙織は返事をせずに、伸ばした両手を車の屋根について、足元を見つめている。

「実は、こちらもリセットなのよ」

「えっ、沙織も？」

明子は驚いて沙織を見た。

「何も言わなくて悪かったけど、そろそろ使い込みがマズいのよね」

沙織は無邪気にウィンクした。

「いつか決めてるの？」

「三日後には監査が入るのよ。だから、後二日以内、それがリミットね」

「それも急ね。で、身分は？」

沙織はニコッと笑っただけで、何も言わなかった。

「沙織のことだから心配はしてないけど」

「だから、もう私には連絡しない方がいいわ。このまま行って」

「また、偶然会うことあるかしら？」

「かもね」

二人は窓越しにしばらく見つめ合った。沙織が手の平を向けると、その手に明子も手の平をパンと合わせた。

明子は車を出した。ポツリと雨粒がフロントグラスに当たった。ルームミラーの中で小さくなっていく沙織が空を見上げた後、駆けてマンションに入って行った。フロントグラスに叩きつけるような雨が降りだした。

エピローグ　雨

大槻製材所の貯木場付近は既に豪雨だ。貯木場は山の中腹の斜面を強引に削った台地のため、上の斜面から流れ落ちて来る雨水と台地が直接受ける雨で溜池のようになっている。貯木場北側の麓へ下る斜面は今年になってから二度、麓に沿って通る県の林道に向かって地滑りを起こした。既に貯木場の入り口は鎖で封鎖されて、立ち入り禁止の立て看板が立っている。県が所有者不在でも、危険斜面として近日中に強制立ち入り調査をすることになっている。

山林の中の雨音は、サワサワと雨粒が草木に当たって柔らかい。しかし、貯木場に響く雨音は赤土の台地にバチバチと直接当たり、山肌を削られた山の悲鳴にも聞こえる。

午後八時。貯木場に突然轟音が響き、数分間巨大な地鳴りが続いたが、やがて収まった。

貯木場の作業用プレハブの裏手地面が北側斜面ごと崩落したのだ。プレハブを台地に残して、裏の更地が全てゴッソリと高低差二、三十メートル近く崩れていた。台地の端に停めてあった重機は地面が傾斜してしまっているが、かろうじて崩落に巻き込まれていない。崩落現場は岩が混ざった赤土で、その中に緑色のシートで包まれた塊が三個、崩落した土砂に紛れて、緑の一部が姿を見せている。そこだけ、地面とは違って、シートに当たった甲高い雨音を立てている。

まるで洗車機の中だ。側溝から溢れた雨水で路面が冠水し、前の車が巻き上げる水は煙幕となり、対向車と離合する度に弾き飛ばされた水の塊がフロントグラスに叩き付けられる。ワイパーは全く利かない。前の車のテールライトを頼りに勘で運転している。

津山は半時間前に警備会社から、警備員が本社ビルを巡回した所、倒木で倉庫が損壊している、との緊急連絡を受けた。言葉は理解できても、被害状況などはイメージできない。本来は村岡か川島の役目であるが、二人とも行方不明のため、現在本社の営業統括、総務を担当している津山に連絡が入る。

そろそろ床に就こうと妻の寝る隣の布団に潜り込んだ矢先であった。妻は起こさずに事情を書いた置手紙をして車に飛び乗った。

慎重に運転して、通常の倍の時間を掛けて本社前の駐車場に車を停めた時は、正直なところホッとした。警備会社の巡回警備車両が止まっている。津山が車から降りて傘を差すと同時に、待機していた若くて体格の良い警備員が懐中電灯を持って駆け寄って来た。

「豪雨の中ご苦労様」

津山が先に声を掛けた。

「現場を見て頂けますか？　危険ですので、余り近くまでは行けませんが」

警備員は用意が良いことに津山にも大型の懐中電灯を手渡し、先に歩き出した。

倉庫へ通じる砂利道はさすがに水捌けがよく、水溜まりはない。時刻は午前二時になる。雨は一向に止む気配がないが、ザクザクと長靴で砂利を踏む音が雨音に掻き消されることなく響く。

倒木現場は中間のフェンスの所からでもよく分かった。倒れていたのは自社の敷地内のブナの大木である。見事に横倒しになって、倉庫の屋根を粉砕して壁を途中まで裂き地面から二メートルほどの所で止まっている。完全に倒れ切ったわけではないから、支えている壁が崩れれば、残りの二メートル分派手に破壊を続けるだろう。

倉庫内部では後付けの冷凍室が横倒しになり、冷凍室の床下の配管が剝き出しになっていた。それでもまだ冷却装置は動作していて、ブーンと低く唸り、漏れた冷気で辺りが白く煙っている。

津山がライトを当てると、冷凍室の配管が数か所切断されたように折れ、管の中が見えていた。よく見ると管の中にクリーム色の塊が層になってへばり付いている。津山は落ちていたガラス片を拾って折れた配管へ近付いた。

「ああ、ちょっと、危ないですよ。まだ、壁の途中で止まっているだけですから」

警備員は注意した。

「失礼。ただちょっと気になったことがあるので。すぐ済むから」

津山は配管が折れた部分でしゃがみ込み、そのクリーム色の塊にガラス片を当てて削ってみた。結構固いが、薄く削れる。まるで蠟だ。

津山は学生の時、牛脂を使ったロウソクを作ったことがあるが、それと全く同じだ。低温、密閉環境も酷似している。以前、レストランだった頃に食肉を処理した油脂が配管に蓄積したのかもしれない。

——漏水の原因はこれか……。

ただ、昨年その漏水工事に来た作業員が行方不明になっている。

——まさか、この蠟と関係はないだろう。

バチバチと傘に当たる雨音がより大きくなって来た。

「すみません。こちらも見て貰いたいんですよ」

警備員が少し離れた側溝の際に立って、雨音に消されないように大声を上げた。

津山が立ち上がって声の方へ歩いて行くと、警備員は津山に指し示すように、懐中電灯を下に向けて側溝を照らしている。

「ここです」

ライトに照らし出された箇所は、側溝の水が地下の下水管へ落ち込む升があるはずだが、今は下水管から雨水が溢れて水溜まりになっている。このまま雨が続くと、下水から溢れた水が社屋に浸水するかもしれない。

「こりゃ酷いな」

津山は唸ったが、警備員の心配は別にあった。

「それと、あそこ、見て下さい」

警備員はライトを少し上向きにして側溝沿いの植え込みを照らした。津山が目を向けると、その辺り一帯が白く染まっていた。

異様な光景に目を疑ったが、警備員がライトを動かすと、光軸に反応するようにキラキラと反射する。それは塗料で染まったのではなく、貝殻を踏み潰したような細かく白い欠片が大量に下水管から吹き上がって地上に散らばっているのだ。

ここから二キロほど南の海岸で大量の人骨の欠片が見つかった事件は未解決のままだ。警備員は口には出さないが、目の前に広がる白い光景と事件を関係付けているのかもしれない。

自分の持つライトでその周辺を照らすと、欠片が相当広範囲に散らばっていることが分かる。あの事件は猫のバラバラ死体が見つかったことから発覚している。津山は何も見つからないことを祈りながらゆっくりとライトを移動させた。

無言の津山を気遣ったのか、警備員が明るい声を出した。

「うちの会社から、すぐに倒木撤去や応急工事の業者を呼ぶことも可能ですが、どうします？」

津山はそれには答えず、白く染まった一帯の端の一か所にライトを当てて、その光の空間を凝視して黙っている。警備員が再び尋ねた。

「私から直接業者を呼びますが……」

津山はまだ無言である。今度は警備員も黙った。二人が沈黙している間、辺りには強くなった雨音だけが弾けている。

時々、風向きによって強烈な悪臭が鼻をついた。まるで臭気に感情が宿って理不尽さと無念さを訴えているような刺激臭である。警備員が沈黙に耐えかねたように口を聞きかけた時、津山が呟いた。

「業者より先に警察に通報だな」

視線の先には、木の下枝のあちこちに髪の毛の束が引っ掛かっている。よく目を凝らすとその束の一つにヒトの指が一本絡まっていた。


明石市は昨日から激しい雨が降っている。宗男はベッドに入ってからも窓の外で徐々に強くなる雨音に不安を感じていたが、いつの間にか寝入った。そのためか、悪夢を見た。巨大なムカデがザワザワと音を立てながら宗男の周りを這い回るのだ。百本近くの脚が、ザワザワと床を引っ掻く音が近付いて来た所で、うなされながら目覚めた。

目を開けても部屋は暗く、まだ夜は明けていない。再び悪夢を見ないように気持ちを落ち着かせ、ゆっくりと目を閉じた。が、今度はパッチリと目を見開いた。

聞こえる。それも窓の外から、ザワザワと大きな何かが動いている音が聞こえ、玄関先からコウ太の鳴き声もする。

宗男はベッドの上で上半身を起こした。すると、

「あなた……」

隣のベッドでは、郁子も目覚めていた。

「母さんも聞こえるか？」

「何の音かしら？」

宗男は耳を澄ました。

「水やな。用水路が溢れたんや」

宗男は起き上がると、サッサと服を着替えだした。

「あなた、こんな時間に、どこへ？」

「見て来る。母さんは寝てなさい。避難するにしても、通報するにしても早い方がええ」

宗男は上下セパレートの雨具に膝までのゴム長を履いて玄関から外へ出た。

宗男の自宅付近では用水路が溢れる心配はなさそうだが、用水路沿いに五十メートルほど行くと急に水面が高くなってきた。その先に掛かる小さな橋の橋脚に大量の木材が引っ掛かり、流れを堰き止めてしまっていた。堰き止めている木材は自然木でなく、明らかに建材である。この上流の用水路沿いに古い農機具小屋が数棟あり、手入れもされず何十年と放置されている。倒壊の危険だけでなく、不良の溜まり場になり、何度かボヤ騒ぎもあった。下流住民が持ち主や市にも危険性を訴えてきたが解決されないままだった。

用水路の水流は橋の所で行き場を失って溢れ出し、西の方へ流れている。西側は自治会長宅などが立ち並ぶ分譲地である。その先には大きな雑木林があり、林を抜けると駅まで貫通する産業道路が走っている。溢れた水流は数メートルの幅で、分譲地の中を勢いよく流れている。宗男は今まで意識しなかったが、用水路から産業道路に向かって軽い下り坂になっていて、用水路が宅地より高い所を流れている。ただ、どの家も盛り土の上に建っているので、水は家と家の間を流れ、敷地には浸水していない。

水流より一段高い歩道を産業道路に向かって下りながら、一抹の不安が過った。分譲地の一番低い土地は雑木林に面している。その辺りの広い敷地に杉下家がある。水流は杉下家に狙いを定めて、真直ぐ突き進んでいるかのように思える。

宗男は急ぎ足で杉下家に向かった。雨は相変わらず降り続いているため、朝日が射すことはないだろうが、それでも夜が白み、周囲の風景が鮮明に見えてきた。

杉下家の裏門に着いた。水流は裏庭に侵入して、庭が水没している。急いで表に回った。杉下家の床下を貫いた水流は表の生垣をなぎ倒して、雑木林に流れ込んでいる。周囲を見ると杉下家だけが床下浸水していた。宗男にとっては、この家が何年も空家であっても、あの親子の財産がこのように傷つけられることが不憫でならない。

そんな思いを抱きながら、倒れた庭柵から敷地に入った。裏手から流れ込んだ水は、床下の土砂を庭先に押し出している。茫然と見ている宗男の目に、土砂の中に丸い物が混じっているのが見えた。よく見ると、ボウルのような丸い物体が三個並んで、土から覗いている。もしかしたらキッチンが床上浸水して調理器具を押し流したのか？　と思いつつ、土砂と水流に足を取られないように石段の上を、バランスを取って近付いた。

手に取るには、数メートルは離れている。角度を変えて見た時、宗男は大きく息を呑んだ。その丸いボウルには二つの穴が開いていた。下半分は埋まっているが、明らかに人間の頭蓋骨だ。三個並んでいる。真ん中の頭蓋骨が大きく、両端は小さい。

そして、真ん中の頭蓋骨は前頭部が大きく陥没していた。

宗男は思わず両手を合わせた。

「ああ、こんな所に……苦しかったろう……」

目に涙が溢れてもすぐ雨に流された。

夕方から再び降り出した雨は一向に降り止まず、益々雨脚が強くなっている。目的地はまだ先であり、今通過している街の名は聞いたこともない。前の横断歩道は地方都市ながらも駅前の幹線道路のためか、横断者が多い。誰もが吹き降りの雨に傘など役に立たずにズブ濡れになっている。

信号が赤になってかなり経つ。長い信号だ。

女は左手でハンドルを握って、ドアに右肘を掛けて頭を支え、右前方に見えるビルの谷間の小さな公園をボンヤリ見ている。雨の中で公園のブランコが風に揺れている。女は突然独り言を言った。

「雨は嫌い」

助手席の少女は女に顔を向けた。

「何？　ママ、何が嫌いなの？」

「ん？　うぅん。何でもないのよ。お母さんには嫌いなモノなんてないのよ」

「ねぇ。あのお家(うち)にはもう戻らないの？」

「そうよ。また、新しいお家に変わるのよ」

「おじちゃんはいっしょに来ないの？」

「おじちゃんは自分のお家に帰っちゃったの。だから、新しいお家には来ないのよ」

「じゃぁ、おじちゃんも新しいおじちゃんに変わるの？」

「ははは、それはどうかしら？　新しいおじちゃんが欲しかったら、ママ頑張るわ」

「マナは新しい……」

少女が言い出した時、女は急に厳しい顔で少女を見据えた。

「その名前は絶対口に出しちゃ駄目！　言ったでしょ！」

「ママ、ゴメンなさい」

「お家が新しくなる時、お名前も新しくなるんでしょ。さぁ、お稽古(けいこ)しましょ。新しいお名前は？」

その時、信号が青に変わった。

振りしきる雨の中、見知らぬ街の雑踏に向かって女が運転する車は消えて行った。

本書は、第四十一回横溝正史ミステリ&ホラー大賞読者賞受賞作（応募時タイトル「デジタル的蝉式リセット」）を加筆修正したものです。

デジタルリセット

秋津 朗（あきつ ろう）

角川ホラー文庫　22970

令和３年12月25日　初版発行

発行者——堀内大示
発　行——株式会社KADOKAWA
〒102-8177　東京都千代田区富士見2-13-3
電話 0570-002-301（ナビダイヤル）
印刷所——株式会社暁印刷
製本所——本間製本株式会社
装幀者——田島照久

●お問い合わせ
https://www.kadokawa.co.jp/ （「お問い合わせ」へお進みください）
※内容によっては、お答えできない場合があります。
※サポートは日本国内のみとさせていただきます。
※Japanese text only

ISBN978-4-04-111987-7　C0193

◇◇◇

角川文庫発刊に際して

角川源義

第二次世界大戦の敗北は、軍事力の敗北であった以上に、私たちの若い文化力の敗退であった。私たちの文化が戦争に対して如何に無力であり、単なるあだ花に過ぎなかったかを、私たちは身を以て体験し痛感した。西洋近代文化の摂取にとって、明治以後八十年の歳月は決して短かすぎたとは言えない。にもかかわらず、近代文化の伝統を確立し、自由な批判と柔軟な良識に富む文化層として自らを形成することに私たちは失敗して来た。そしてこれは、各層への文化の普及滲透を任務とする出版人の責任でもあった。

一九四五年以来、私たちは再び振出しに戻り、第一歩から踏み出すことを余儀なくされた。これは大きな不幸ではあるが、反面、これまでの混沌・未熟・歪曲の中にあった我が国の文化に秩序と確たる基礎を齎らすためには絶好の機会でもある。角川書店は、このような祖国の文化的危機にあたり、微力をも顧みず再建の礎石たるべき抱負と決意とをもって出発したが、ここに創立以来の念願を果すべく角川文庫を発刊する。これまで刊行されたあらゆる全集叢書文庫類の長所と短所とを検討し、古今東西の不朽の典籍を、良心的編集のもとに、廉価に、そして書架にふさわしい美本として、多くのひとびとに提供しようとする。しかし私たちは徒らに百科全書的な知識のジレッタントを作ることを目的とせず、あくまで祖国の文化に秩序と再建への道を示し、この文庫を角川書店の栄ある事業として、今後永久に継続発展せしめ、学芸と教養との殿堂として大成せんことを期したい。多くの読書子の愛情ある忠言と支持とによって、この希望と抱負とを完遂せしめられんことを願う。

一九四九年五月三日